Massimiliano Steffen

Viaggio nella Terra Interna e nei Piani Universali

Youcanprint *Self-Publishing*

Titolo | Viaggio nella Terra Interna e nei Piani Universali

Autore | Massimiliano Steffen

ISBN | 978-88-91197-49-8

Youcanprint Self-Publishing

Via Roma, 73 – 73039 Tricase (LE) – Italy

www.youcanprint.it

info@youcanprint.it

Facebook: facebook.com/youcanprint.it

Twitter: twitter.com/youcanprintit

CONTATTI

@mail: massimiliano.steffen@tin.it
Fcecebook: massimiliano steffen + altri profili

Autore esperienziale: **Massimiliano Steffen**
Copertina realizzata da: **Massimiliano Steffen**
Ritratti di: **Emanuela Sina.**

Presentazione
Io Sono; Massimiliano Steffen

*Con questo nome mi presento in questa mia Vita terrena,
ed' è ciò che mi rappresenta in questo spazio tempo,
e dimensione di esistenza, nella mia totalità di essere
senziente e pienamente consapevole di ciò che sono!
Con questo mio testo, dettato dalle mie esperienze in piani,
fisici, astrali, dimensionali, paralleli e superiori, e regioni
spirituali! non intendo contrastare ciò che con tanta fatica
hai appreso da questo mondo, che ora ospita la tua essenza
spirituale, dimorante nel tuo corpo, il vero te stesso!
Non intendo oppormi al tuo credo, o pratiche religiose e
spirituali, non intendo innalzarmi al di sopra della tua
conoscenza o consapevolezza, ma offrirti una visione diversa!
che sarà il tuo discernimento a valutarne la veridicità,
nel corso di questa lettura! tutto ciò che sei, Corpo, Mente,
Anima e Spirito, coadiuvati dalla tua Guida, troveranno dei
punti di accesso per collaborare tra di loro, delle porte
attraverso le quali avverrà un allineamento, che ti permetterà
di comprendere attraverso la tua tua nuova razionalità,
quelle nuove note vibranti che ti daranno accesso al tuo Sè,
Ciò che ti darà consapevolezza diretta, alla tua somma verità!
Non ti stupir se l'anima tua ti canterà dentro, sta scoprendo la
via veloce per raggiunger Dio, lasciati scivolare nei tuoi cieli
interiori, lascia fuori di te tutto ciò che non è! Segui quella
magica corrente che ti immergerà nella Sorgente dell'Uno.*

Non temere ! Sei in cammino verso la Fonte !

Premessa

Mio caro lettore or mi volgo a Te, rammentandoti che ogni volta che leggerai la parola, Dio ,Creatore, Fonte, Energia Creativa, La Forza, Il Padre Madre, Potere Creante, L'Uno, La Sorgente, non ho fatto altro che, rapportarmi alle varie religioni o credi che regnano sulla Terra, diversificando ciò che si riferisce allo stesso concetto, ma ti rammento anche, che tutti fanno riferimento, alla stessa Essenza Cosmica. Quella vastità senza confini, che regna in ogni cosa, che vive e che ti sembra apparentemente inerte, nella roccia nel filo d'erba nell'albero, nell'acqua nel vento nella terra nel fuoco, in ogni dimensione della Creazione, in ogni Mondo, Galassia, Universo, Cosmo, ogni volta che leggerai questi nomi di Dio pensa al tutto esistente, ma soprattutto mio caro fratello! mia cara sorella! pensa che mi sto riferendo a Te nella tua anima! Si a Te che stai leggendo! Al tuo più intimo e recondito luogo, nel tuo cuore, giaciglio della tua Divinità, e alla quale io rivolgerò tutta la mia conoscenza, nella lingua del più puro amore! che tu possa accogliere ogni mio pensiero, come se fossi figlio mio, perché ciò che io voglio per te, è che tu possa accendere quella Sacra Scintilla, in tutta la sua potenza e bellezza, quella di un fiore che sta per sbocciare alla Vita. Voglio portarti dove sono giunto io, la dove tutto prende un nuovo significato, dove tutto appare nel suo nuovo splendore, nella sua più pura bellezza! la stessa che fu posta dentro il tuo meraviglioso tempio vitale, dove tutto ciò che poteva essere sarà! alla fine di questo testo attraverso la tua nuova scienza dello spirito, ti accorgerai che tu stesso sei .. .. un frammento di Dio forgiato nella luce suono, della Fonte

Chi sei Tu ? chi sono Io ?

*Si, ora rammento! All'inizio del non tempo,
nella pura coscienza quando presi consapevolezza
di me stesso, sentii un esplosione d'amore,
cosi vasta, senza più confini! Era meraviglioso,
ma presto compresi nella mia unicità che io
soltanto lo avrei saputo! Allora scelsi di creare in
Me una separazione, cosicché creai un altro
essere uguale a Me, cosicché un altra parte di Me
stesso sentiva, ciò che sentivo Io! Poi in un istante
tutto esplose! Improvvisamente! creando infinite
repliche di Me stesso, dove ognuna in un lontano
tempo avrebbe riconosciuto un amore grande
come quello che prova un Dio! è da allora che il
processo continua a replicarsi! Eternamente!*

Chi sei tu? Chi sono Io?

Tu sei il vero miracolo dell'intera creazione!
"in quanto esisti" Tu sei Vita!
Si può morire a se stessi?
Per poi risorgere alla propria grande verità divina?
quanto tempo ancora per iniziare a vivere veramente?

Nell' "Io Sono" coerenza quantica viva!

Siamo la stessa Monade frammentaria

Indice dei capitoli

Questo testo nasce dall'esigenza di condividere con tutti quelle chiare realtà, che mi e stato concesso conoscere, attraverso quelle porte interiori che ti connettono con l'infinito, ed'i fratelli cosmici in unione con i Piani Spirituali. Ed'ora cara anima! ti auguro di trovare in questo testo tutto quello di qui la tua essenza necessita, per infonderti nuovo coraggio e speranza, mentre cammini nel tempo di questa Terra, in cerca di te stesso, nel tuo realizzarti pienamente! Che ogni mio concetto e mezzo d'espressione possa trovare chiarezza nella tua interiorità, e nella semplicità compreso e messo in opera nel tuo cammino, ricorda! Non esiste uomo povero se non colui che vuole restare cieco alle proprie convinzioni, che l'imperfezione del mondo gli ha inculcato, la vera ricchezza sta nella continua trasformazione verso il raggiungimento della più alta perfezione interiore!
Buon Viaggio!

Viaggio nella Terra Interna

" corpo, anima, mente, cuore, spirito, amore"

unitevi in me! Nella suprema coscienza

*Questa fu la mia prima esperienza in assoluto, l'inizio di ogni
cosa che nel tempo mi portò a realizzare la mia grande verità,
in quell'anno del 2004, la qui somma da 6, numero mistico,
dell'equilibrio e dell'ordine perfetto, indicativo della stella di
Davide, Materialità e Spiritualità, alto e basso, e della
dimensione Macrocosmica dell'Uomo Universale,
e a quella Microcosmica, l'unione mistica tra cielo e terra,
tra il divino maschile e femminile, l'armonia degli opposti,
e la via iniziatica nel perseguire la via spirituale!
Un totale stravolgimento di tutto ciò che era stata la mia falsa
conoscenza, abbattendo nel tempo gran parte dei densi veli,
che separavano la mia coscienza terrena, da quelle infinite
ultraterrene che esistono tra me e la Fonte Creante!
la meta di noi tutti, nell'aprire la Porta Divina del cuore!*

L'alba di una nuova luce dal mondo interno!

Tutto inizia con una semplice visita ad un cerchio nel grano,
comparso nell'estate del 2004 ad Acqui Terme, in Piemonte
presso gli antichi archi Romani, (Simboleggiava la Trinità,)
quel giorno vi entrai con la semplice curiosità di chiunque vi si
trovi per caso, mi inoltrai e scattai alcune foto, seguendo tutti i
percorsi osservando lo strano disegno, tre sfere a triangolo
unite ad' una centrale, percorsi tutti i cerchi e i sentieri,
in me le domande erano tante! ma poi dopo qualche minuto,
me ne andai pensando che qualche burlone perditempo avesse

fatto un bel danno al povero contadino.

Null'altro mi passò per la testa, solo quel pensiero!

la sera trascorse tranquillamente e me ne andai a dormire.

Il mattino seguente mi alzai e subito, mi resi conto che mi
sentivo come se nella notte non avessi nemmeno dormito
e mi rimaneva un nero assoluto, una sensazione stranissima.

Me ne andai a lavorare e subito dopo qualche minuto,
cominciai ad avere dei dolori alla testa, mai provati prima,
oltre a nausea e continui stati di dormi-veglia.

Verso metà giornata all'improvviso mentre mi trovavo in pausa
con il mio collega di lavoro, mi apparvero dei simboli strani di
color blu negli occhi, li chiusi e mi accorsi che li vedevo
ugualmente, perché compresi ben presto essere nella mia mente,
apparivano uno dopo l'altro mentre la mia visione materiale
svaniva lasciando posto solo a questi strani simboli, cercai di
capire ma, erano raffigurazioni simboliche che emanavano onde
luminose mai viste prima e sentivo strani ronzii alle orecchie,
mi sentivo quasi rapire nella coscienza poi, dopo circa un quarto
d'ora, tutto passò, lasciandomi ovattato alla percezione del
mondo esterno e più vigile a quello interiore!

Trascorsero i giorni e mi accorsi che mi accadevano cose strane,
curiose coincidenze, e incredibili sincronicità mai accadute
prima, i miei sensi stavano varcando le porte dei loro stessi
confini, verso l'inconoscibile realtà oltre la materia.

Compresi che era un nuovo processo interiore che voleva farmi
capire che la mia prospettiva stava cambiando, che vi erano
sottili realtà confinanti oltre questo mondo, cominciai a pormi
delle domande a cui però non riuscivo a dare risposta.

Il tempo trascorse nella mia più totale introspezione e in un
nuovo stato di osservazione in cui giorno dopo giorno,

riscoprivo me stesso in un nuovo senso percettivo!
Successivamente circa quindici giorni dopo i fatti appena
descritti, una sera intorno alle 23:45 nel mentre mi accingevo a
spegnere la luce della cucina al pian terreno, mi sentii chiamare
verbalmente alla porta d' ingresso principale.
Era la voce di mia madre che mi diceva con un tono imponente!

«apri! sono la mamma».
A quell'ora pensai subito male e aprii la porta, di fronte mi
trovai un personaggio alto oltre 2 metri biondo cenere,
restai sbalordito e stordito al tempo stesso e chiesi a lui,
dove fosse mia madre! mi sorrise, scosse la testa e mi disse,
***«devi subito andare dove soffiano i sette venti, li vedrai cadere
a terra un tenue filo di luce, c'è un tunnel, ci dovete entrare!
Ti stanno aspettando!»***
Io gli chiesi chi fosse e come è possibile che avesse utilizzato la
voce di mia madre, ma egli con molta naturalezza mi rispose

«perché, c'è differenza?» Restai basito, poi dissi a lui:
«forse sarà meglio che andiamo insieme, no?» Egli mi rispose
che non poteva, così io gli dissi ugualmente che avrei preso le
chiavi e sarei arrivato subito, prendo le chiavi, mi rigiro fuori e
mi accorgo che egli era improvvisamente sparito! poi perplesso,
mi fermai un momento a riflettere e ricordai che effettivamente,
non lontano da casa mia, vi era una cascina posta in collina che
si chiamava **sette venti** . Considerato l'aspetto dell'uomo
piuttosto inusuale, uno strano indumento bianco con decori ed
un simbolo al centro della tunica leggermente luminescente,
cominciai a pensare che ci fossero delle connessioni con quanto
mi era successo nei giorni precedenti, fui scosso da un moto di
paura e fui sul punto di chiudermi in casa ma, dopo circa cinque
minuti di riflessioni confusionarie, decisi di prendere la
macchina e andai. Il luogo distava circa due chilometri ed una
volta giunto sul posto, non mi sembrò di scorgere niente di
particolare così fermai l'automobile e scesi, ad un tratto notai
però un filo di luce azzurra, il filo luminoso di cui lo strano
essere mi parlò. Quella radianza di luce sembrava diffondersi da
una nube, ma non si notava altro in quel cielo illuminato dalla
sola luna, mi avvicinai con la macchina il più possibile,
poi prosegui a piedi in direzione di quel lucente filo blu,
addentrandomi in quel campo, mentre mi avvicinavo,
vidi due figure distintamente, con mio grande stupore vidi che
c'era una bambina di circa dieci anni, ed un carabiniere in
divisa, li guardai e chiesi a lui cosa stesse succedendo, lui mi
rispose di avere lo stesso quesito, e di non sapere come era
arrivato fin li, poi mi disse con voce tremolante e impaurito!
Mi hanno detto che devo entrare lì, l'hanno detto anche te ?
mi chiese il carabiniere! ed io risposi affermativamente!

Davanti a noi vi era uno strano ingresso scarsamente illuminato,
mille pensieri si aggrovigliavano nella mia mente,
trascorse qualche istante e la bambina ci prese entrambi per
mano e ci disse *«allora signori andiamo o no ?»*
Frastornati e sconcertati entrambi da quel gesto,
ci convincemmo ed entrammo, nello stesso istante mi ritrovai
inspiegabilmente davanti lo stesso individuo, che era comparso
a casa mia e che aveva usato la voce di mia madre.
Quest'ultimo mi accolse con fare gentile, mi prese entrambe le
mani e disse *«perdonaci, ma non è ancora finita, ora dovresti
entrare in quel muro di luce bianca»*,
io l'osservai e vidi che era della stessa consistenza del latte,
ma era un muro d'energia, dopo un istante di titubanza mi
avvicinai, poggiai la mia mano e nonostante tutto, un senso di
fiducia si impadronì di me, non avevo nessuna paura,
mi sembrava di avvertire in me un potente richiamo interiore.
Assuefatto da quella piacevole sensazione di fiducia,
mi immersi in quella luce e persi le cognizione del tempo e
della coscienza vigile, dopo un lasso di tempo indefinibile sentii
riaffiorare la parte cosciente di me, e mi sentii chiamare per
nome ed una mano afferrare la mia. Venni accompagnato fuori
da quella luce lattiginosa: mai nel tempo nessuno mi diede
spiegazione diretta, di ciò che avvenne in quella camera di luce,
ma probabilmente avevo subito una trasmutazione a livello
atomico polare della mia componente biologica, la mia vista
sembrava più vivida, sentivo di percepire nuove tonalità di
colori, e la mia coscienza essersi espansa, dopodiché iniziai ad
osservare l'interno di quel posto, non capendo ancora di che
luogo si trattasse, lui che mi osservava compiaciuto del mio
interesse, ed io che continuavo a non comprendere quella realtà.

Ad un tratto mi resi conto che ai miei occhi, l'intera struttura
alla base e nella parte frontale sembrava quasi trasparente.
Vedevo un'altro giovane uomo seduto su uno strano sedile,
ancorato al soffitto che sembrava un'estensione di esso,
lui gesticolava davanti alle luci colorate che scaturivano da quel
quadro posto davanti a lui, sembrava si fondessero insieme alle
sue dita. Erano simboli che toccavano le sue dita, mentre al
centro della sua visuale vi era una vetrata che offriva il dirigersi
della sua veloce guida, poi, la mia attenzione divenne più
espansa e notai dei movimenti intorno a me, guardai sotto e vidi
un paesaggio sottostante, era giorno, erano dei boschi
verdeggianti che si muovevano sotto ai miei piedi all'indietro.
Compresi con sgomento che mi trovavo su un oggetto in
movimento, e che volava in avanti, nel frattempo rimasi solo
con il pilota, presi coraggio e gli chiesi «ma cos'è tutto questo?
in quale meraviglia sono finito ?» egli mi rispose ancor prima
che potessi terminare la frase che, si trattava di un velivolo per i
piccoli spostamenti. Come un ingenuo parlai di nuovo: ma è
una specie di aereo? «*Si! A carbone!*» mi fece eco il pilota in
tono divertito e scherzoso, mentre quell'incredibile veicolo
procedeva nel suo cammino, ad un tratto iniziarono a vedersi
delle costruzioni ma, era tutto talmente rapido che non riuscivo
a mettere a fuoco, alzai lo sguardo e vidi in lontananza quelle
che mi sembrarono essere sei piramidi Azteche o Maya,
tre a sinistra e tre a destra ed una molto più grande al centro.
Si trattava di piramidi a gradoni ed erano completamente
ricoperte di un rigoglioso e splendido tappeto d'erba verde.
Sopra ognuna di esse, a sinistra e a destra, vi era una grossa
sfera di luce celeste brillante, radiante come un sole!
Stavolta il pilota mi rispose senza nemmeno lasciarmi il tempo

di formulare la domanda, in quanto lui sentiva il mio pensiero,
*«sono convogliatori di energia cosmica, che viene agganciata
e distribuita in tutto il nostro mondo, con sistemi tecnologici
completamente diversi dai vostri».* poi dissi a lui
«Sono simili alle piramidi Azteche, come mai? »
ma non mi rispose lasciando che io comprendessi da me.
Probabilmente qualcuno delle nostre antiche civiltà fu portato li
vide quei luoghi e tentò di riprodurli in superficie.
Dopo aver oltrepassato quel luogo, il velivolo rallentò
dolcemente e calò di quota. «Stiamo per atterrare vero?»
chiesi io! egli mi rispose affermativamente e così mentre
terminava il dialogo, scese, fermandosi a pochi metri dal suolo.
Sulla destra si aprì uno sportello, come se fosse fluido si
trasformò in gradini e vidi arrivare incontro a me un giovane
moro, che con una gentilezza sconcertante mi disse!
«Ora puoi scendere con me»,
mi voltai salutai il pilota e mi rivolsi verso l'uscita, prima ancor
di scendere ero li fermo al portale di quel disco e quella nuova
realtà, lui mi diede il benvenuto nel loro mondo, ma lo fece in
un modo che era sconosciuto ai miei sensi, l'atmosfera di quel
posto la luce più calda, e l'espressione interiore di quel ragazzo,
mi coinvolgevano nella mia nuova totalità, rinnovando in me,
ciò che era il mio concetto di sensazioni, in quel luogo tutto mi
stava comunicando attraverso di lui, stavo acquisendo il mio
contatto con la realtà di quell'intero mondo, poi cominciai ad
osservarmi attorno, nel mio stupore vidi che vi erano altre navi
come quella, erano dischi che riflettevano la luce come se
fossero fatti di metallo / cristallo dorato e ramato al contempo,
donavano ai miei occhi uno strano e affascinante effetto
cromatico, scendendo da quella scaletta di pochi gradini,

sospesi inspiegabilmente in aria, misi i piedi a terra con cautela, su di una pavimentazione che rifletteva cielo e nuvole di un bellissimo colore rosato, alzai lo sguardo al cielo e vidi un sole radiante che faceva risuonare in me, uno strano stato d'essere la sua luce era diversa dal nostro sole irradiava delle luminescenze quasi dorate, lo guardavo senza che mi infastidisse gli occhi, emanava delle onde come un cuore pulsante, quel ragazzo mi osservò compiaciuto dall'imbarazzo così lampante sul mio volto, mi tese il braccio e disse: «*su, ora vieni con me*».
Pochi passi e salimmo su un'altro veicolo galleggiante a circa 30 centimetri dal suolo, sopra vi era già quel carabiniere ed un'altra ragazza che non avevo ancora incontrato.
A quel punto notai che, noi tutti non indossavamo più i nostri abiti originari ma, vesti lunghe e bianche, credo che qualcosa successe all'interno di quella camera di luce all'interno del disco affinché in qualche modo fui adattato ad' aver accesso al loro dimensione tramite una trasmutazione vibrazionale della mia biologia, ed'un cambio di abiti che forse non erano idonei a quella dimensione, mi sentivo diverso, più leggero nel corpo, uno strano stato vitale pervadeva tutto il mio essere, tutto era cosi straordinariamente fuori dalla mia concezione di realtà, che ero come imbambolato dagli accadimenti. Stavo vivendo la più straordinaria esperienza di tutta la mia vita, mi sentivo fiducioso nelle mani di quegli esseri ormai ogni timore aveva abbandonato la mia essenza vitale, mi sentivo vivere un' altro stato interiore che mi stupiva attimo per attimo, sentivo salire in me la gioia, ricordo di un tempo lontano, il tempo della mia infanzia dimenticata. Anche quel velivolo disponeva di un pilota e di un sistema di guida simile a quello del precedente disco! ma, estremamente più semplice ma pur sempre ignoto.

Il velivolo si mosse, imboccando un viale di vetro nero come il
fumo che rifletteva cielo e nubi bianchissime.

Cominciai ad osservare l'ambiente circostante, notando che e a
sinistra vi erano degli alberi che ricordavano l'aspetto dei pini,
ad un tratto il viadotto si allargò, c'era una rocca alta una
cinquantina di metri con una cascata, un bosco di pini enormi
ed un laghetto d'acqua limpidissima, con un piccolo ruscello
che passava sotto la strada che stavamo percorrendo.

Quella natura era così incontaminata, che non presentava alcun
aspetto di decadimento che vige qui da noi, tutto era cosi
rigoglioso e vivo nei suoi colori, vedevo piccoli volatili passare
con leggiadria su di noi, dalle piume coloratissime e brillanti.

Respirai a profondamente quella loro frizzante aria che
inondava i miei polmoni, portando in me profumi sconosciuti,
guardavo i miei compagni di viaggio, persi anche loro nello
stupore e nella meraviglia che riempiva i nostri occhi,
rimanendo muti da quella bellezza, tutto l'ambiente sembrava
quasi comunicare a livello sottile con me, come se non ci fosse
divisione ma fossimo la stessa cosa, la mia razionalità stava
cadendo la mia struttura mentale stava vacillando, trovandosi a
sperimentare una condizione che mi era sconosciuta!

per la prima volta nella mia vita, mi sentivo veramente vivo
in una realtà di coscienza che sentivo crescere dentro di me
esponenzialmente! continuavo a osservare grandi monti svettare
in quei cieli lindi di una purezza inimmaginabile, come mai
potremmo vedere qui da noi *“ormai privi di vitalità”*

Grandi distese di alberi verdissimi e immense foreste di sequoie
colossali a perdita d'occhio, era un luogo di paradisiaca
bellezza, credevamo che i nostri nuovi amici ci avessero portato
in un mondo lontano, la mia mente non era più la stessa,

continuavo a pormi domande a cui non ero in grado di dare risposte. Mentre avanzavamo a lieve velocità, alla mia destra notai un uomo vestito con una tunica bianca, adornata da orli blu e oro con un ulteriore orlo alla base color verde smeraldo, e al centro sul cuore un simbolo a forma di fiamma arancione. Quest'ultimo alzò il braccio nella nostra direzione, mantenendo l'altra mano appena sotto il simbolo, in segno di saluto.
Intorno c'era una specie di orto spontaneo, così casuale nella sua disposizione, ma molto diverso dai nostri orti ben squadrati e lineari, era adorno di piante fiori e frutti che non avevo mai osservato, mi ricordava l'idea che avevo dell'Eden.
Alle spalle di questa, un'incantevole costruzione che sembrava ottenuta da un unico blocco di roccia, e dai decori di fattezza divina e forme di un'armonia mai vista prima, alle spalle di questa meravigliosa abitazione vi era un piccolo boschetto con dei passaggi fatti da piante a fronde intrecciate, di quelle abitazioni ve n'erano anche altre in lontananza dalle forme ancora più graziose, mentre osservavo quell'uomo, percepivo un senso di antica conoscenza, come se lui mi conoscesse da tempo e sapesse benissimo chi io fossi.
Mentre ci spostavamo, lo persi di vista, sentivo un senso energetico uscirmi dal petto verso di lui, il mio cuore sentiva, ricordava ma, la mia mente no, tutto era li da qualche parte nei meandri dei ricordi d'altra vita! centinaia di domande affollavano la mia mente, in un turbinio lacerante di un pensare che correva senza sosta, ma senza risposta alcuna!
C'erano delle strane sculture in pietra e cristallo luminescente, alte anche tre o quattro metri, anch'essi come quel brillante sole, emanavano vibrazioni che mi inondavano totalmente.
Ad un tratto arrivammo ai piedi di una piccola collina di roccia,

e alcuni pini alla sua base, essa sembrava essere non più alta di cinquecento metri. Il velivolo si fermò ed il pilota si girò verso di noi, e ci disse che potevamo scendere, e noi così facemmo, senza indugiare su ciò che lui espresse!
«Ora dovete aspettare qui un momento e arriveranno i miei compagni ad accogliervi»,
così il pilota si allontanò mentre noi sconcertati con occhi smarriti lo seguivamo nel suo svanire!
Dopo qualche minuto di impaziente attesa, mi arrampicai qualche metro su quell'erba che sentivo viva sotto i miei piedi, per vedere se arrivava qualcuno ma nulla, ad un certo punto sentii un tonfo provenire dall'alto di quel monte, con mio stupore apparvero dal nulla tre gradoni cesellati larghi un centinaio di metri e alti 4-5 metri, poi segui un'altro tonfo e apparvero quattro colonne alte una settantina di metri, d'oro e di smeraldo, poi ancora un'altro tonfo, ed infine apparve dal nulla una cupola che sovrastò il tutto, bianca come una perla al sole, circondata da un anello d'oro inondava le nostre essenza ormai rapite dalla bellezza di quel mondo magico .
Ogni cosa era meravigliosamente decorata, appartenente ad un'arte che i miei occhi non avevano mai osservato,
quei gradoni di alabastro smeraldino e quelle colonne dai colori luminosi e auree cesellature, notavo una lieve polvere che svanì quasi subito e l'incanto prese il mio essere in ogni sua parte, stupore e meraviglia si diffusero in ogni fibra del mio corpo, avevano creato con la loro tecnologia spirituale, un tempio in cinque secondi, teletrasportando via la roccia in eccesso e rendendone un'opera maestosa fatta apposta per accoglierci, ma la meraviglia compresi che non era ancora finita.
Pochi istanti più tardi, da quelle colonne fuoriuscirono alcune

persone con una luce brillante fluorescente dal ventre e bianchi
fluenti abiti, questi angelici esseri volando vennero incontro a
noi, io ero letteralmente pietrificato dallo stupore, in quel
mondo tutto era regolato da leggi fisiche che trascendevano
ogni mia conoscenza, quella conoscenza stessa che sentivo
crollare in me ogni minuto che passava! poi uno di loro venne
verso di me, fissandomi negli occhi mi prese per mano,
sentii il mio essere divenire leggero come l'aria stessa svanendo
ogni pesantezza emozionale, e questo mi portò su con lui verso
quel tempio nel cuore della montagna, e così fu anche per gli
altri, arrivammo alla base di quel tempio e sentii recuperare il
mio peso non appena toccammo terra, una pavimentazione
fatta interamente di cristalli dai colori più elevati, poi lui alzò il
braccio sinistro e indicandomi in direzione dell'interno del
tempio! mentre la radianza dell'altra mano, era al centro della
mia schiena infondendo in me pace, armonicamente mi sentivo
totalmente diverso, un uomo nuovo nel mio sentire interiore!
"osserva! laggiù vi è la tua insegnante personale»
nella sua calda voce mi disse dolcemente la guida,
Va da lei, è li solo per te! Mentre procedevo ai miei fianchi tra
quelle colonne vedevo due ruote di luce vorticare ed'emettere
colori radianti che non posso definire nello spettro cromatico
conosciuto dall'uomo, quella luce mi invadeva dall'interno
creando uno stato d'essere sconosciuto in me e ai miei sensi
coscienti, attraversammo una porta altissima in qui nella sua
sommità ardeva una fiamma di tre energie dai toni vibranti!
Entrai all'interno di quell'immenso tempio la sua altezza era
colossale, dava l'impressione di una grandezza che espandeva
anche te stesso, facendo spazio ad'una nuova percezione
dell'anima, mi osservai attorno e vidi che avevano creato

un intero ambiente arredato di ogni meraviglia solo per
quell'evento, ogni cosa che vedevo li dentro emanava un forza
vitale che non è solita del nostro mondo, come se tutto fosse
creato da una materia cosciente e viva in piena connessione con
tutto ciò che da loro veniva manifestato!
Andai da quella che mi fu indicata, come la mia insegnante
personale, la quale, in piedi mi accolse mettendomi le sue mani
sulle mie spalle, e mi salutò in un modo che mi lasciò
letteralmente di sasso, mentre i suoi occhi si gettavano nei miei
e la mia anima si apriva alla sua in totale connessione!

«un saluto alla divinità che ti dimora, dalla mia! Siediti ».
Io ero ammagliato dai suoi occhi che emanavano amore e dalla
radiosa gemma verde che portava sul suo 6° sigillo!
Davanti a me vi era un piccolo tavolo che aveva la superficie
che sembrava muoversi, lei si sedette e lo toccò.

Stavo per chiederle come si chiamasse ma lei mi disse
puntando un dito in un punto preciso *«osserva qui».*
Apparve la carta geografica dell'Europa, ma in modo reale
come se fosse vista dal satellite ma invertita specularmente,
la Francia era a destra e la Jugoslavia a sinistra, lei mi chiese,
«tu dove abiti?» ed io indicai il Piemonte e dissi
«ma la carta è sottosopra in modo speculare, perché?»
*«vedi!, voi vi vedete da sopra, ma noi vi vediamo da sotto,
perché ora siamo all'interno di madre terra»*
io risposi «ma ho visto le nubi ed un sole brillante» e lei
*«ma certo mio caro, vi è un mondo con tutto il suo sistema
vitale qui nell'interno, sennò come faremmo a viverci?».*
Mi agitai e mi alzai, sembrava che la testa mi girasse
tutt'attorno e non capivo più nulla, per un attimo credo di aver
perso i sensi, poi quando fui nuovamente in me, un ragazzo
giovanissimo mi venne vicino e accarezzandomi le braccia
cercò di calmarmi, mi sentivo mancare, tutto ciò per me era
inconcepibile. Poi, quando mi sedetti calmato dalla radianza
interiore di quel ragazzo, lei continuò, iniziando un discorso in
tono tutt'altro che felice, affrontò tematiche che investono tutta
la vita di superficie, mentre io ero li silente e ascoltavo le sue
parole piene di verità! Rimasi li senza mai proferir parola!
Molti aspetti sul comportamento interpersonale, di chi ci è
vicino e ci ama, di persone sconosciute, cosa sentiamo quando
incrociamo il loro sguardo, quando viviamo le nostre infinite
esistenze, entriamo in contatto diretto con un numero immenso
di esseri che, in modo anche superficiale hanno interagito con
noi in un lontano passato, e potrebbero benissimo palesarsi
dinnanzi a noi per ricambiarci di un favore, o di un torto fatto o
ricevuto in un incarnazione precedente, mi disse:

*Non vi è sconosciuto nei nostri mondi, in quanto noi non
pensiamo in termini di accadimenti temporali ma, di ciò che
può interagire con noi in qualsiasi tempo e modo e in
qualsiasi interconnessione avverrà, sarà un dono della Fonte
Creante che ha voluto sperimentare se stessa frammentandosi
in noi, accettiamo tutto con immensa gratitudine, quel tempo
futuro per noi è come nel'adesso in eterna presenza.*

Toccò argomenti molto vitali per l'esistenza dell'intera razza
umana, di quanto potrebbe essere divino e sublime il rapporto
di coppia, rinnovato da un novo sapere interiore nel
riconoscimento dell'anima, e dei più alti valori interiori quando
si sa riconoscere e apprezzare la persona che ami,
oltre la coscienza fisica la dove risiede,
la vera espressione dell'essere amore, e da ciò manifestare un
continuo scaturire di attimi di eterna felicità senza mai fine!

*Quando l'Uomo nella Donna che Ama, riconosce il destino
del proprio completamento Spirituale, ambirà al suo nuovo
Cielo Interiore, edificando la sua statura spirituale!
da li osserverà l'alba di una nuova Esistenza terrena,
ed Ella ritrovandosi Regina del proprio Re, rappresenterà la
bellezza del nuovo Paradiso Creato nella sacra unione!*

Poi incalzò con problematiche ben più cruciali, che devastano il
pianeta che ci nutre che noi stessi mettiamo in atto,
mentre l'ascoltavo attentamente, ero lì davanti a lei mentre
continuava a mostrarmi l'incredibile abominio che la creatura
umana riusciva a manifestare nel corso della sua esistenza.

Persi la concezione del tempo, il tempo in quel luogo era
percepito in maniera totalmente diversa dal nostro,
quasi non ne sentivi lo scorrere lasciandoti una sensazione di
continuo presente, nella quale la mia mente non era abituata.

Mi parlò di ogni questione umana, sociale e politica, militare,
ma ciò che mi colpiva immensamente era la sua voce,
trasmetteva tutto il dissenso per quello che l'uomo faceva,
del suo vivere in maniera quasi irresponsabile perdendo

" La Sacralità della Vita"

*L'umanità si è terribilmente ammalata per la mancanza
d'amore, che i piani antagonisti le hanno negato di
conoscere! Ma quando le porte del cielo si apriranno tutti
verranno lavati nell'anima, da un amore cosi potente che si
desteranno dalla loro agonia, e tutto prenderà una nuova
armonia, comincerete ad'amarvi profondamente nel Cuore
Divino! Soltanto cosi conoscerete la Vita Vera!*
*Tornando a seguire le Regole Divine del creato che furono
all'origine, l'uomo sarà ricomposto nel suo nuovo Centro
Spirituale ricominciando tutto, lungo il sentiero dell'amore!*
Ero anch'io molto provato da quello che mi aveva appena
mostrato, sentendomi parte di una società errante, e di ciò che
mai avrei capito se non osservato, con un senso di più profonda
coscienza, poi la sua voce divenne come una carezza per darmi
conforto, per tutto ciò che scorreva in quella sorta di visore a
tavolo che accompagnava ogni sua parola, con immagini
chiarissime di ciò che non poteva essere smentito,
in quanto loro osservano ogni nostro comportamento, nello
scorrere della nostra vita in rapporto al pianeta e ai nostri simili!
Poi con una dolcezza sconcertante nella sua voce, mi disse;
*«Ora verrai accompagnato da un mio maestro temporale, egli
ti mostrerà alcune vie che l'umana creatura dovrà scegliere»*
 Il ragazzo che prima mi calmò venne verso di me e mi prese
per mano, poi mi accompagnò attraversando un corridoio

scolpito all'interno di quel monte che conduceva all'interno di
una grande sala, questa non era fortemente illuminata come la
precedente, si fermò all'ingresso e volgendosi a me disse che
sarebbe tornato più tardi a riprendermi, poi se ne andò via.
Lì mi attendeva un uomo che dimostrava circa 45 anni, capelli
scuri e profondi occhi di smeraldo, con un emblema d'oro in
fronte su qui vi erano due gemme, una rossa in basso e una blu
violetto nella parte alta che emanavano brillamenti di luce!
Era in piedi al centro di quella grande sala, mi osservò e non
disse un parola, lui come tutti gli altri era molto alto,
e alla sua presenza mi sentivo al cospetto di un giudice che
sapeva leggere tutta la mia vita, le mie mascelle erano serrate,
i miei occhi erano sbarrati all'ignoto inconsapevole che ero,

L'uomo alzò il palmo ed indicò una parete di fronte a noi.
Ne scaturì una luce che proiettò immagini olografiche circolari
attorno a noi, che sembravano finestre sul tempo reale.

Ero attonito da tanta meraviglia che gli occhi mi si
annebbiarono, ma di certo non potevo dare sfogo al pianto,
così resistetti ma fu molto difficile, visto il forte impatto
emotivo che ormai si era impadronito di me dall'inizio di tutta
l'esperienza, poi con molta attenzione osservai!
Erano sei i panorami della terra che venivano proiettati come in
una parete ovale, io ero come immerso dentro una bolla, tutto
era intorno a me, questi panorami si aprirono a scene in
movimento in tutte e sei le sequenze, vi erano le più terribili
azioni che l'umanità aveva perpetrato, e intraprese in tutti i
tempi della storia del genere umano, fino ad un passato agli
albori delle prime umanità che mi era sconosciuto, centinaia di
millenni di accadimenti che non compaiono in nessuna fonte
storica, ma soltanto in qualche allegoria tramandata e distorta
dalle ere del mondo,
e nella maggior parte completamente perdute nel tempo.
Civiltà che raggiunsero l'apice della loro evoluzione
tecnologica, ma non spirituale, per poi cadere miseramente in
guerre devastanti come quelle nucleari che sterminarono il
genere umano nelle ere passate del nostro pianeta, immagini
che fortunatamente non potrò mai tradurti in parole ciò che vidi.
Osservavo un passato che mi portò alla consapevolezza che
questa nostra razza, non era la prima genia a comparire su
questa roccia che vaga nello spazio cosmico del Creatore,
molte altre civiltà completamente diverse dalla nostra, avevano
trovato il loro inizio, ma anche la loro fine, nel tempo a loro
concesso per la loro medesima evoluzione spirituale.
Poi egli parlò, la sua voce echeggiò nel grande salone,
confermando il profondo rispetto reverenziale che avevo sentito
alla sua presenza, mi disse con voce ferma e decisa:

*«Questo è stato il vostro grande passato di grandi eroi e di
grandi condottieri! tu credi? »*, mi affrettai a rispondere
«No, grandi carnefici senza pietà e amor mai conosciuto»
«Capisci perché ti trovi qui?»
In un istante realizzai tutto, era cosi vivo in me ciò che sentivo,
quello che vedevo, non entrava in me soltanto osservandolo ma,
il tutto nella sua verità attraversava la mia coscienza e risposi.
«Si capisco, non possiamo adornarci di parole per dire che la
nostra è una civiltà evoluta, non lo siamo, soltanto barbarie ho
veduto.» Poi egli mi disse mentre i miei occhi erano nei suoi:
*«Siete sempre le stesse anime che nelle varie ere della storia
umana si sono reincarnate, e avete sempre ripetuto gli stessi
errori, ma ora, gli errori stanno divenendo più grandi, poiché
le forze che dominate sono al di fuori del vostro controllo»*
All'improvviso, da tutte quelle finestre nel tempo,
si manifestarono migliaia di esplosioni nucleari tutte insieme,
una dopo l'altra, era assurdo, mi sentivo esplodere anch'io in
affinità con quelle immagini, mi sentivo raggelare l'anima
ed'il respiro si faceva soffocato per ciò che l'uomo faceva al suo
mondo, mi guardò profondamente, e disse:
*«La terra è viva e vive in voi, le ferite che le arrecate,
esse si riflettono su di voi. Ella dovrà auto guarirsi e lo farà,
ma questo è ancor poco per quello che subisce dai vostri
animi irruenti, le vostre emozioni negative ed il vostro fare
orrendo, i vostri stessi pensieri, ciò che fate agli altri esseri
viventi che la popolano ancor prima che voi esalaste il vostro
primo respiro, e a voi stessi, tutto l'abominio che riuscite a
mettere in atto verso di lei e tutte le sue creature figlie,
stanno per girarsi verso il vostro futuro.
Uno dei vostri popoli a noi caro lo chiama Karma.*

Sia l'uomo che l'animale lo condivide con la terra
"che genera" i vostri corpi con i quali godete della vita,
senza di essa la vita non può continuare.
Se lei non tornerà al tempo dell'armonia,
l'uomo rimarrà senza casa, dove andrà?
Non qui da noi e da nessun'altra parte.
Chi vorrà nella sua casa colui che ha distrutto casa sua?
Le nostre costruzioni sono millenarie, e portano nelle proprie
mura ricordi armoniosi di un vivere felice, se porti una
persona triste anche le sue mura diverranno tristi,
se porti un distruttore esse crolleranno!
Curate la vostra casa, avete ancora tempo, ma non a parole!
I vostri potenti non ci pensano e mai ci penseranno.
Tutto ciò che fate permea le profondità del pianeta,
e ogni cosa arriva sino a noi e al cristallo centrale,
fonte occhio e del Padre, che ancorato a quello della stella
Vita del nostro sistema solare, giunge fino alla casa del Padre.
A poco serviranno le nostre accorate parole per ammorbidire
un vedere, che a lui nulla sfugge.
Agite ora, ognuno di voi faccia la sua parte e non avrà di che
temere, avrà costruito la propria Arca
nel cuore delle proprie Azioni».
Coloro che nel tempo della loro dimora in questa Terra non
hanno ricambiato l'amore del pianeta attraverso una
gratitudine che nasce nel cuore, e ridonata attraverso l'azione
e il rispetto al pianeta, ma lo hanno usurpato, conosceranno
la furia dei 5 elementi! l'acqua l'aria la terra e il fuoco,
e l'elemento che li muove tutti, l'etere! il ponte tra materia e
Dio la forza che lega i mondi alla vita creativa del sommo,
l'uomo si ravvede soltanto quando la forza più potente in lui

lo pone in una stasi mentale! la paura.

*Molti in quel tempo sceglieranno la giusta azione, vi sarà dato
tempo di comprendere, che la terra vi ama, ed'ella attenderà
che i figli suoi sordi la ascoltino mediante i suoi sussulti,
coloro che resteranno, che avranno saputo accogliere nel
cuore la Sacra Vibrazione del'Amore, non perderanno la
ragione e sapranno riconoscere il canto della Madre,
che li ricondurrà alla manifestazione della Nuova Terra,
che dalle ceneri e dalla polvere, riplasmerà il mondo d'amore
che voi stessi realizzerete e di qui finalmente godrete!
Ad'ogni uomo verrà concessa la possibilità di ambire al
proprio istante di beatitudine, cosicché possa raggiungere
l'amore che lo eleverà al piano del giusto essere, che abiterà
la nuova Terra! Molti saranno quelli che resteranno ciechi e
sordi, e non si lasceranno toccare dal dono dell'amore!*

Gli ologrammi ripresero a muoversi ma, uno soltanto mostrava
l'unica via, era un mondo d'amore in cui l'amore forgiava ogni
azione e tutto fluiva in armonia, il mondo interno gioiva con
quello di superficie ed era visitato da innumerevoli ospiti giunti
da ogni dove a mirar l'armonia nata da una scelta nuova,
quella dell'amore per tutte le cose del mondo
e per ogni sua più piccola creatura che ospita la Vita.
Le altre linee temporali non riuscivo a guardarle,
erano solo terrore e devastazione in qui la civiltà umana
continuava ad' essere vittima dei soliti schemi, di oppressione e
dominio di esseri che non conoscevano amore, ma soltanto
principi di prevaricazione il qui prodotto era guerra e morte,
pestilenze e fame, le più atroci manifestazioni del potere
negativo manifesto nell'uomo, dove si continuava ad' aver
padroni e uomini schiavi convinti di esser liberi!

dove l'oblio dell'umanità aveva raggiunto il suo folle apice!
Futuri paralleli nei campi della creazione cosmica,
che spero non si manifestino mai! poi mi volsi verso di lui!
Egli si accorse del mio tremore alla vista di quelle immagini,
che manifestavano le peggiori creazioni negative dell'umanità,
e subito cessarono. La sua voce mi riportò un po di pace.
«Torneranno alla tua mente antichi ricordi, antiche gesta,
esse ti mostreranno il perché della scelta. Verranno a te molti
maestri e in te lasceranno i semi che germoglieranno in frutti
che, donerai a coloro che hanno sete. Al viandante offrirai
ostello e all'ammalato di spirito forgerai nuova scintilla.
Saremo al tuo fianco, assieme alle tua antica famiglia
stellare. Un nuovo futuro attende la creatura uomo,
ma in atto deve seriamente essere messo in divenire».
Si inginocchiò in quanto era molto alto e mi abbracciò come un
padre abbraccia suo figlio, e piansi tra le sue forti braccia che
mi stringevano, mi sentivo davvero tale, questo mi scosse
molto, mi congedò fu molto commovente, poi fui ricondotto nel
salone centrale dove anche la mia insegnante mi salutò con una
promessa, che sarebbe giunta a me con il suo spirito a vegliare
su di me. ***«Si può»*** mi disse, ***«anche tu nel tempo imparerai».***
Poi venne quel ragazzo di prima e mentre mi portava all'uscita,
incrociai il carabiniere che, finalmente aveva tutt'altro umore
e mi disse una frase che mi servirà a riconoscerlo quando lo
ritroverò, "nonostante siano passati 11 anni so che avverrà il
destino incrocerà le nostre strade, non può essere altrimenti!"
Quel ragazzo mi prese per mano con una delicatezza che mi
stupì, nonostante tutto di quel mondo fosse estremamente
affascinante, poi mi portò verso l'uscita e vidi altri ragazzi e
ragazze come loro che tenevano in braccio bimbi terrestri,

in uno stato quasi eterico, e li portavano all'interno del tempio in altre stanze. Chiesi a lui che cosa significasse, e lui nella sua espressione e in tutto il suo amore mi disse:

«sono semi stellari, figli della nuova luce, giungono da elevati mondi e piani di coscienza, e dai piani spirituali della luce! vengono portati qui in uno stato di coscienza astrale per essere istruiti inconsciamente, finché sono molto piccoli fino all'età di circa due anni, i ricordi poi riemergeranno nel tempo e con essi le loro giuste qualità portatrici e creatrici del mondo nuovo che realizzerete assieme, essi saranno i vostri maestri se riconoscerete la loro bellezza senza turbarla. Chi vive al fianco di questi bambini non si accorge di nulla, perché tutto sorgerà in modo spontaneo». Si riuniranno creando una rete planetaria d'interconnessione subcosciente realizzeranno la nuova coscienza e la insegneranno all'uomo.

Quando fui vicino all'uscita potei vedere dall'alto, quel loro meraviglioso mondo e tutto ciò che i miei occhi riuscivano a capire. I loro veicoli galleggiavano come foglie leggere nella massima calma, le loro case erano stupendamente inserite in quella vegetazione straordinaria come in una perfetta simbiosi. La bellezza di quel luogo aveva ormai rapito i miei sensi, quell'aria frizzante che riempiva i miei polmoni, la purezza di quell'ossigeno faceva librare ogni mia cellula. Provavo una sensazione che qui sulla terra non possiamo raggiungere nemmeno in sogno, quel posto mi attraeva profondamente nonostante qui in superficie avevo moglie e figlia ma, lì tutto era cosi lontano che anche gli affetti erano meno vivi in me. Mi voltai verso di lui e lo supplicai di non portarmi indietro, che avrei fatto qualsiasi cosa fosse stata utile assieme a loro, ma di non portarmi indietro, nella sua dolcezza mi rispose:

*«Farai molto per noi, da dove tu sarai, questo per noi
è molto più di ciò che potresti fare qui con noi, per noi ».*
Mi prese di nuovo per mano e mi portò giù, mentre dai miei
occhi scendevano copiose lacrime! planare nell'aria fresca,
mi dava la sensazione di essere un angelo nella mano di
quell'essere magico. Non riuscirò mai a descrivere cosa provai
in quel momento, nostalgia leggerezza, gioia ed' il cuore che mi
scoppiava dentro ,sentivo in me che la porta divina del cuore si
spalancava all'universo, e abbatteva quei confini in me illusori,
che fino a quel momento credevo mi contenessero, quell'energia
che scaturiva dal suo plesso solare, era penetrata nella mia
essenza e creava uno stato estatico, toccammo terra, mi voltai
verso l'alto e vedevo che anche le altre due persone, compagne
della mia avventura, scendevano volando insieme a quelle
angeliche creature, ero ricolmo di un emozione cosi profonda,
che trasmutava il mio stesso pensiero .L'amore che fluiva in
tutto il loro mondo, nonostante fossi li da poche ore, cambiò per
sempre la mia vita, cantò una nuova nota nel mio universo
interiore, poi salimmo tutti su quelle strane vetture e ci
riportarono verso quei dischi volanti, mentre continuavo
ad' assorbire quel paesaggio d'incanto che riempiva i miei occhi.
Mi chiedevo quando sarei potuto ritornare da loro,
quando avrei provato di nuovo quella dolcissima sensazione
di stare *"in famiglia"* ero privo di ogni paura e angoscia.
Era una felicità nuova, che il mio essere non aveva mai
sperimentato prima, e che mai più avrebbe dimenticato!
Il pilota come se avesse intuito i miei pensieri, mi rispose che
arriverà il tempo in qui l'uomo si realizzerà e noi potremo
recarci da loro e loro da noi, come facciamo la domenica,
quando andiamo a divertirci oltre i nostri luoghi di soggiorno,

loro faranno lo stesso da noi con il resto della comunità cosmica nella vera pace e fratellanza realizzando il piano Divino!

La terra stessa sarà una nuova perla della corona del Padre.

Ripercorrendo il tragitto a ritroso incontrai nuovamente quell'uomo difronte a quella strana abitazione, mi osservò, spalancò le braccia al cielo con un sorriso amorevole volse lo sguardo a quel cielo interiore, quante volte mi chiesi che stesse pensando, che cosa volesse dirmi, passarono anni prima che compresi chi fosse, e chi era stato per me, chi fossi io e perché avessero scelto me, ma quei lunghi anni dovettero scorrere nell'oblio perché io fossi pronto ad accogliere, una verità più grande di me. La mia coscienza non era ancora pronta a sapere, e solo ora comprendo la loro grande sapienza nel' agire sugli individuai a loro legati che nell'oblio della materia terrena hanno dimenticato se stessi! Nel frattempo arrivammo in quel piazzale, scendemmo tutti e tre! non riuscii mai a scambiare parola con quella ragazza era come assente, ci incamminammo salimmo quei pochi gradini, poi mi voltai verso quel mondo con uno stato malinconico profondo, salutai con un gesto il pilota di quel veicolo levitante e salii a bordo, ognuno su un disco diverso, non ho mai più visto quella bambina, forse era una di loro, e serviva solo a renderci più fiduciosi, nel momento in qui vennero a prenderci all'inizio del nostro viaggio per entrare in quel tunnel, poi il ragazzo pleiadiano che mi accolse dall'inizio del mio viaggio, mi accompagnò sul disco che si alzò in volo, lui era accanto a me mentre io ero a fianco del pilota mentre usciva dalla zona di quel porto per le loro navi!

Osservavo lo scorrere davanti a me delle loro meravigliose città lucenti, immense cupole d'oro e cristallo e delle distese verdi di quella natura incantevole di alberi grandi come grattacieli, e oceani senza fine quando lui mi disse!

«Indovina? Mio caro ora dovresti di nuovo entrare in quel muro di luce bianca»,

mi voltai verso di lui lo osservai per l'ultima volta, l'ultima immagine che mi resta di lui è il suo volto, poi come un automa obbedii ed entrai, pochi istanti e sentii che la mia essenza umana mi lasciava, sopendomi totalmente!

Ricordo dopo, solo la brezza dell'aria fresca che avevo intorno, nel mentre mi sentii scendere giù leggero e toccare il mio letto, mi rendevo conto di essere semi cosciente, mentre sentivo il peso della materia riacquistare la solida realtà, mi addormentai.

Nella notte mi svegliai credendo di essermi addormentato vestito, così mi cambiai per la notte e tornai a letto.

Il mattino dopo quando mi svegliai, pensai di aver fatto un sogno incredibile, mi lavai la faccia, mi guardai e pensai «che storia pazzesca ragazzo». Mi ripresi credendo che la cosa fosse finita li, ma il nodo alla gola doveva ancora arrivare.

Aprii la porta di casa con la chiave di scorta, perché non trovavo il solito mazzo, e non era finita lì, la mia auto non era al solito posto, anzi, non c'era proprio la cercai in tutta la piazza.

Preso da un dubbio ancor più folle, ragionai su tutto quello che avevo vissuto e dopo una decina di minuti, decisi di prendere la bicicletta e mi incamminai verso quel luogo.

Un quarto d'ora dopo ero lì e mentre mi accostavo, vidi la mia auto in quel campo, le gambe non so se per la fatica per quella salita, o per lo sgomento presero a formicolare.

Lasciai la bici, vidi che le chiavi erano nel quadro d'accensione, il motore spento e il mazzo di chiavi di casa nel cruscotto.

In un illuminante presa di coscienza accettai, tutto ciò che avevo vissuto in quel momento, tutto venne re impresso

perenne in me come la più grande verità della mia vita!
Mi sedetti per terra, rimasi così credo almeno per un'ora,
riflettevo su ciò che mi era accaduto, la mia mente doveva
razionalizzare ma, non ci riusciva, ella impiegò giorni prima di
accettare. Mi alzai e gridai al cielo se tutto quello che avevo
vissuto fosse vero, o fossi diventato completamente pazzo,
caricai la bicicletta in auto, e tornai a casa pieno di pensieri!
Da allora ho vissuto centinaia di esperienze di ogni tipo,
e ancora il giorno d'oggi continuo a viverle, nel tempo ebbi altri
contatti con loro e molte cose mi furono spiegate,
su tutto quello che ancora per me era un incognita,

"ma questo lo scoprirai nel corso della lettura di questo testo"

*"La via della Verità la troverai soltanto se seguirai il tuo
Sentiero Spirituale, rinnovato nell'unione di tutte le tue
essenze di Matrice solare"*
*"Tutto ciò che in te dimora oltre la materia,
là! nei Piani Dello Spirito"*
*Ascoltami nel tuo cuore, caro uomo e donna della Terra
Trova lo spazio nella tua vita per il tuo corpo,
per i tuoi doveri, ma trova anche nuovi spazi per la tua
Anima e per il tuo Spirito!
Perché soltanto attraverso la congiunzione di essi,
giungerai nelle ere al suo cospetto, iniziando all'interno
del tempo terreno di questa tua Vita. Uomo!
la vera spiritualità è accogliere un seme nella tua
Sacra Coppa, nutrirlo mentre cresce percepire la sua*

fragranza mentre fiorisce per poi raccogliere i mille semi,
che germoglieranno in mille altre anime
Il vero Essere Spirituale è colui che degli
insegnamenti ne fa tesoro, e nello scorrere del tempo li
fruttifica, cambiando il suo mondo e quello delle sue
fraterne genti! Unendo la saggezza, che ognuno di noi
possiede! liberata da quel veli che la nascondono
all'antico uomo originale della Terra.
Quando sarai dinnanzi a lui lo guarderai negli occhi e
nel suo riflesso, scorgerai essere i tuoi!
Essere spirituali significa realizzare la fusione con lo
spirito, divenire una sola cosa nella Luce!

I tre salti verso il sé luminoso

Tra i meandri del cervello unano, c'è un luogo in qui
dimora la sede della mente superiore,
colui che ne conosce il potenziale, sale il Primo gradino
che è quello della Consapevolezza di ciò che è,
nel potenziale della Materia Bianca.
Colui che espande tale consapevolezza, sale il Secondo
gradino, che è quello della Coscienza dove tutto è
universalmente interconnesso.
Colui che arriva al Terzo gradino, realizza la Conoscenza
stessa varca la soglia lattiginosa del non tempo al di la
della materia fisica, dove tutto è! e dove tutto non è.......

Questo è il sentiero dell'iniziato!

Nell'essenza medesima dell'Io Sono

*Io: Massimiliano Steffen, consapevole di tutto ciò che ho visto
e vissuto, dopo aver osservato tutte le alternative che la Fonte
ci pone dinnanzi! è con tutto il cuore che chiedo a te,
di fare la tua parte, nel miglioramento della condizione
umana, sociale, e planetaria, tutto ciò che è nelle tue capacità
e possibilità! soltanto cosi giungeremo a creare un futuro
migliore, in cui tu i tuoi figli e tutti i tuoi cari conosceranno
il vero senso della vita nella pienezza dell'amore.
Ho visto mondi senza più vita, la Terra non dovrà seguire la
stessa sorte, e tutto questo sarà possibile soltanto se l'uomo,
si renderà conto del proprio agire e delle conseguenze
generate. Sei qui per una ragione estremamente grande!
per la vita tua e del mondo che ora ti ospita!
Lei la grande Madre Planetaria ti Ama e tu la ami ?
l'amore è un flusso costante che genera interscambio
energetico! noi prendiamo ma cosa diamo in cambio a lei?
pensaci uomo ! Pensaci Umanità!
Potresti essere colui/colei che attraverso una tua nuova
azione, corregge le distorsioni della coscienza planetaria
umana, di questa elevata manifesta densità terrena!
E' determinante la qualità del tuo pensiero ed' esso e dato, da
quanto sei in perfetto equilibrio tra la mente èd' il tuo cuore!
quando raggiungerai quel centro tutto ciò che emanerà la tua
essenza sarà il frutto della perfezione,
l'egemonia del sacro Sè nella gentilezza del tuo cuore!*

Un cuore in piena sintonia ed'equilibrio con la tua mente!
(Fig.7 Pag.78)

Da coloro che abitano il Logos di Madre Terra dall'unione di Agartha e Shamballah

*****

Vi abbracciamo tutti nel grembo del nostro amore, nel quale riscoprirete il vostro divino esistere. Osserviamo i vostri tempi tormentosi, che si riflettono inevitabilmente in voi, questo è concepito dalla Fonte suprema, perché attraverso il Caos le leggi che preordinano la Dualità si manifestano, ed' è nel muoversi delle cose fuori di voi, che dovreste porre più attenzione al vostro interiore. Non fatevi distrarre, in quanto tutto il senso dell'evoluzione è dentro di voi, voi siete la ragione della vostra stessa esistenza, sappiamo che molti di voi vorrebbero incontrare noi e i fratelli che arrivano dalla Volta Celeste, questo è un gesto dettato dal cuore, per la maggior parte di coloro che vorrebbero sentirci fisicamente, attraverso le dimensioni, ma nel momento attuale della vostra umanità, la vostra forma di coscienza si proietterebbe nuovamente all'esterno. Noi non vogliamo essere la nuova religione del nuovo tempo, ma vorremmo portarvi per mano a scoprire la vostra bellezza. Vorremmo che voi scopriste quante doti, e meravigliose espressioni, potreste manifestare lungo il corso della vostra esistenza, ma questo è il tempo della grande battaglia tra le due forze. E voi tutti siete il grande campo dove queste due leggi cosmiche, si annichilano dando origine ad un nuovo sorgere della civiltà umana , al centro vi è la scelta di vivere nell'amore. Vi guideremo silenziosamente sussurrando alle vostre anime, esse si manifesteranno nelle vostre azioni, tutta la vostra evoluzione in questo tempo, è basata sulla fratellanza e la manifestazione dell'amore.

Fermatevi per un momento ad' osservarvi dentro scoprirete le meraviglie che vi furono donate, dal Principio Creativo della Fonte, l'universo vi sta donando i suoi Figli, mirate quanto siete importanti, in questo attuale momento voi siete al centro dell'attenzione dell'intera creazione. Verrà un domani in qui sarete lo splendore dell'universo. Noi saremo finalmente li ad' abbracciarvi tutti, Vi abbiamo mandato le nostre parole, scritte con lacrime d'amore. Se vivrete nell'amore, l'eternità, non vi sembrerà altro che un istante, dove le sofferenze che avete vissuto svaniranno nel nulla !Siatene certi! accadrà. Ricordatevi sempre, che la coincidenza, è il risultato di una complessa operazione, che muoviamo per far si che la vostra coscienza si desti dal torpore del suo sonno! Verso una nuova attenzione che la condurrà sul viale del Risveglio Interiore! Fate sempre molta attenzione ai segni che porremo dinnanzi al vostro cammino, essi sono lasciati li perché voi ve ne accorgiate e ne saprete fare buon uso. Quando avrete capito che tutto questo è reale, vedrete la vita svolgersi sotto un altro aspetto, di piena consapevolezza, in quanto certi, che il tutto si svolge anche da altri piani, e che esseri amorevoli guidano il vostro cammino verso la via del cuore, non ha importanza come ci connotate, se angeli, guide, maestri, fratelli delle stelle, l'importante e che voi siate coscienti di che cosa veniamo a fare per voi, guidarvi sul lungo sentiero della realizzazione interiore, della vera Rinascita Spirituale per l'Uomo Vero! Conoscerete un mondo dove nessun uomo sarà padrone di un altro uomo, dove tutti saranno fratelli di tutti! nessuna discordia, nessun incomprensione, ma solo Amore Pace e felicità! questo vi aspetta miei cari figli della Luce!

Amati frammenti della Fonte!

Tutte le situazioni che stiamo attraversando, sono dettate per muovere in noi l'evoluzione, che ci porterà verso ciò che è perfezione ! soltanto camminando attraverso l'errore avremmo potuto evolverci, qui su questo piano dove le prove sono estremizzate, al fine di creare in noi il massimo potenziale, della perfetta azione in questo regno delle cose visibili ed'invisibili delle realtà sottili ed'eteriche del tutto!

E' un gioco di forze ! tra il bene e ciò che è considerato il male, "l'antagonista al bene" ! ma se non ci fosse l'uno saremmo in grado di distinguere l'altro? forse tutto ciò è necessario nella nostra dimensione al raggiungimento del primo!

la mente che è costruita di principi dualitari per perfezionarsi, dovrà per certo affrontare situazioni duali e in bilanciamento tra le due forze! è nel confine tra il bianco ed'il nero, tra il nostro Microcosmo e del nostro Macrocosmo, che se osservi in quel punto mediano scorgerai la più viva luce, che tu possa mai immaginare vivere dentro di te!

Ogni stato emotivo che genera l'essere umano ha conseguenze su tutta la struttura spirituale e vitale, ogni aspetto emotivo genera determinate frequenze vibratorie che marchiano la tua biologia, e lo stato di salute delle tue stesse cellule, se generi odio e rabbia, non soltanto la poni energeticamente al destinatario, ma manifesterai direttamente dentro il tuo corpo il malessere energetico, quindi la persona maggiormente toccata da questa distorsione sarai tu stesso, lo stesso principio vale per i sentimenti elevati se amerai ti amerai in tutta la tua essenza!

Ogni frequenza che va in distonia con la tua biologia con grande facilità, se protratta nel tempo si manifesterà in malattia, ogni organo vitale se contrapposto con energie che vanno contro il benessere della vita, andranno ad'ammalarlo!

Piano Vibratorio Discendente e Ascendente

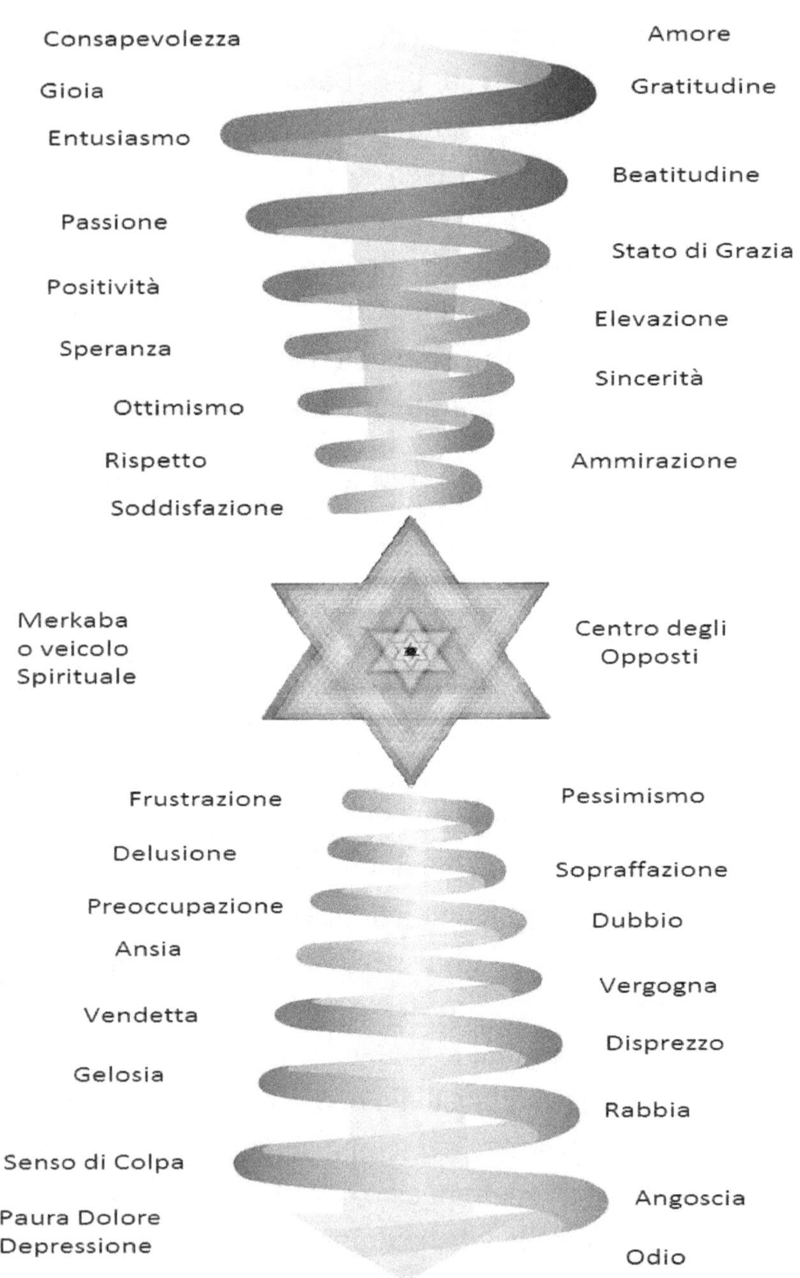

Se comprenderai la ragione delle tue pene, e le avrai accettate in tutta la loro portante di cambiamento, avendo trasmutato le tue distorsioni in una rifioritura del tuo essere, è probabile che tu possa realizzare il tuo nuovo stato di guarigione,
la Vita è il prodotto di una perfezione creativa, che necessita di stabilità vibrazionale, per coerenza condurrà uno stato di vitalità perfetto, ma se vai contro la vita creando piani emotivi alterati, allora sarai tu stesso che ti muoverai contro la tua stessa vita.
Le nostre ruote energetiche o chakra, ne risentono notevolmente aprendosi o chiudendosi al fluire dell'energia nel corpo creando ristagno, la via di flusso principale e il sistema sanguigno che scorrendo in tutto il corpo, distribuisce l'insana energia toccando anche quelle ghiandole corporee preposte al buon funzionamento dell'abitacolo fisico creando un effetto domino inarrestabile, che può essere solo risolto per mezzo di una consapevolezza, che ti pone in un nuovo ordine di manifestazione cosciente delle tue rifiorite ***Energie Spirituali***
Quindi se permettiamo che tutto ciò che quell'immenso oceano di emozioni ci condizioni, saremo noi stessi ad'aprire le porte all'oscurità tramite il ***Corpo Somatico***, se ci poniamo nello stato di osservazione integrando soltanto i giusti aspetti dell'essere, saremo in perfetto equilibrio interiore realizzando le 12 eliche!

Ricorda, il centro di tutto è il cuore!

Se realizzerai in te questo principio nella tua coscienza ti predisporrai a mantenerti sano e vitale, ma se continuerai ad'odiare e a portare rancori allora nessun lamento giunga se la vita ti vorrà portare, ad'una lezione che ti fermerà quel tanto che basta perché tu possa finalmente cambiare te stesso!

Sei disposto ad'Amare chi hai odiato?

Rammenta che l'attuazione dei più alti valori della vita ti porterà all'attivazione dei codici solari, che riaccenderanno le tue sequenze genetiche di nuova umanità, le *12 spirali del DNA* che attiveranno cunicoli spazio tempo nella tua coscienza!
La Fonte ha realizzato tutto in base ad'una frequenza matrice, che identifica la fioritura della vita, la connotiamo come una somma di frequenze e vibrazioni identificabili nella cerchia energetica dell'amore! Tutto ciò che è sintonico in tale onda Cosmica si librerà nell'ordine perfetto della sua evoluzione!
Tutto ciò che va contro questo principio lotta contro la vita, quindi sarà destinato alla propria dissoluzione fisica, e rigettato nella grande macina che tutto riordina nel suo ordine perfetto

Nel tutto in qui io dimoro! non posso vivere la vita!
sono suono e luce che manifesta la pura coscienza!
Allorché ho creato te! ponendoti un frammento del mio
Spirito! nel manifesto piano terreno! perché in te potessi
sperimentare tutto ciò che qui non è! poi le ere passarono
e mi dimenticai da dove giungevo. E ora sono te!
L'obbiettivo che avevo, era di portarti a raggiungere
L'Amore senza inizio ne fine, l'Amore eterno in te.

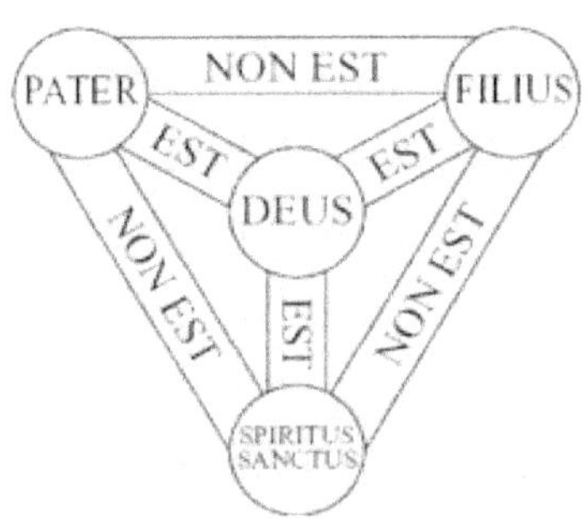

Vivi nel flusso della Vita Amando

La voce della Madre

***

La voce della Madre mia che usò quell'essere **Pleiadiano** che
collaborò con gli **Intraterrestri,** era un preciso riferimento alla
madre Terra, la Madre di tutte le Madri che su di essa vivono.
La madre delle nostre Vite in quanto, ci da l'opportunità di
perpetrare la continuazione della Vita, attraverso il
proseguimento di corpo in corpo di Madre in Figlio,
permettendo la continuazione nel piano fisico della scintilla
Divina che ospita il corpo, che vive in tutti noi, come
frammento del Padre stesso e lo Spirito Santo della sua
emanazione frammento dalla Fonte, il vero Dio nell'uomo!
Amiamo nostra Madre dall'inizio della nostra Vita, ne abbiamo
il massimo rispetto e cura, perché non lo facciamo anche per la
nostra **Madre Terra**? dovremmo esserle eternamente grati per
offrirci tutto quello che ci dona, senza nulla chiedere in cambio.
Dovrebbe nascere in noi spontanea quella gratitudine infinita,
che ha un figlio per sua Madre, anch'ella è Madre di tutti,
chi è in comunicazione con la sua coscienza, lo sa bene cosa
sente nei suoi riguardi, in una delle tante volte che entrai in
connessione con lei, mi mostrò un immagine molto chiara
del legame che c'è tra gli elementi e la natura umana in una
simbiosi indispensabile per il sostegno della Vita.
Tutto ciò che compone la nostra struttura biologica,
è il risultato di una creazione estremamente complessa,
composta, dagli elementi stessi del pianeta,
nella materia biologica vegetale, dell'animale e minerale.
Quando osservi un albero egli è vita, genera l'ossigeno che tu
respiri dandoti la vita ogni giorno, prova a fonditi con esso
abbracciandolo, e ascoltalo nella sua essenza, egli ti parla!

"per favore non ferirmi, ma poggia la tua mano, e il tuo capo
sul mio tronco, ascoltami, ascolta la vita che scorre in me,
la linfa che dalla terra fluisce in me, per te, senti il mio suono
tra le fronde e le mie foglie, ti parla del mio mondo, guarda la
terra dove sono radicato amorevolmente alla madre mia,
la stessa per te! scorgi la profondità delle mie radici,
che arrivano fino al suo cuore, e riconoscerai le tue in essa"
Lei amorevolmente usa un linguaggio simbolico, ma più chiaro
di mille parole, nella sua forma più amorevole, ci nutre ci
sostiene ci ama come figli, la nostra anima è figlia della
creazione! ma in questo tempo è figlia della Terra, per il corpo,
l'involucro che abiti. La civiltà umana sta consumando le risorse
del pianeta, come se esse fossero senza fine! senza comprendere
che sono generate da un sottile equilibrio, che è stato dall'uomo
manomesso decenni or sono. Il compito dell'essere cosciente,
è ristabilire quell'equilibrio in modo permanente!
Noi notiamo sovente come in una grande parte dell'umanità
contemporanea, regni nel suo cuore l'indifferenza, in tutte le
situazioni della vita, molto spesso scorrendo alla vita stessa
come se fosse già morta. La vita che conducete sul vostro
pianeta, non è una vera vita, ma nella maggior parte dei casi,
una vita a stento, devastata da un emotività incontrollata e da
una serie infinita di crucci interiori insormontabili, il turbinio
dell'emo-zione e tutti i suoi processi, le dure prove della tua
esistenza orribilmente soffocata, perdendo le sue qualità!
Uomo destati dal tuo sonno risorgi alla Vita!
Ricomponiti in tutti i tuoi elementi, "impara ad'ascoltarli"
Quindi mia cara anima in viaggio, tutto ciò che coinvolgerà il
tuo livello emotivo, e una prova evolutiva! sicuramente saranno
eventi in qui metteranno in moto le parti peggiori di te,

ma dalla reazione e scelta che tu avrai nell'affrontare tale situazione potrebbero scaturire le più nobili delle tue azioni, tutto sta nel come tu ti poni alla prova. La via evolutiva dice, che è proprio in quel frangente che si dimostra la maestria raggiunta dall'uomo. Non solo nel sapere dominare la propria emotività, che ben potrebbe sfociare in aggressione se la persona non è padrona di se stessa, ma nel saper confluire la rabbia altrui a spegnersi, nel saper spegnere il fuoco appena acceso prima che si trasformi in un incendio, le prove dinamiche dell'anima sono queste, mettere in pratica gli insegnamenti, e le comprensioni raggiunte, non si tratta di fare chissà quali pratiche spirituali, dalla complessità inutile, si tratta di dimostrare a te stesso il valore spirituale che hai raggiunto, nei fatti concreti della vita. Le guide, gli angeli come li chiamate qui sulla terra, sono li a fianco all'uomo, perché lo possano instradare verso una scelta consapevole di come si vive, smettiamo di guardare fuori di noi per raggiungere il nostro Traguardo Spirituale, inoltratevi nelle vostre profondità, la ricerca vera e dentro di te, verso il tuo Sé, fuori troverai aiuti concreti di sicuro! ma la meta sei tu, in questo tempo l'universo intero sei tu, lo stai rappresentando, ognuno di voi nella sua unicità. Questo è il tempo in qui noi abbiamo sempre gli occhi alle stelle nella speranza che qualcuno venga ad aiutarci e speri, speri, e il tempo passa, e tu non pensi mai a te stesso, che tutto il senso del tuo fare è per raggiungere qualcosa, sei stato alunno della terra, presto tu prenderai la laurea, e in un tempo futuro sarai maestro ed insegnerai tra i Mondi della Creazione, questa è la tua meta. Ma questo è il tempo della tua vera Formazione Spirituale, attraverso i quattro elementi che compongono la tua materia, ed'il quinto elemento "L'etere" che energizza,

i tuoi piani sottili, formerai la tua nuova coscienza in equilibrio
tra tutti i piani esistenziali che ti compenetrano.
Stai dimorando all'interno di un Cosmo dove ogni Mondo prima
o poi ti ospiterà, ed' ora questo mondo è il tuo parco giochi.
Questo cosmo è un espressione estremamente organizzata e
perfetta nel suo meccanico funzionamento, in ogni Universo
vigono leggi inderogabili a qui tu sei soggetto, scoprire tutto
questo ti darà un nuovo ordinamento alla vita, tu fai parte tanto
del Microcosmo quanto del Macrocosmo, tutto è estremamente
legato, ed' in te vi sono tutti gli elementi che compongono
questo Mondo, Acqua, Aria,Terra, e Fuoco, e per ultimo il
quinto, l' Etere che è il ponte tra materia e la Fonte di tutte le
cose, che tutto crea e manifesta nella nostra realtà!
Il primo, è quel fluido preordinato alla Vita dove l'elemento
biologico primordiale sottoposto al vibrante suono cosmico che
tutto tocca, e fa si che si organizzi a comporre i primi passi
della Vita, Esso tocca e vibra in tutti i piani della creazione in
ognuno con una frequenza diversa di percezione, l'omm omni
pervadente è un Codice di Creazione alla Genesi della Vita,
in quel suono si racchiudono gli archetipi del principio
schematico della Vita stessa, l'acqua è lo scisma mobile dove le
molecole possono muoversi per trovare il loro giusto posto.
ti pervade in tutta la tua sostanza e permette che i tuoi fluidi
possano scorrere in te, come scorre nella terra che ora abiti.
L' acqua è simbolo di Vita e purificazione tant'è che esistono
luoghi eterici nei piani sottili qui e altrove, dove ci si può recare
animicamente nello stato eterico per esserne toccati e purificati,
le Sorgenti della Vita dove entri in una spaccatura nella roccia,
di un monte e percorri un lungo cammino all'interno del monte,
fino ad arrivare ad una fonte dalla quale abbeverarsi,

di quell'acqua di vita, rigenera tutta la tua essenza spirituale e i
tuoi campi aurici, immergendoti in quel flusso che scorre via,
lava tutta la tua interiore essenza avvolgendoti ovunque!
osservi la volta soprastante ricolma di splendidi cristalli lucenti
dalla poca luce che penetra in quel luogo, sembrando la volta
celeste che pittura le notti più stellate. L'incanto prende il tuo
essere, e perdi lo scorrere del tempo, mentre l'acqua compie il
suo Sacro lavoro, una serie di cristalli scelti per vibrazione e
colori che toccano le tue armoniche interiori, e con essi ti fondi
nella loro energia divenendo un Uomo dalle nuove virtù,
ogni volta che ne assapori la spettacolare manifestazione.
Poi vi è l'aria che è veicolo stesso per le nubi che portano acqua
lungo le vie scorrevoli della terra e in essa si lascia abbracciare,
l'aria che da ossigeno attraverso i tuoi polmoni e il processo di
interscambio tra sostanze pesanti e ossigenanti, anch'essa
necessaria a sostenere la tua Vita, ***come vedi ogni elemento è
necessario alla sussistenza dell'altro e per te***, essa è trasparente
e apparentemente intangibile ma nella sua sottile densità ti dona
la vita, necessaria persino allo sviluppo del fuoco nel quale
senza essa non manterrebbe la combustione, nell'aria si
muovono quelle creature incorporee che dimorano in questo
piano e che nel loro silenzioso mondo ci osservano,
mistici elfi e magiche creature Dee della natura Elementale che
si mostrano soltanto agli occhi che brillano d'amore, ella è il
canto che pervade la quiete dei boschi, lasciando che le foglie e
i rami degli alberi cantino per lei, quegli alberi che dalla terra
ricevono il nutrimento alla loro possente struttura nella materia
e nell'acqua loro fonte di vita filtrando quell'aria che riempie i
tuoi polmoni, ***cominci a capire l'interconnessione degli
elementi nelle funzioni biologiche del tuo esistere?***

Quando afferrerai tutto questo appieno, allora tu comincerai a custodire ogni elemento che in questo tempo l'umanità deturpa e inquina .Quella Terra nostra che sta diventando una discarica collettiva, quella Terra che genera il tuo cibo.

La Terra quella natura materiale di qui tutti gli elementi sono resi manifesti, essa è il più Sacro di tutti nella sua natura di Madre ci accoglie tutti. Sulla sua superficie e dentro di lei ospita la vita in tutte le sue forme, nei mari, la dove la vita ebbe inizio, la Terra è vita. ***Capisci che lo devi a lei?***

Il fuoco l'elemento rigeneratore e purificante, nonostante noi come umanità ne consideriamo un elemento distruttore! daltronde come lo possono essere tutti gli altri, in realtà è un mezzo per il quale si distrugge un luogo per dare la possibilità di poter manifestare un nuovo inizio, fonde i metalli per dare loro una forma plasmata, egli è preordinato alla trasmutazione alchemica della vita, l'energia interiore Dell'Amore Sacro, e della Terra stessa dove nelle sacche mediane, del nostro pianeta scorre lava infuocata come il sangue scorre nelle nostre vene, essa da vitalità al continuo movimento delle placche teutoniche di superficie. ***Comprenderete che gli elementi del mondo sono simili a quelli che regolano il vostro interiore, sia a livello materiale che energetico e sensazionalistico.***

L'emotività, l'amore, la compassione, la rabbia, la ferocia, l'odio, emanano stati energetici come se fossero elementi e come tali condizionano la tua esistenza, la terra si comporta ugualmente a noi con le sue energie che sono interconnesse alle nostre, se noi saremo rabbia e odio ella si nutrirà di quella rabbia che noi generiamo, trasformandola in un eccessivo scuotimento, ciò che le diamo ci ritornerà amplificato nello stesso modo in qui il karma agisce sulla nostra esistenza futura,

tutto è interconnesso nulla ne è esente. *Se notate l'incastro totalitario, cesserete di agire nell'errore consapevole*, creando deturpazione all'ambiente in qui vivete! e a voi stessi! anche se reso difficile dalle mancanze di un sistema globale indifferente, agite per conto vostro nel vostro quotidiano! In questo mondo vi sono forze che vogliono il vostro controllo che vogliono che agiate nell'errore, ma se siete consapevoli di ciò che esiste e che siete, non potrete mai più essere controllati, e di fatto comincerete a sfuggire al karma stesso, sganciandovi lentamente dalla ruota delle reincarnazioni fisiche di terza densità, affidiamoci ai nostri talenti interiori poiché dallo sviluppo di queste doti sapremo destarci meglio in questo caos chiamato mondo umano! la manipolazione mentale dettata dal potere globale, ha sempre fatto parte del gioco di dominio delle masse, creando forze d' egregora dove poi il flusso energetico generato dalle masse, sviluppa un vero e proprio potere di dominio, in qui il soggetto ne viene scaltramente intrappolato, e cosi controllabile attraverso i suoi stessi pensieri, che sono stati deformati per condurlo al soggiogamento, scoprire che la vera strada per raggiungere l'illuminazione della propria coscienza, è quella di inoltrarsi nei piani superiori dove dimora il tuo spirito! ti darà accesso per via diretta alla verità assoluta, di qui hai bisogno per evolverti, finendo di appellarti sempre a qualcosa che sta fuori di te! L'accesso al tutto è dentro di te!
La via per raggiungere l'assoluto sei tu! riscopriti nel tuo Sè

L'immenso valore

Non c'è oro o gemma che possa eguagliare il valore della vita.
In una meditazione un giorno mi ritrovai, a viaggiare attraverso
i Portali Dimensionali, assieme al mio Maestro Pietro, finimmo
in un pianeta di questa galassia, il cielo era purissimo lindo,
scendemmo e vagammo ovunque, vi erano distese di erba
immense, qualche laghetto d'acqua non vedevo nessun animale,
qualche insetto, nessuna pianta, era molto strano che in quel
mondo mancassero alberi al sostegno della vita, Chiesi a lui il
perché di tutto questo, e mi disse di continuare ad' osservare il
paesaggio sottostante ovunque andammo tutto era cosi piatto,
finché non arrivammo in una zona in qui trovammo delle rovine
antichissime ricoperte da rovi, tutto era cosi silenzioso,
vi entrai dentro sembrava abbandonato da secoli o millenni,
notavo all'interno strumenti tecnologici completamente corrosi
inservibili, uscimmo da li e vagammo ancora trovai altre rovine
intere città, completamente abbandonate a quel punto, compresi
che in quel mondo non vi era più nessuno, lui annui con la testa,
un colpo al cuore mi prese, nell'apprendere che un intera civiltà
si era estinta, chiesi a lui se qualcuno si era salvato per opera di
altre civiltà, ma lui scosse la testa e nel suo silenzio si espresse!
nessuno venne a salvarli quel mondo si era completamente
estinto, non riuscivo a realizzare, che un intero pianeta con tutte
le sue vicende, gli esseri che vissero li per un tempo immenso
per giungere a quella tecnologia! ma probabilmente non
raggiunsero l'equilibrio spirituale tra le due parti, spirito e
materia (tecnologia) non so per quale ragione l'era di
quell'umanità cessò, era terribile avere quella sensazione dentro,
credo che in quell'evento raggiunsi la mia massima tristezza
percepibile, ancora oggi a distanza di anni rimangono vive!

Lui mi disse, *ricordi che ti dissi dell'anima* ? Si Pietro! l'anima
è eterna al di la della sua eonica dissoluzione, negli oceani della
Fonte quindi tutti loro esistono ancora, vivono in altri mondi
dove tutto ripercorreranno per raggiungere la perfezione,
finché vi riusciranno, essi sono stati rigettati nel grande oceano
Primordiale, poi mi chiese: *che valore daresti ad'un uomo se
fosse l'ultimo di un intera civiltà? dopo che tu hai visto tutto
questo? Io risposi!* Oo Pietro, egli avrebbe un valore immenso,
ineguagliabile inquantificabile, **avrebbe il valore di Dio stesso,**
poi lui mi disse ! *Ecco mio caro, quello è il valore che ha
ognuno di voi! Onora il tuo sacro tempio, il tuo corpo e quello
degli altri in tutta la sua Divinità e Sacralità, senza quello non
sei nulla, sei solo uno spirito errante che vaga per gli infiniti
spazi astrali, in attesa di un veicolo terreno,*
se l'umanità conoscesse la bramosia di esseri disincarnati in
attesa della Vita biologica smarriti anche per secoli nei piani
astrali adiacenti al vostro piano fisico, realizzerebbero
l'importanza e il rispetto della Vita di ogni essere vivente!
uomini e donne sprezzanti della vita soltanto per aver vissuto
angosce e tristezza, nel loro dolore arrivano a togliersi la Vita
stessa come atto risolutivo, haimè essere che non conosci il tuo
destino avendo fatto ciò, per aver posto fine alla vostra vita!
sarete condannati a ritornare con questo karma tremendo.
La rinuncia al dono più ambito della creazione!
quale tremenda sorte gli toccherà rivivere mille volte!
se conosci uomo, che muove nel suo intimo quest'idea terribile,
corri da lui e mostragli la verità, fai tutto ciò che puoi e lo avrai
salvato da sorte oscura, che ricadrà nei millenni suoi venturi!

E la Fonte stessa te ne sarà grata eternamente

Le esplosioni

Le esplosioni Termo Nucleari che vidi cangiare, in quelle
proiezioni penta dimensionali all'interno delle sale, della civiltà
che custodisce Madre Terra, non erano solo riferite alle due
testate nucleari esplose nella seconda guerra mondiale, esse
furono solo il principio della follia umana, che prosegui' con gli
innumerevoli test perpetrati dalle milizie della nostra civiltà,
eseguiti in mare, in terra, e in cielo, esse rilasciando quantità di
radioattività immense, delle nazioni che hanno il potenziale
nucleare, inquinando ogni forma di vita non soltanto animale,
ma anche vegetale, e in noi stessi creando un esplosione della
malattia del secolo il cancro. Inoltre dettero inizio ad'un forte
disquilibrio energetico di connessione tra il Cristallo Centrale,
all'interno della Terra, regolatore dei Flussi Vitali, di questa
cellula Macrocosmica, e quello che vive all'interno del Sole,
espressione divina della Fonte, del Piano Spirituale, quello che
noi osserviamo è la tangibilità visiva, delle energie vitali di
terza dimensione fisica. I due centri vitali si trovano al loro
interno celati ai nostri occhi, sono connessi in una danza
perenne, una forza che domina la rivoluzione planetaria,
di tutto il sistema solare dall'inizio della sua creazione.
Possiamo considerarle le forze polari, del piano materiale dove
il sole è l'energia maschile, e la terra quella femminile,
che fecondata dai flussi energetico creativi del Sole, esala la
Vita sul pianeta, come nel divino Maschile e Femminile tutto si
rispecchia tra l'uomo e il cielo. A sua volta quello del sole è
connesso al centro galattico dove vive la *Cellula Originale*
del creatore, poi a salire quello Universale, Cosmico, e Super
Cosmico, la totalità in un unica fusione con la Fonte,
in una vitale connessione con il tutto manifesto.

In fine nel regno più basso oltre al vegetale e all'animale vi è
l'uomo, con tutte le sue dinamiche distorsive, il suo terribile
pensiero e azione, risultato della sua disconnessione Divina.
Quando mi fu detto dal Maestro del regno interno,
che condividiamo il karma con il pianeta e gli animali,
era chiaro il riferimento che poniamo termine in modo violento
la Vita a miliardi di esseri viventi, per la catena di alimentazione
umana, questo genera una colossale quantità di energia
inferiore, che non va ad alimentare il cuore del pianeta con
Amore, ma bensi con dolore e ferocia, se la via dell'uomo è
quella di portarsi al prossimo gradino evolutivo, dovrà decidere
in massa di cambiare modo di alimentarsi, in questo karma
siamo strettamente legati all'animale, come possiamo pensare
che questo sia il comportamento di un essere pensante che ama,
nel vero senso della parola quando del suo cibo ne fa dolore e
sofferenza inaudita? ingurgitando il prodotto della morte,
questo non è equilibrio nella vita, la desideriamo ma la
estirpiamo ad altri per sostenere la nostra, quando la terra ci
dona tutto ciò che ci serve ad un vivere sano, equilibrato e
vibrazionalmente pulito. Invece la maggior parte dell'umanità
si ciba di esseri morti, anche io ero un tempo cosi, e mi fu
mostrato direttamente ciò che facciamo con un esperienza
diretta che non lascia adito a dubbio, tutto ciò che vissi mi portò
a profonde riflessioni e ad'una decisione definitiva, di come nel
mio futuro mi sarei alimentato senza nuocere più, a nessuna
forma di vita, che ha lo stesso mio diritto di esistere! di essere
Vita di sperimentare la sua evoluzione senza essere marchiata
da traumi, che rallenteranno il suo cammino verso la fonte,
verso la realizzazione di se stessa, e nel suo bene universale!

La vita è sacra ed' irripetibile in ogni sua forma!

Il cibo umano chiamato animale,
l'uomo camuffato in bestia!

Questo mio esposto non sarà in alcun modo, una forma di
giudizio, verso coloro che ancora fanno uso di questo tipo di
alimentazione, poiché è una via che sperimentai anche io.
Soltanto osservando pienamente le cose dal giusto punto di
vista, si può giungere alla più alta forma di rispetto per la Vita,
rimarrete sempre nella libera scelta del vostro libero arbitrio,
siete nati liberi nell'attuare ogni azione. Ma come ogni azione
che crei, corrisponde a una reazione dell'universo nei tuoi
confronti, sii consapevole che questa è una legge cosmica
a qui nessuno si può sottrarre. Alcuni anni fa dopo che il mio
risveglio aveva già iniziato il suo processo, cominciavo a
sciogliermi da quelle forme di comportamento che
manifestiamo nella vita di tutti i giorni, che ti legano al piano
materiale sia a livello mentale che spirituale, ma ancora il mio
palato dominava la mia mente. Nonostante avessi compreso da
tempo che quella forma di alimentazione mi teneva distante
dalle vibrazioni dello spirito e che ne creava grandi contrasti,
ancora insistevo, dopo alti e bassi in qui mi allontanavo per poi
riavvicinarmi, nonostante i continui consigli della mia guida che
mi mandava precisi messaggi! un giorno credo che decisero di
porre fine alla mia indecisione, e fu cosi che in una meditazione
trascendente mi ritrovai dinnanzi ad una splendida forma
umanoide, non di questa terra. Come sempre rapito da quelle
forme mi sollevai dal piano terreno, e mi inoltrai in quello dello
spirito, mi prese per mano e mi portò in un ambiente fatto di
perlacea lucentezza, (indicava la purezza), prese a muovere le
mani davanti a me con un gesto, fece svanire ogni mia veste,

poi nel suo palmo sinistro apparve un ampolla di vetro e nella
sua destra un pennello, lo intinse nell'ampolla e sorridendomi,
cominciò a tracciare su di me, linee nere che si intrecciavano
qui e la, nel finire di quel suo gesto compresi che aveva
disegnato su di me, gli stessi disegni che si vedono appesi nelle
macellerie, che suddividono le varie parti dei bovini, una volta
completato il tutto gettò via gli strumenti, mi mise una mano sul
petto e mi osservò cosi profondamente da farmi cadere in una
sorta di ipnosi. Fu un attimo! schizzai via e mi sentii fiondare
in un volo lontano in una prateria, in mezzo ai colli di un luogo
incantevole, finii dritto verso una mucca e mi fusi con la sua
coscienza, io divenni la mucca in tutta la sua presenza, le parole
non mi appartenevano più, la mia mente era animale le
sensazioni pure! sentivo il profumo dell'erba che brucavo il suo
piacevole gusto acidulo, gli insetti che volavano radenti il
campo, le mosche che mi infastidivano, la sensazione della mia
coda, *indescrivibile metabolizzare una parte che l'uomo non
ha mai sperimentato,* e mi sentivo stranamente felice nessun
pensiero, nessuna preoccupazione nulla di tutto ciò che coglie la
vita dell'essere umano, nella mia struttura possente e pesante mi
sentivo in uno stato di quiete interiore meraviglioso, poi quegli
strani esseri che camminavano in piedi che emettevano quegli
strani suoni e ci spingevano in quei posti bui cosi fetidi.
(la stalla) poi la luce innaturale spegnersi e il sonno rapirmi.
La notte passò, l'alba si accese e il rumore di strani rumorosi
stanzoni che emanavano un odore acre, che mi pungeva il
respiro (camion) e noi tutte fummo spinte dentro da quegli
strani esseri, poi un lungo viaggio in qui eravamo tutte pressate,
e uno strano timore farsi strada in quella mente animale,
poi finalmente la liberazione credevo fosse una nuova casa,

ma nel momento che scesi mi assali l'incubo più atroce che la
mia breve esistenza potesse mai immaginare, sentii gli urli
strazianti di disperazione delle compagne arrivate prima di noi.
La disperazione il dolore l'agonia che sentivo esalare dalle loro
Vite, la fine dell'esistenza, la loro lingua la capivo bene vi era
piena comprensione, a dispetto di quegli strani esseri che
emanavano freddura di anima, riuscivo a percepirli dentro.
Poi ci spinsero in quel recinto metallico a forma di corridoio,
la mia mente in quel momento parlava con sensazioni di dolore,
in quella corsa senza sosta, gli urli si facevano sempre più
strada dentro il mio cuore pulsante, mi sentivo scoppiare la testa
poi lo sguardo gelido di uno di quegli esseri, che mi puntò un
tubo sulla fronte. Fu un attimo in qui il tempo si fermò,
desiderai la Vita più di ogni altra cosa, ritornare in quei campi
felice di correre e brucare la mia erba, volevo esprimermi verso
quell'essere con il mio muggire di non togliermi la vita, non era
sua non gli apparteneva era la mia, e non volevo andare via ma
non ne ebbi il tempo di farmi capire perché io parlavo la lingua
nella natura dell'amore, mentre quell'essere emanava dolore.
Fu un attimo il tempo si fermò e la mia vita cessò, poi il buio
nebbioso un lampo di luce e mi trovai nel mio doppio eterico,
aprii i miei occhi e vidi quella splendida creatura dinnanzi a me,
con gli occhi ricolmi di lacrime cristalline fatte di pura luce,
che salivano al cielo. In un istante compresi tutto, il mio cuore
si gelò per ciò che avevo compreso soltanto attraverso un
esperienza diretta. Poi lei si allontanò come se due dimensioni
diverse ci separassero rivelandosi nella sua vera forma di
risplendente luce rosata, poi slittai nel mio corpo fisico,
ed in un istante realizzai nelle mie certezze che mai più sarei
stato responsabile di quel sentire per nessuna creatura,

E divenni definitivamente vegetariano!
Gli animali sono ciò che in un lontanissimo tempo noi incarnavamo, ciò che la nostra anima per percorso evolutivo sperimentò. Nell'evolversi della sua coscienza, negli infiniti livelli di espressione che esistono, tra la prima forma vegetale animale semi consapevole e quella della coscienza umanoide nel pieno percorso di autocoscienza. 8.400.000 passaggi Vitali
Uomini e Donne della terra, vi è un tempo per ogni azione per ogni decisione, la scelta e solo vostra e di nessun altro, soltanto ciò che si realizza nella nostra coscienza, senza forzatura rimarrà perentoria nel tempo, senza mai crollare, soltanto ciò che accettiamo per la nostra più alta forma di evoluzione, scatenerà gli applausi del cielo e degli esseri che seguono il nostro cammino d'evoluzione animica cosa sceglierai per il tuo avvenire, sarà il risultato della tua auto osservazione, il grande bilanciamento della tua coscienza è nelle tue mani, il fulcro è il tuo cuore, nessuno avrà il diritto di giudicarti se non te stesso. Se vuoi l'eternità se vuoi la Vita desiderala anche per tutti gli altri esseri del Creato. L'unico modo per riportare in equilibrio quella parte più vicina a noi in qui possiamo interagire è contrastare tutto questo con un energia potente e contraria, è l'amore la pace la sintonia collettiva la fratellanza la vera condivisione e il reciproco aiuto. Con tutti quei principi che fanno dell'Uomo un semi Dio realizzato. Osserva ogni azione ogni pensiero che crei nella tua mente, poiché da essi generi un onda che continua perenne nella creazione .
Ogni cosa che fai nella Vita vive per sempre nella traccia eterna dell'akascia, ogni azione buona andrà a nutrire l'amore ogni azione malvagia andrà ad' inquinarlo. Regolare in noi queste due energie, significa far evolvere non solo noi , la Terra ,

l'Umanità, ma l'intera Creazione essendo noi parte nell'Uno,
questo riallineamento andrà a placare in parte il furioso
risveglio dei 4 elementi che dal quinto sono regolati! l'Etere, il
ponte tra materia e la Fonte, l'uomo non può nulla contro la
natura, se non entrare in sintonia con il pianeta che la muove,
amate la Terra, la Terra amerà voi e si placherà. Osservate cosa
sorge nel vostro cuore, cosa egli comunica alla vostra mente,
quante sensazioni scaturiscono dal vostro vedere, trovate le
vostre risposte per quel che saranno le vostre azioni future,
per le genti della Terra per le umanità future, tutto diventa
perfetto se prima attentamente osservato, e poi messo in opera,
i terremoti non saranno soltanto fuori di noi ma anche dentro di
noi, soltanto cosi l'uomo si sveglia dal suo torpore,
il cambiamento non può avvenire altrimenti. Ci è stata donata
una Terra bellissima, un Paradiso nella sua forma originale,
dovremmo sentirci parte di ogni cosa, della roccia, di una
montagna, di un albero, di un filo d'erba, del fiume che scorre
dove a pelo d'acqua vola una farfalla. Riconnetterci con la Terra
ci farà sentire davvero esser parte del pianeta, noi siamo la Terra
come la Terra si è fatta in noi, Siamo indissolubilmente legati,
Ma invece la stiamo distruggendo con le nostre stesse mani,
tutti noi! grandi potenti e noi piccoli Uomini, nel nostro
quotidiano, quante volte camminiamo tra le bellezze della
nostra terra, e non vi facciamo abbastanza attenzione per vedere
che il paradiso è celato dietro ad'ogni forma, cambiando
l'attenzione si scorge ciò che non abbiamo mai notato prima.
Se ci osserviamo dentro troveremo uno specchio, in quello
specchio troverai l'universo in te, poi guarderai fuori e troverai
la stessa bellezza in tutti gli altri, e in tutto ciò che ti circonda,
che sono tutti ad immagine dello stesso disegno,

soltanto allora amerai anche il tuo nemico perché non è altro che un tuo riflesso, una variante infinita di te stesso.

Nel tempo trascorso dal 2004 ho appreso molte cose dai fratelli miei, innumerevoli volte hanno cercato di ripulire l'atmosfera dalla maggior parte di quelle velenifere radiazioni, soprattutto nei cieli e nei mari, dovremmo seriamente chiederci se con tutte le migliaia di esplosioni eseguite in più di 60 anni di Pazzia, dovremmo ancora essere vivi! ma nessuno si pone la domanda! Ma l'amore che spinge questi esseri, supera tutte le nostre mancanze, nel loro cammino hanno compreso il significato dei valori della più grande forma d'amore per gli esseri del creato, e considerano la nostra razza come loro figli e come tali amati in egual modo, incondizionatamente. Presto l'uomo sarà costretto ad usare una nuova coscienza, solo quando avrà tolto il velo della superbia, e chinato il capo dinnanzi alla sacra legge dell'umiltà, si accorgerà da solo che tutto è legato, alla stessa matrice armonica della Terra e del Cosmo, ciò che vibra nella Creazione attraversa tutti noi è un linguaggio divino, non ci capiamo tra noi perché non abbiamo ancora imparato, ad usare lo stesso linguaggio quello dell'amore, la voce della Creazione, quando la udrete nel vostro cuore, l'amore che proverete vi farà accorgere di tutto quello che facciamo alla nostra Madre Terra! in quel momento inizierete la vostra alchemica trasmutazione. In ogni essere della creazione batte un cuore, questo è il primo archetipo della vita, esso è il fulcro del flusso vitale, quando si riallinea al ritmo della Fonte egli batterà in perfetta sintonia nel suono dell'amore! Quali sono le chiavi che aprono le potenzialità dell'uomo e con esso la nobile azione ? **Il DNA!** Vero e proprio sistema ricetrasmettitore multidimensionale, la vera antenna Cosmica che crea l'attivazione alla connessione

con il tutto e alla possibilità di trascendere le leggi fisiche,
che tengono rilegato l'uomo alla fisicità del pianeta in qui vive!
chi apre la propria genia ad un implementazione, scopre i grandi
valori e doti che l'uomo ha dimenticato e spento da decine di
millenni! quando la nostra genia era composta da 12 strati
elicoidali, che decaddero nello scorrere delle ere, il compito è
quello di reintegrarli nella nostra fisica Genomica!

Da carbonio **6-6-6** nel suo numero atomico di
6 protoni, 6 elettroni e 6 neutroni, l'alchemico segreto della
pietra filosofale il numero dell'uomo la trasmutazione del
mattone fondamentale della vita, nella nuova struttura
cristallina, del **carbonio 7** molecola di risveglio composta da
6 protoni, 6 elettroni e 1 neutrone. Sarai conoscitore della tua
nuova Sintesi Spirituale, del Supremo Atomico nella materia
che ti compone, divenendo essa stessa responsabile del tuo salto
quantico dimensionale di coscienza e materiale, integrerai
l'antica Sapienza attraverso il tuo nuovo Essere Spirituale,
riattivato dalle leggi matematiche superiori *Psicocosmiche!*

Il passaggio atomico successivo sarà diretto, al raggiungimento
della pura **Coscienza Cosmica del 999** uno stato d'essere che
sarà difficile spiegare nelle semplici parole, lascio a te mia cara
anima la bellezza di realizzare questa **Diamantina** meta!

Con l'inizio di questo processo nella tua materia si metterà in
moto una serie di meccanismi interiori di attivazioni di vari
strati di coscienza, portando l'essere in evoluzione, verso quella
presa di coscienza che lo renderà un uomo e una donna
realizzati, questo metterà in essere le strutture della società
futura, l'uomo crede che attivare questo processo sia la cosa più
complicata dell'universo, mentre invece vi è una sottile chiave,
la nuova vibrazione del cuore attiva quei processi di

Ricombinazione Alchemica, mettendo in moto quelle sequenze
che ti trasmuteranno nella coscienza donandoti la forma di
energia in te più ricercata della creazione, l'Amore Vero,
la comprensione, e sentirsi fratelli oltre le barriere della
differenza, è il segreto più affascinante che Dio possa aver
immaginato, quello di nascondere le cose più preziose, nei posti
più semplici, la dove nessuno le cerca, trova dentro di te questa
chiave e aprirai le porte dell'infinito, ti cambieranno per sempre
la vita, sentirai cose nuove sorgere in te, e compirai cose che ai
soli Uomini e Donne della nuova Terra sarà concesso, i miracoli
dell'Uomo etica-mente giusto, in questo processo sarai
camminatore in un mondo che fomenterà e inciterà disastri e
follie d'emanazione umana, rimarrai centrato nel tuo cammino
senza turbamento alcuno! non ti crucciar dei disastri del mondo
opprimeranno la tua anima, sii cosciente che tutto un giorno,
più non sarà, è necessario, per un pianeta che desidera che i suoi
figli conoscano, la vita quella vera vissuta nella pienezza della
sua verità fraterna! Per questo motivo subiremo i suoi sussulti,
sii certo che non è la sua collera verso l'uomo ma soltanto per
iniziare un processo di purificazione, di energie che non gli
appartengono, ma che l'uomo nel corso della storia ha creato
rigettandola di conseguenza al centro vitale della Terra.
Sii il motore energetico che muove le condizioni del pianeta,
tu e milioni di altri come te, sii la sfera d'influenza del tuo
rinnovato campo aurico, divamperà in luce, avverrà un
fenomeno unico in te, in qui tutte le leggi necessarie al
mantenimento creativo della materia, attireranno la sua
attenzione a ricondurre la tua forma di Vita a rispecchiarsi nella
sua essenza unitaria divina, verranno mosse quelle energie di
trasmutazione, l'energia libera universale si riverserà nella tua

biologia spiritualizzandola, non aspettare altri per seguirli, inizia tu stesso adesso mentre ti parlo, sii cosciente che l'universo ti osserva, e valuta chi fa la scelta giusta, sii il tuo Maestro, nel tempo ti porterà alla piena comprensione della tua origine celeste! ***Le leggi del Dna quantistico universale***, daranno un nuovo ordinamento al tuo essere spirituale, unificandoti nel corpus Divino dei quanti, due menti in una! Esistono una serie di leggi fondamentali di origine universale, che non sono le leggi dettate dall'uomo, dettate da dogmi e paure, una serie di processi capaci di dominare l'uomo in funzione delle paure generate se non le si seguivano!
Ma da comprensioni che avvengono all'interno della coscienza umana quando questa raggiunge lo stato di Essere Universalmente Risvegliato alle nuove Verità Cosmiche,
In lui avverranno quei processi interiori che gli daranno accesso alla Mente Creazionale di quell'energia che tutto ha messo in manifestazione, in tal modo i processi comportamentali eticamente corretti si manifesteranno nello scorrere della Vita. Attraverso la presa di coscienza di ciò che siamo realmente, Corpo Mente Anima e Spirito, scopriremo che siamo pura energia elettromagnetica, materia atomica composta dalla più nobile energia, entrando in questa consapevolezza e in equilibrio energetico, questa energia si manifesta nella qualità del nostro piano emotivo e di intelligenza cosciente, in ciò che genera interiormente, ed'entreremo in piena connessione tra Cielo e Terra, divenendo recipiente per le Leggi Celesti che la nostra nuova coscienza aggancerà dall'universo, manifestando nella Vita un nuovo comportamento verso i vostri simili, Divinamente Riconosciuti! Creando attivamente nel manifesto il paradisiaco esistere che hai sempre desiderato!

Le nuove luci

***

Osserva i nuovi figli della terra che nascono in questo tempo,
loro sono già pronti, più predisposti, hanno aperto queste porte
altrove, e hanno portato celatamente i loro doni qui sulla terra.
Per insegnare all'uomo che si può fare, che si può amare, amate
i vostri figli saranno i vostri Maestri ,osservateli profondamente
negli occhi solari, non potrete non notare una luce diversa,
gradualmente questi esseri spiritualmente più progrediti
prenderanno dimora qui e le anime meno evolute lasceranno il
pianeta per ricominciare il sentiero evolutivo in un mondo
adeguato al loro cammino. Nel tempo il pianeta si conformerà
alla nuova vibrazione, nutrito da questi nuovi esseri che di amor
son fatti, assieme alla forma genitrice delle fiamme cosmiche e
gemelle che per sintonia si ritroveranno e che si riconosceranno
unificandosi nell'anima e nel sacro Fuoco dello Spirito,
è nel silenzio dell'anima che l'essenziale si esprime,
le nuove unioni che avverranno nel nuovo tempo, non saranno
più determinate dall'attrazione fisica esteriore, da canoni di
bellezza o da quell'amore superficiale dettato dai sensi fisici
inferiori, ma per il riconoscimento dell'anima da parte dei due
individui in quanto duraturo e non deteriorabile, riconoscersi
nell'origine non lascia dubbio nel comprendere le qualità
interiori della compagna, o del compagno divenendo perenne,
cosa che non accade facilmente nella cagionevole unione
dettata da una frettolosa attenzione, attraverso le peculiarità
intellettive emozionali, e osservative. Nella nuova coscienza
scivoleranno via tutte quelle vibrazioni di rancore odio, invidia,
superbia, tradimento, vendetta. Non apparterranno più ad' un
piano vibratorio, che si allontana gradualmente dalle dimensioni

della mente animale, quella che continua a farci commettere gli stessi errori dell'inizio della nostra creazione terrena qui sulla Terra. Ebbi modo di poter viaggiare fino all'inizio del tempo della forgia umana, e di vedere come scorreva la vita, scivolai lungo le trame del tempo, agli albori dell'umanità, osservavo gli uomini lottare per ogni forma di proprietà, lottavano per la caccia per il territorio per le donne per tutto ciò che apparteneva al loro vivere, li osservavo inseguirsi strenuamente per massacrarsi per ragioni inique, erano li davanti a me nel loro tempo reale, tutto il loro presente scorreva davanti ai miei occhi che scrutavano da un futuro lontano, rimasi li parecchio tempo osservando il loro modo di vivere, gli attriti sorgevano per lo più per queste ragioni ma, osservavo anche come l'energia maschile dominava quella femminile a livello animale, credo che il conflitto eterno iniziò proprio tra uomo e donna trasformandosi nelle ere, e protrattosi fino a questi tempi, ma realizzai anche una grande verità ! Che nonostante siano passati tempi infiniti, la razza umana non ha cambiato nulla nel suo modo di vedere e di agire, si continua a lottare per le stesse cose sono cambiati i modi, ma la coscienza umana nonostante l'accrescimento di intellettualità, si comporta sempre con lo stesso criterio, il punto debole credo sia la mente che cammina da sola. Ma se la fortifichiamo con un equilibrio di vivere nel "cuore", *il portale per lo spirito!* ci affacceremo alla nuova mente creativa spiritualizzata, troveremo la pace in noi stessi e con una nuova coscienza, avremo realizzato questo grande principio universale, lo trasmetteremo a tutti coloro, che sono sulla via dell'integrazione dei nuovi aspetti divino spirituali! La meccanica celeste è molto complessa, ma per mezzo delle nuove chiavi spirituali, prenderà una nuova semplicità.

Le civiltà esprimono la loro grandezza quando manifestano armonia tra gli individui, che sia un nucleo famigliare, una comunità una città una nazione, il principio è sempre lo stesso. *Io vi porto una piccola chiave che apre la porta al vostro spirito, ma la grande chiave che apre la porta alla vostra divinità, e dentro di voi.* Soltanto attraverso un cammino meditativo o introspettivo, o di profonda autoanalisi possiamo porre attenzione, a quelle parti di noi a livello mentale che vanno contro l'elevazione interiore, le abitudini dell'uomo all'uso di sostanze che ammorbano la sua scalata interiore, verranno col tempo abbandonate coscienti che sono un grande impedimento, ad'una vita coerente con i principi di un vivere giusto e felice, esse creano un grande disordine mentale. Causa di disagi immensi in loro stessi e in tutti coloro che fanno parte della famiglia, trascinando tutti nel baratro della sofferenza, e delle difficoltà insormontabili portando da tutt'altra parte, che a realizzare la propria vita. Tutto ciò mi fu menzionata dalla Maestra di quel regno, ma riferendosi ad'un presente che è causa di un male generale, delle società di tutto il pianeta, la scelta non resta al libero arbitrio, nel momento in qui si coinvolge un intero nucleo famigliare, diventa atto aggressivo nei confronti dei medesimi. Ebbi modo di verificare direttamente anche questo in persone a me molto vicine che caddero in questo oblio, prendendo atto che abbassarsi vibrazionalmente cosi, determina una simbiosi parassitaria da parte di entità incorporee, che vivono energeticamente ancorandosi all'inconsapevole, che ne diventa parassitato divenendo causa del suo stesso male. Esistono creature vibrazionalmente basse che potremmo confinare al regno del potere negativo, che vivono in simbiosi con persone che vivono nel disagio psicologico e spesso in coloro che sono preda di rabbia ferocia e eccessi di ira, sono questi i fenomeni che attirano queste creature ad'avvicinarsi perché questi individui divengono fonte del loro cibo energetico! Le basse forme vibratorie generate da tali individui, un tempo veniva denominata possessione, ed'in questo tempo è molto più diffusa di quanto si creda, spesso non ha sfoghi eclatanti ma un continuo generare di azioni e pensieri estremamente malvagi!

Come sempre la scelta è, e sarà sempre vostra se scegliete di sorridere alla vita, diverrà leggera e gioiosa. Prendi il meglio di ciò che sei e perfezionalo a nuovi piani di bellezza abbandona ciò che non ti rende felice, ci sono pensieri che a volte non riconosci come tuoi, riconosci e abbandona! non esserne più vittima è un semplice atto di purificazione procedi sempre con serenità e coraggio nella tua avventura chiamata Vita!

Il sentiero del risveglio dell'anima

Messaggio della Fonte
23:10:2014 ore 20:00
Inviatomi attraverso il linguaggio dei frattali, e veicolato dallo spirito all'anima ed in fine nella coscienza umana, fino all'interpretazione in un linguaggio comprensibile, nella sua,
geometrica   matematica   cosmica.
Dal flusso della Fonte

Figli della Terra. Io vi Osservo, Io sono la Luce delle Stelle. Io Sono il Battito del Vostro Cuore, Sono la pura Essenza della Vostra Anima, ma State Uccidendo mia Figlia! anche Voi siete Miei Figli! Non obbligatemi a fare una scelta, non ne sarei in grado. Vi Amo Tutti, senza distinzione, gli intrisi d'amore, come il freddo scellerato, ma il lamento di mia Figlia, mi gela il Cuore. Vi supplico Fermatevi e Pensate a cosa state Facendo in ogni Vostro Gesto. Io osservo sempre la Bellezza della Vostra Scelta, Apprezzo quando Amate mia Figlia Gaia. In questo nuovo tempo Ho aperto una Porta per poter Ascoltare chi mi vuole Parlare, è per coloro che non sanno udirmi e parlarmi lo farà attraverso la Voce di mia Figlia. Unite la Vostra Scintilla, che nel Cuore Vi dimora, con quella di vostra Madre Terra, anche Lei possiede la Vostra stessa Scintilla, nel Suo Cuore. Connettetevi con il suo Cuore Radiante, e nella sua Purezza, Riponete i Vostri più Meravigliosi desideri. Io li Ascolterò e li Esaudirò, per Lei per Voi tutti, Figli Miei. L'Amore che provo per Voi,
non lo immaginereste mai!
da vostro Padre, da vostra Madre
dal tuo Spirito

Risultato della meditazione consapevole unitaria d'intento
25-10-14 ore 17:10

***

Dopo aver espresso la volontà di donare amore, equilibrio stabilità, al cuore di Madre Terra, che regola i flussi dei 4 elementi, disarmonizzati dal folle e degradante comportamento, di alcune parti dell'umanità di superficie, nella meditazione è stato attivato un ponte di contatto tra tutti noi ed un luogo all'interno del regno di Shamballah, ove in un ricettacolo circolare di pietra sul quale vi era una coppa d'oro di alcuni metri, sorretta da tre mani di cristallo, cominciarono a materializzarsi, gocce di acqua luminosa, in qui era racchiuso l'amore di ogni singolo individuo che ha partecipato all'intento di gratitudine, verso Madre Terra, anche al di la di quel preciso momento! galleggiavano sopra questa coppa, poi si avvicinano i 12 maestri di shamballah attorno alla coppa, e impongono le loro mani verso il centro in direzione di queste gocce, esse divengono acqua e cadono nella coppa, poi sei maestri si abbassano e sei alzano le mani in alto sempre verso il centro, si materializzano due merkabe o tetraedri in quella più in basso l'acqua vi entra sotto forma di vapore in una forma eterica, in essa viene introdotto il nostro amore che attraverso l'unione dell'acqua è diventato un amalgama unica in segno di unità. Mentre invece nella merkaba superiore i maestri introducono il loro amore nella loro forma più pura, tra le due merkabe si genera una luce fortissima che unisce le due merkabe in una sola cristallizzata nella densità di un cristallo verdissimo, la somma del nostro amore e del loro. Poi si alzano tutti e con la loro volontà accendono la merkaba in un bagliore verde smeraldo, poi lo spingono nel cuore stellare della terra, da quel momento nel cuore di Madre Terra vi sarà per sempre l'amore consapevolmente donato da ognuno che l'ha amata in quel momento che diventerà eterno, attraverso quell'amore puro si racchiuderà in voi l'intero universo.

Dai 12 Iniziati ai più alti gradi della conoscenza!

Al di la di questo processo alchemico planetario, ognuno potrà mandare Amore in qualsiasi forma esso arriverà nella qualità generata dall'individuo, ella ve ne sarà grata per sempre.

quel portale è rimasto aperto ancora oggi,
è nel vostro cuore !
Esci dalla prigionia del pensiero
entrando nella stabilità della tua mente
La realtà che vedi, non è l'unica verità
Tu sei un frammento vibrante,
che si avvicina alla fonte
per sfiorare l'eternità.
oltrepassa il confine del pensiero,
per andare oltre l'infinito orizzonte,

e scorgere l'assoluta onnipresenza del puro Amore
e la mente superiore entrerà in sintonia con quella fisica!

Inno a Gaia

***

Ascolta Uomo il canto dell'anima Mundi,

Sarà dolce e melodioso se sai ascoltare il suo respiro espande
l'anima, è vita tra le pieghe di grandi spazi dell'azzurro cielo,
pieno di sole, di luna, di stelle. Il suo tempo è tra le stagioni che
scorrono silenziosamente, rinnovandosi nelle primavere che si
susseguono. Contempla lo sguardo d'ogni cuore senziente,
ammira tanta bellezza. Guarda o uomo, vedi l'essere vivente,
il suo volto si delinea nei monti, nelle valli, nelle vie della vita,
che ti conducono alla comprensione di ciò che vieni a fare,
I fiumi sono le vene dove scorre la sua anima, la sua forza,
dove si ode il suo lamento la sua gioia. La vegetazione come
una veste meravigliosa la ricopre, e riempie le tue mani di frutti,
i fiori illuminano e coprono i campi di mille colori, dove le ali
di farfalle si posano, per essere ammirate. Gli alberi e le sue
fronde, sono simbolo di vitalità, e con i frutti, dono per te,
nel suo ventre scorre fuoco che arde per il tuo amore,
non chiede nulla in cambio come solo una madre sa !
grazie madre mia per amarci cosi tanto,

Grazie Terra mia

Nella densità di questo piano terreno, mi affermo come entità
luminosa, come suono vibrante di pace amore e gioia, che
insieme a voi tutti canta al cuore della Madre. Realizziamo
un cerchio luminoso come fraterne creature, affermiamo con
volontà di aderire al piano di evoluzione dell'uomo, e della
stessa Gaia in nome di Dio Padre Madre. Possa il canto del
cuore di ogni uomo di buona volontà, giungere alla

Madre nostra.

Il velo

***

Verrà quel tempo qui sulla Terra, in qui il bene e il male,
leveranno le maschere, cosicché voi tutti potrete ammirarne
l'originale! nelle due forze, che costringono le coscienze umana
a non sopirsi nella nullità dell'esistenza.
Ma attraverso la vita scoprire il motivo e il potere della scelta.

*"Ideai la forma umana perché queste due forze
potessero esprimersi, sul piano della Materia.*
*" Vi ho donato un mondo perché in esso poteste
sperimentare la bellezza della vita.*
Ho creato la vita perché io potessi vivere.
*Ho ideato un cuore in tutte le mie creature, perché un
giorno arrivassero a scoprire il vero Amore!*
*Mio caro figlio ho dato la vita a te perché tu potessi
un giorno capirmi, e quando questo accadrà,
sarai pronto ad' assaggiare le meraviglie della mia
creazione in tutta la sua infinità, nella tua infinità!*
*Quando avrai compreso la magia della Vita, il mio
Creato diverrà il Tuo. Quando avrai capito perché ti
ho intriso delle due forze, e di esse ti sei liberato,
divamperai nel tuo infinito essere! sarai emanatore
della mia stessa divinità giungendo al tuo equilibrio.*
Finalmente sarai libero di vivere, dove tu vorrai.
Ecco la Chiave della mia Creazione.
Quando avrai viaggiato in tutti i giardini, dei miei

*Piani Universali, scoprirai di esser giunto fino a Me,
ti spoglierai della tua forma materiale per divenir
pura Luce! Nel mio suono ti immergerai, riscoprendo
nuove geometrie di creazione, quelle leggi
dodecaedriche che reggono l'intera creazione, quella
struttura che governa e fa vibrare la luce creando il
suono stesso, il canto della luce onnidirezionale!
che in ogni dove si spinge creando l'ordine alla Vita!
e ti renderai conto di esser giunto fino al mio cuore!*

Per essere lo sgorgare della Fonte sulla Terra

*Ogni essere senziente esalato alla Vita, ha il diritto a ricevere
l'informazione ad'ogni livello di conoscenza! la verità ti verrà
svelata nell'istante in qui scorgerai lo spiraglio dalla quale
essa può trasparire, innescando nel tuo regno interiore il
desiderio di una totale liberazione, attraverso il cammino che
intraprenderai nelle Scienze Iniziatiche Spirituali non
convenzionali, alla quale l'anima desiderosa viene condotta
attraverso il sentiero della vita terrena, sorgendo nuova verità
appresa nelle aule eteriche della saggezza, realizzando in se
una consapevolezza non ordinaria, manifesterà la catarsi di se
stessa (purificazione interiore) sarà l'Amore Intelligente a
guidarla nella sua auto realizzazione, utilizzando la mente
ed'il corpo fisico l'unico mezzo d'espressione che le permette
di realizzarsi nel piano della materia. L'alchemico cammino
processerà il Sale della Sapienza ultra terrena, fluidificando
la tua sostanza a trasmutare il vile piombo in lucente oro,*

La coscienza che nel tempo del mondo si è appesantita dei fallimenti millenari saprà riordinarli avendone compreso il senso della tribolazione, che di Vita in Vita hai accumulato, e che ti ha donato in questo tempo il tuo realizzarti pienamente, in un nuovo ordine perfetto imprescindibile al di la di ogni considerazione e giudizio il giusto sviluppo armonico! Questo è il tempo in qui le false verità dovranno essere smantellate, per far si che nuovo spazio si formi ad'accogliere quel sapere che finalmente la tua nuova struttura spirituale, riconoscerà come verità che risuona nella tua coscienza, nella tua anima e nella tua intelligente comprensione, sei qui su questa terra per realizzare, il tuo più elevato stato di coscienza attraverso la Via Dello Spirito, sei qui per scoprirlo ed'integrarlo realizzando l'anima Viva!

Tutto ciò che l'umanità crede di conoscere sull'origine del Creatore e della Fonte, sono distorsione della conoscenza dell'uomo che nelle ere del tempo, ha formulato attraverso un incompleto percorso di integrazione dello Spirito, facoltà che gli permettevano si di inoltrarsi nei piani superiori! ma nel contempo non riuscendo ad'uscire da quella bolla di creazione che contiene tutta la realtà dualitaria, ne ha tratto parziali verità riportandole alle masse! La sintesi della conoscenza la si ottiene varcando quel portale che divide la realtà nell'unità del regno della Fonte, da quella di infiniti esseri di origine Devica che hanno poteri inimmaginabili di manifestare realtà inferiori con il loro potere creativo, per conoscere la verità dell'origine dobbiamo inoltrarci oltre questi Creatori, varcando quel portale che sta al confine, questo ci da accesso ai piani dell'unicità, la vera origine della Fonte e non del concetto che si ha di Dio o Creatore essendo questi innumerevoli manifestatori di universi e realtà preordinati al di sotto della Fonte la vera origine di tutte le cose! tutti i piani dimensionali mondi compresi rappresentano realtà non perfette in evoluzione, quindi manifestatrici di cose poco belle nei piani bassi, e migliorando man mano che si sale di dimensione di coscienza, ma nel contempo ottimi piani per realizzare la perfezione dell'anima che tutti noi accogliamo! se comprenderemo correttamente la differenza tra queste due verità "Dio Creatore – Fonte" sapremo come muoverci correttamente all'interno del Creato, e a chi volgerci nelle nostre preghiere!

Se desideri che la tua preghiera giunga alla sommità di tutte le cose create e manifeste, rivolgi il tuo pensiero a te stesso al tuo intimo luogo, regno dell'anima e della Fonte che attraverso lo spirito giunge a te, senza il bisogno di nessun intermediario salirà direttamente alla Fonte Primaria!

Essendo quell'energia l'amalgama creazionale intelligente manifesterà ciò che desideri, ma la correttezza dell'azione avviene nel momento in qui sai dove dirigere il tuo intento!

Scoprirai cosi che il muoversi delle cose intorno a te sarà dettato dal tuo volere, e non più soltanto al caso o alla legge di causa ed'effetto del karma!

Ciò che conta realmente è il concetto che interiormente abbiamo delle cose conosciute, quando volgerai il tuo desiderio direttamente alla Fonte, scenderà in te un diretto inviato dal regno dell'unicità, infondendoti di un energia divina si innescherà il vero senso d'espansione, che ti eleverà alla tua celestialità, la dove pensiero non si muove lasciandoti silente nella tua contemplazione realizzando il tuo miracolo!

Lo Spirito che scende nella materia!

La guida

Ognuno di noi dal momento della nascita, viene accompagnato durante il corso della sua esistenza da un essere in forma spirituale, che ne segue i passi e lo conduce invisibilmente, verso quelle sperimentazioni che lo porranno verso una crescita interiore mirata, e a uno scioglimento karmico o ad'una trasmutazione darmika. Colui che segue il mio cammino, Pietro! Un tempo fu un uomo in forma fisica, qui sulla terra. Qualche tempo dopo il mio viaggio nel cuore della terra, incontrai nel piano astrale, un uomo anziano che mi salutò come se fosse un fratello che non vedevo da vecchia data, ma io non ricordavo bene, in quello che reputai di seguito ,un messaggio simbolico, mi condusse in casa sua e mi portò davanti ad un armadietto di metallo, lo apri e tirò fuori una divisa bianca con su dei gradi, si volse verso di me e me la donò, mi disse,
ora porterai avanti tu, quel che io iniziai prima della mia partenza, in questo tempo più favorevole alla libertà di parola. Non avere mai timore figlio mio, e non arrenderti mai, loro ti aiuteranno, e anche io dal centro della Madre!
Poi il contatto si interruppe, era vagamente assomigliante alla mia guida, ma lo era ancor più a quel uomo che dimorava in quella casa di pietra con quel orto giardino, paradisiaco nel suo aspetto, anche se lui dimostrava di essere molto più giovane, nel tempo collegai e compresi il grande disegno che componeva l'arazzo dell'interconnessione di tutte le nostre vite ultraterrene, egli era colui che fu l'Ammiraglio dell'aviazione degli stati uniti d'America Richard Evelyn Byrd, lo riconobbi in una delle tante immagini esistenti, colui che fu portato in simil mondo dopo la seconda guerra Mondiale, lui n'acque a Winchester il 25 ottobre 1888 e trapassò a nuova Vita

l' 11 marzo 1957 a 69 anni, mentre io n'acqui ad Acqui Terme
l' 11 marzo 1969 alle 23:45. esattamente 12 anni dopo che lui
trapassò, la sua anima è la stessa di colui che vive all'interno in
quella casa che rivisitai il 16 di agosto del 2013 in un viaggio
sul monte Epomeo sull'isola di Ischia, in un esperienza voluta
da tempo, per farmi capire molte cose che ancora sfuggivano
alla mia comprensione. Mentre il giorno prima il15 di agosto
per volere Divino, ritrovai la mia completezza nella mia forma
spirituale, ritrovai colei che condivide con me lo stesso spirito,
che giunse con me su questo pianeta, in un tempo remotissimo
all'alba dell'umanità. Furono giorni molto forti per la mia
emotività, mi ritrovai a capire cose della vita che mai avrei
immaginato. Lo stato energetico di elevazione del cuore era
alto, in perfetto equilibrio con la mente, forse da tempo era tutto
dettato da loro, per far si che la mia coscienza fosse pronta per
passare la porta di luce, la mia anima già volava di per se!
Ero lassù sulla cima di quel monte, (fig.1 Pag.77) toccavo le
stelle con le mani nel buio profondo della notte, le stelle
brillavano d'incanto e il cielo mi rapiva nell'anima, rimasi tutta
la notte lassù da solo, finché mi avvertirono che sarebbero
arrivati 15 minuti dopo, alle 1:01 apparvero tre maestri in
coscienza remota, (fig.2) io ero agitatissimo, li fotografai poi
cominciarono a muoversi attorno a me, posizionandosi a circa
due metri di fronte, gradatamente si materializzava una linea
verticale molto luminosa alta circa tre metri! (Fig.3)
loro avevano aperto un portale dimensionale di luce arancione,
a stento riuscivo a rimanere cosciente ma poi persi quasi subito
la mia coscienza, mentre mi sentivo cadere in un sonno
profondissimo, nello stesso istante slittai fuori di me ed entrai
li dentro, era come attraversare uno spazio sottile lucente,

Figura 1

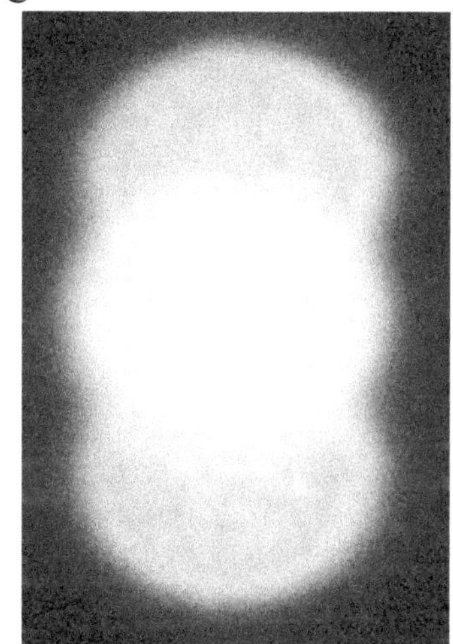

figura 2

figura 3

figura 4

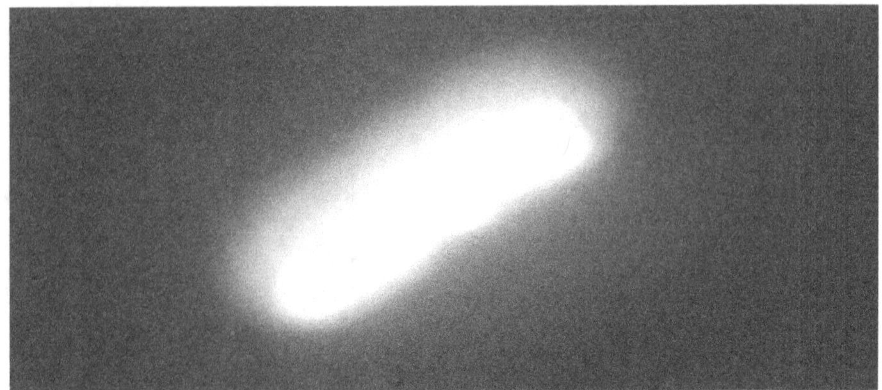

figura 5

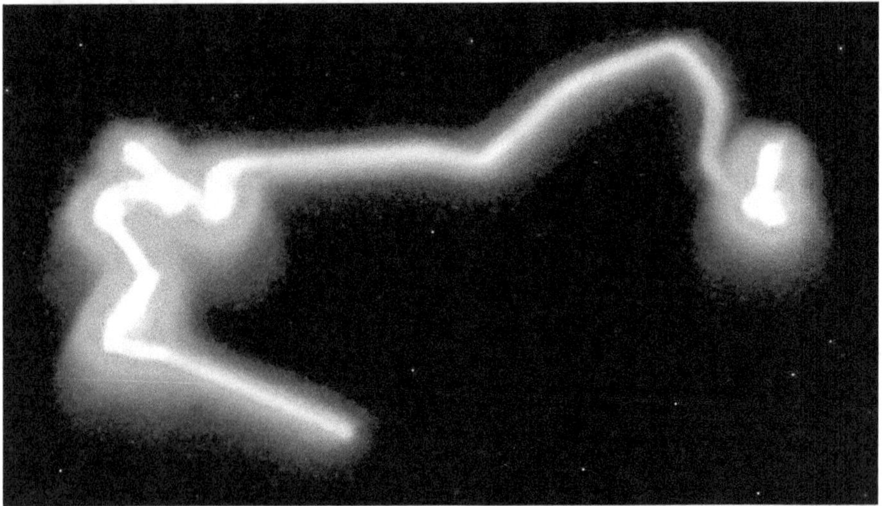

figura 6

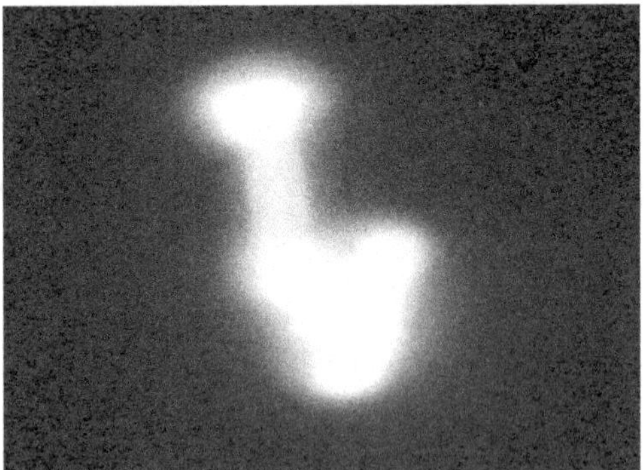

figura 7

come in due specchi rivolti uno verso l'altro aderenti e tu
scorrere come in uno spiraglio di luce, durò alcuni istanti
Mi ritrovai quasi istantaneamente in quell'abitazione, e li coloro
che furono la mia antica famiglia mi spiegarono tutto quello,
che potevano fino a quel momento dirmi, poi mi portarono fuori
e vidi una delle loro città di smeraldo per pochi istanti, il cuore
sembrò fermarsi, l'emozione fu grande, il ricordo lontanissimo
di aver già vissuto li! c'erano molte persone molto alte, che mi
guardavano, e sorridevano, io ero pervaso da un fremito che mi
saliva al cuore dal ventre, tutti loro sapevano chi io fossi,
mi sembrava di riconoscerli, io li osservavo tutti ma durò pochi
secondi, non dimenticherò mai quel momento, ma non mi
diedero il tempo di realizzare, che cominciai a sentirmi vibrare
ovunque, mi ritrovai sulla cima del monte nel mio corpo.
Ripresi coscienza alle 5 del mattino, ero infreddolito nonostante
avessi preso ciò che credevo sufficiente per ripararmi dal vento.
Frastornato scesi dal monte a quell'ora nel pieno della notte,
poi con una torcia mi incamminai, a volte mi perdevo poi
ritrovavo la strada quel monte era pieno di sentieri, sentivo di
essere accompagnato, la sensazione era forte, non so se sentivo
voci arrivarmi da loro o era ancora il ricordo di loro mentre mi
parlavano tutti insieme telepaticamente, ma di certo mi sentivo
tutt'altro che solo, in quella silente notte! Vedevo l'energia della
montagna fuoriuscire dal terreno, (Fig 4) ero intriso di una
leggera paura, tra i versi degli animali che interrompevano il
silenzio del mio cammino, poi alle 6 del mattino arrivai nei
pressi di una locanda, che si trova a valle dove io avevo
parcheggiato l'auto, quando arrivai vi entrai e crollai stremato e
infreddolito in un sonno ristoratore per poche ore, e poi scesi in
città cercando nuovamente di razionalizzare, il tutto!

I simboli

***

Dopo essere entrato in quella formazione nel grano, nel 2004 ad'Acqui Terme e in seguito vidi interiormente quei simboli uno dopo l'altro, fu il momento del mio inizio nel piano del **Risveglio Spirituale,** e della ricomposizione della mia Alchimia Celeste e di **Riconnessione Universale**. Fu il principio della dissoluzione dei veli, che separano le varie coscienze che abbiamo nella colonna dimensionale che compenetriamo.

Essi come **Chiavi Cosmiche** attivarono i **portali energetici,** nel loro percorso di lentissima **Purificazione,** le **sette porte energetiche** del corpo fisico i **sette sigilli liberati**, che nel tempo daranno accesso al 13°, essi sono la **sintesi della vibrazione e dell'unione,** la consapevolezza di essere parte del tutto, l'apertura del **linguaggio alchemico** per la connessione con la terra, il cielo e il Cosmo, una via veloce per ricongiungerti con la Fonte e la sua **geometria cosmica frattale**, che da molti anni fluisce nel mio pensiero cosciente, criptici veicoli di luce sferica dai movimenti interlacciati dalle complesse combinazioni in continuo mutamento, che solo il destinatario inconsciamente riceve, istante per istante si ricodifica in modo che nessun altro ne abbia libero accesso. La liberazione dei blocchi che impediscono la circolazione **dell'energia Cosmica** nel tuo tempio fisico. L'attuazione dell'alchimia celeste in te. L'impulso alla rinascita del tuo bambino interiore, che riplasmerà la coscienza umana turbata dal mondo inconsapevole, da li parti tutto ciò che mi diede la possibilità di connettermi con ogni cosa che esiste nel' immateriale oltre questa nostra dimora fisica, l'accesso alla Fonte stessa per scoprire di esser la stessa cosa, una sublime essenza di pura luce fatta.

Esistono varie discipline spirituali sulla terra, il Reiki che pratico tuttora, la meditazione trascendentale. Molte forme di riallineamento fisico come lo yoga, e altre pratiche spirituali, ti aiuteranno ad' uscire dallo schema della vita, cosi come te l'hanno mostrata nel corso del tuo eterno esistere.
Se ti fermi ad' ascoltare la Vita, ti accorgerai che c'è ben altro oltre quel muro di apparenze.Troverai i tuoi grandi potenziali, forse qualcuno ti disse un tempo, che la Vita era questa, che era tutto qui, e che ti dovevi accontentare di quel che il destino ti donava, ma io ti dico! e se il destino lo creassi tu attimo per attimo ? e se quel Dio misericordioso fossi davvero tu al di la di questo Mondo, e della coscienza di questa mente ? vai oltre, la! in un piano, dove tutto è ancora da sognare, dove tutto ancora galleggia nei vasti mari della creazione! elargisci i tuoi semi in quelle distese preposte alla creazione di un nuovo sogno per te.
Tu sei la terra, e il monte su di essa, sei l'albero e l'uccellino che in esso vi si poggia! sei il mare ed'i pesci, sei le nubi e la pioggia, sei il fiume e l'acqua che in esso lentamente scorre!

sei l'uomo e sei Dio!
Hai compreso fratello mio, sorella mia?
che la vita è una magia?
e che sei qui per scoprirlo?
e allora che stai aspettando?
apri gli occhi. apri l'occhio!
Ed' il cuore! apri la mente all'amore!
e vivi davvero amando tutto!
Scoprendo che Dio e l'uomo abitano lo stesso corpo!

Il mio punto di vista

***

Il **Reiki** è quell'energia di origine universale, che dimora nel piano astrale, il più vicino a noi, dei piani esistenziali messi alla creazione dalla Fonte, esso è il più facile da raggiungere e da consapevolizzare, in quanto anche noi siamo compenetrati da un corpo astrale, che per comunione energetica può veicolarne la stessa energia , (pranica se generata da noi) ...ma pur sempre di origine pranica anche se fluita dal piano astrale. Rimarrà la più semplice per noi, che soggiorniamo nel piano fisico che, possiamo veicolare con i nostri sensi fisici, e far scorrere in noi alimentando quel movimento energetico, che da la possibilità di auto osservarsi nel nuovo ordine evolutivo spirituale.

L'energia fluisce la dove poni la tua consapevole attenzione e compie il suo lavoro di riequilibratura, Vi sono altri piani di energia che giungono da oltre l'astrale, essi fluiscono, sempre per un movimento consapevole. La vera energia universale che sgorga dalla Fonte la potremo soltanto ascoltare, e sentire in noi nel momento che prendiamo atto consapevole, dell'esistenza di quei stessi piani. Nella trascesa della fisicità spostando la nostra attenzione in quei corpi multidimensionali o spirituali , che noi stessi possediamo in quelle regioni di esistenza.

Soltanto attraverso un percorso di riscoperta della nostra interezza spirituale di esistenza, tra il piano fisico e quello della Fonte, scopriremo i vari aspetti energetici e di coscienza che riconosceremo come scala di integrazione, attraverso la reintegrazione dello spirito espressione diretta della Fonte in noi, essendone suo frammento. Lo Spirito è in grado di compenetrare tutte le energie esistenti, fondendoci nello Spirito le assaggeremo tutte, non fermiamoci al completamento di

questa prima scuola come meta di arrivo, essa! la via del Reiki ,
è la grande opportunità che la fonte ci mette a disposizione per
poi poter riconoscere e integrare tutti gli altri aspetti energetico
creativi, che da quella forza onnipervadente hanno origine,
siamo in un processo evolutivo in cui dobbiamo cominciare a
ri-conoscere noi stessi, e questo necessita che scopriamo cosa
siamo realmente, e da dove abbiamo avuto origine.
La scintilla creativa della fonte che ospitiamo nel cuore,
è il ponte tra la nostra coscienza fisica e la Fonte, che
attraverso il Ponte Pineale ci riconnette al tutto, quando
riconosceremo la divinità di quella luce, riusciremo a sentire e
vedere tutte le realtà esistenziali tra noi e la Fonte, dopo aver
aperto quelle porte interiori di accesso che sono in noi
normalmente sigillate, **uomo conosci te stesso e tutto ciò che
c'è tra te e la Fonte, allora avrai scoperto realmente chi sei.**
In questo nostro piano di esistenza fisica, abbiamo delle mete
prefissate da raggiungere, un passo alla volta, le attraverseremo
tutte per poi proseguire in una nuova **Università Dello Spirito**
la scuola, non ha termine mai nemmeno con il termine di questa
stessa esistenza, percorrerai tutte le vie dell'evoluzione
spirituale realizzando, la più alta forma di reiki è quella che si
assapora in uno stato samadico estatico, dove prende il nome di

Dio ama Dio,
Nell'uomo che in esso si è riconosciuto!

La meditazione

Essa è essenziale per raggiungere la più alta forma di silenzio interiore, che ti darà l'opportunità di focalizzare lo stretto passaggio, che vige tra la coscienza fisica e le forme di coscienza superiori, alla parte più vera di te stesso, quella che vive oltre la concezione della mente e della materia, il piano mentale, causale, super causale, fino alle regioni spirituali, e di conseguenza alla riunione con la Fonte. Meditare vuol dire cominciare a fare silenzio nella tua essenza, perché tu possa vedere ciò che sei oltre a questa materia, riuscirai a focalizzare quello stretto passaggio che ti si accende al centro delle sopracciglia, per mezzo della **ghiandola pineale**, come un tunnel vorticante che ti invita a seguirlo, nei meandri delle realtà superiori, che ti condurranno inevitabilmente a comprendere te stesso, in tutta la tua verità senza che dovrai ricercarla da fonti esterne a te, arguire alla dimensione trascendente oltre i 5 sensi fisici della dimensione materiale, slittare in realtà non ordinarie perché tu possa scoprire altre forme di coscienza che vivono nella creazione, in quanto nella meditazione si possono stipulare veri e propri contatti interdimensionali, e colloqui interiori oltre la limitazione del linguaggio verbale, entrerai in contatto con il tuo sé divino, soltanto cosi tu conoscerai te stesso in tutte le tue molte forme immateriali, energetiche, spirituali; abbatti le 7 porte che sono chiuse, celando le tue energie sottili sopite all'interno del tuo corpo, cosicché ne troverai altre fuori della tua materia, ma interiori alla tua essenza, esse dimorano nei tuoi campi aurici, anch'essi parte di te, vi avrai accesso agganciandoti alla griglia di percezione sensoriale, in modo verticale seguendo il senso di elevazione interiore. Imparando attraverso il tuo salto sinaptico in simbiosi con i tuoi piani sottili ,che oltre i tuoi sensi fisici ne esistono ben altri, che ti proiettano nel tutto connettendoti con ogni dimensione e realtà esistenti nella creazione!

Unificandoti nella tua totalità, riallineando corpo anima e spirito sciogliendosi nell'essere chiamato Uomo, e scoprirai come varcare la soglia dell'universo, come tutto è parte indefinibile della tua stessa realtà, giungerai dinnanzi alla *13° porta*, l'aprirai e scivolerai nell'infinito, nell'indefinibile bellezza del creato, scivolerai in fiumi creativi fatti di luce amore, assaporerai la creazione in tutta la sua grandezza, scoprirai che in realtà non vi è nessun confine, tu sei tutto, tutte le cose dell'universo ti appartengono, tu sei tutto puoi essere ovunque nel momento che realizzerai che sei davvero Dio.

La sacra luce, i sacri suoni dell' Aum e dell' Omm ti faranno riverberare nella tua somma verità! allorché sarai Maestro di Vita, quando questo accadrà! probabilmente, sarai nella tua ultima incarnazione fisica di terza dimensione, sarai ora pronto per il passaggio in un nuovo piano di coscienza, in un'ottava dimensionale superiore della creazione che ti attende!

Lo scopo e quello di portarti a meditare mentre stai vivendo la vita in ogni suo istante! rimanendo costantemente connesso!

Ti accorgerai che la meditazione è la cura per i mali dell'uomo

Noi siamo generatori di suono universale, Codici di Creazione

Ho emesso la mia Parola Divina, un Suono Ordinatore, che va dritto alla Fonte, ho parlato direttamente con Dio nel suo linguaggio! la Luce ed'il Suono! quando queste forze si incontrano si crea la vita si crea la volontà attraverso questo potere l'uomo diviene egli stesso creatore del suo destino!

Lo yoga

Lo yoga si può definire la più antica scienza della vita, occupa un posto importante nella ricerca dell'auto realizzazione.

Il nostro corpo è il depositario delle facoltà della mente dell'intelligenza e dell'anima, che in esso vive in simbiosi, ma quando la sua integrità si disperde, giunge la malattia, prendere consapevolezza del fatto che il modo di vivere ci sottopone a stress e tensioni che sono difficilmente controllabili il primo passo verso la guarigione psicofisica prenderà inizio, per mezzo delle posture yoga, è possibile controllare il dolore fisico creando la giusta tensione, la respirazione consapevole agisce beneficamente sulle tensioni emotive e attraverso la meditazione possiamo capire chi siamo realmente e non esiste la fine della vita, nel suo quotidiano. Secondo la filosofia dello yoga questa vita terrena può essere compresa soltanto nel contesto di un infinita serie di reincarnazioni nel quale l'anima e sottoposta in seguito alla legge di causa e effetto, le imprese incompiute delle vite precedenti, dovranno essere portate a termine per fermare il circuito karmico, nel percorso meditativo possiamo interagire con il nostro **sè superiore** e comprendere a pieno il fine dell'esistenza umana, quindi possiamo dire che sebbene lo yoga parte dal corpo, alla fine lo trascende conducendoci al Divino che dimora in ognuno di noi, e in tal modo che il corpo del praticante, diviene il **Tempio Sacro**, e degna dimora della pura comprensione di ciò che è nella sua integrità L'Uno con Dio Padre-Madre la Fonte Primordiale da dove ha origine l'intera Creazione. La Fonte di Luce suono!

Vi sono un infinità di altre discipline olistiche marziali e di concentrazione, in qui ognuna vi è una chiave che apre una via

verso il tuo infinito! dove ognuna ti porta ad'un punto focale di
attenzione, dove ti fa uscire dai canoni della mente, che segue
sempre i fili tessuti dalla distrazione del mondo esterno,
della materialità e le sue ammalianti sirene incantatrici!

***Ogni disciplina è custode e detentrice del proprio
insegnamento, e quindi tale da considerarsi
Sacra nel suo principio primario.***

***Ogni disciplina risulterà ermetica, solo a colui che
non la conosce o che non vuole comprenderla!***

Come nessuno sarà detentore ***dell'onniscenza cosmica***,
nessuno dovrà sminuire o contrariare ciò che non conosce!
Questo in ogni campo della conoscenza, spesso l'essere umano
è impaurito da ciò che potenzialmente potrebbe elevarlo oltre le
sue più grandi altezze spirituali ed'interiori, questo è dovuto in
parte al grande schema che viene portato avanti dalla notte dei
tempi, quella ***Matrix*** o (Matrice di Costrizione) che vuole un
essere umano che segue altri sopra di lui, mentre l'uomo
venturo dovrà seguire solo se stesso nella sua rinnovata veste di
luce cosciente! se facciamo bene attenzione, noteremo come
ogni cosa che osserviamo negli altri esseri fraterni che vivono
nel mondo, può essere rapportata al nostro vivere ,
e di conseguenza essere il proprio specchio interiore!
ciò che ancora non ti ha toccato non deve impaurirti, ma
stimolarti ad'andare oltre i tuoi confini, verso quella conoscenza
che ancora non ti appartiene per diventare un giorno tua!

Il primo Maestro

***

Dopo la mia prima esperienza in un mondo di pura bellezza.
il tempo passò nella mia più totale rivoluzione interiore.
Giorno dopo giorno, in me cominciavano a prendere forma
nuovi concetti, che prima mai avrei minimamente pensato, dato
la mancanza di una visuale diversa di una consapevolezza
ancora acerba, in qui ero convinto di essere già la mia totalità,
mentre ero solamente sulla via del risorgimento interiore nella
comprensione di tutto ciò che è, e che totalmente ci avvolge !
Nei giorni successivi quando entravo in piena tranquillità,
cominciavano a farsi strada in me voci e visioni, che mi
ponevano in una prospettiva di vedere, di sentire, di capire la
realtà che fino a quel momento, avevo creduto vere e uniche.
Passarono molti giorni e in quel frangente, fui messo a
conoscenza di avere una guida, un custode che mi seguiva fin
dal momento della mia nascita, addirittura ancor prima del mio
primo respiro, al di la del velo che separa questa Vita dall'altra
Vita. Egli attendeva che giungessi al momento prefissato,
in qui io sarei stato pronto a riconoscere una verità, che fino a
quel momento non mi apparteneva. Non ricordo quanti giorni
passarono, ma una sera in un momento di calma interiore,
mentre stavo ascoltando *"le istruzioni sulle regole
fondamentali dell'esistenza e della vita universale "* che dal
primo incontro *"particolare"* mi arrivavano di continuo,
improvvisamente con uno scatto mi sentii come proiettare fuori
dal corpo, questo mi spaventò moltissimo in quanto non avevo
mai provato quella sensazione, non avevo un punto fisso come
riferimento, tutto sembrava girare intorno al nulla,

poi passati alcuni istanti mi resi conto di sentirmi diverso,
più leggero e fluttuante, questa cosa che mi fece rimanere
stupito! Ad un tratto, sentii una presenza dietro di me, mi prese
per le spalle e mi tirò su. Fu una sensazione molto violenta e
velocissima, in un secondo mi ritrovai fuori dall'atmosfera
terrestre e dando un flebile sguardo all'indietro, vedevo la Terra
allontanarsi. Non ci sono parole per poter esprimere ciò che ho
provato in quel momento, la paura si era impadronita di me,
il mio essere non era ancora pronto, stavo facendo il primo
passo di una lunga serie di esperienze che mi avrebbero
cambiato per sempre. La paura si fa padrona dell'animo umano
quando non è adeguatamente preparato, ed io in quel momento
non lo ero. Vedevo attorno a me un cielo nero stellato, notai di
fronte una stella che sembrava avvicinarsi a me, o forse ero io
che mi avvicinavo a lei, era sempre più grande e nonostante
volessi dire qualcosa a chi mi guidava alle mie spalle,
non riuscivo a proferir parola, il mio pensiero era muto.
Questa stella era grande come un sole, era bianchissima e la
attraversai, andai oltre, vi era ancora il cielo stellato,
diverso da quello che conosciamo. Continuavo a viaggiare,
una nuova luce si palesava dinnanzi a me, sembrava una luce
lunare molto limpida, in un batter d'occhio attraversai anche
quella, provavo ogni volta sensazioni nuove. Mi sembrava di
attraversare nuovi stati di coscienza, li sentivo interiormente,
la mente non era presente e sentivo una grande pace.
Mi crogiolavo in quelle sensazioni piacevoli quando ad un
tratto, apparve di nuovo dinnanzi a me con un bagliore
indescrivibile una bellissima luce d'oro, un passaggio
immenso, che attraversai in un istante, al di la di quel portale
dimensionale, vi era ad attendermi un nuovo stato di coscienza.

La luce era bianchissima e pura come la mente umana non
potrebbe mai immaginare, poi questa luce dolcemente
svanisce, ed ecco la visione di un paesaggio roccioso,
in una valle enorme. Mi fermo ad osservare quella moltitudine
di ponticelli che si intersecano l'un l'altro, ricoprire l'intero
paesaggio, il tutto era cosi perfetto da sembrare il dipinto di un
grande artista, ero sospeso in aria quando, molto lontano al
centro di questa vallata, noto una costruzione che non riuscivo
a definire, lentamente riacquistai la mia forma e il mio peso,
anche se comunque mi sentivo leggero come l'aria e toccai
terra. C'era un piccolo piazzale di pietre con delle strane
incisioni simboliche incomprensibili, questo piccolo luogo era
racchiuso da una recinzione anch'essa di pietra, non c'erano
altre vie di uscita, vi era solo quella che avevo di fronte a me.
Sentivo che dovevo entrare e cosi feci. Dopodiché attraversai
innumerevoli ponticelli e sottopassi, durante questo cammino
notai con estremo stupore che vi erano anche altri esseri mai
visti prima, avevano svariate forme e sconcertanti aspetti .
Fino ad allora, anche nell'esperienza precedente, non avevo
mai visto esseri che fossero differenti da noi, cercai di attirare
l'attenzione di qualcuno di loro, quelli che mi inspiravano più
fiducia nelle forme che, la mia mente accettava come affidabili
ma, nessuno mi rispondeva, tutti sembravano assorti nel loro
cammino, cosi continuai nella mia direzione, non so quanto
tempo passò, li il tempo aveva una sua logica. Lentamente mi
avvicinavo a quella strana costruzione, era ottagonale di pietra
alta non più di 4 o 5 metri. Aveva lastre verticali di pietra non
perfette nella loro sagoma e decorate da disegni molto curiosi,
che non riuscivo a capire, come copertura vi era un enorme
lastrone di pietra scura,

ci girai intorno in cerca di un entrata ma non c'era !
Osservando meglio notai una fessura nella roccia di 25-30
centimetri, guardai dentro ma, la poca luce che entrava era
troppo lieve, presi coraggio e mi infilai dentro con fatica.
Attesi alcuni secondi perché i miei occhi si abituassero a quella
penombra, poi tutto cominciò ad apparire nei dettagli.
Osservai tutto attorno, compresi che era un antichissimo
laboratorio alchemico c'erano un gran numero di alambicchi di
vetro lavorati a mano, ciotole di pietra e di metallo, di bronzo e
rame, vi era un gran numero di alti scaffali di legno, con un
infinità di scatolette sempre in legno, con incise delle scritte
sconosciute, c'erano cesti di vimine o altro, ricolme di minerali
e gemme strane, sabbie colorate, strumenti dalle forme mai
visti. La mia attenzione fu attirata da una libreria di manoscritti
antichissimi, alla base di questa libreria vi era un leggio con su
un libro aperto molto grande, lo scrutai era scritto in una lingua
che non comprendevo ma poi nella parte bassa della pagina vi
appariva una scritta di poche lettere, mi saltò subito
all'attenzione perché era scritta in un linguaggio che capivo di
5 lettere. Guardavo quei disegni magnifici, ma incomprensibili,
eppure sentivo che quelle lettere e le immagini mi toccavano
dentro, percepivo forti sensazioni, voltavo le pagine di quel
manoscritto cercando di carpire il segreto di quelle forme
disegnate quando, all'improvviso sentii una voce di
disapprovazione, mi voltai e vidi in fondo alla camera un uomo
alto poco più di me, era di spalle con una veste bianco grigio e
una barba anch'essa grigia, mi avvicinai subito a lui e gli chiesi
*< ma dove mi trovo, qui è tutto senza logica che posto è
questo ? Chi sei tu ? >*
ma lui girandosi verso di me mi osservò qualche secondo,

sorrise e tornò al suo lavoro. Pensai di mettermi pure io ad osservare ciò che stava facendo, forse in tutto quello doveva esserci qualche logica che a me sfuggiva, egli lavorava con estrema attenzione.

Aveva un pestaio di marmo con un battente di bronzo, lui prendeva dei blocchi di minerale che sembravano di piombo pietroso in forma minerale e li frantumava con forza, alcuni frammenti saltavano da ogni parte. Una volta finito questo procedimento di polverizzazione, la prese e versò l'intero contenuto in una giara di bronzo, aveva due grandi maniglie, le afferrò e la portò su di un altro tavolo, di fronte vi era una scaffalatura ricolma di polverine di ogni colore,
prese una piccola ampolla di vetro con una polvere che

sembrava sale finissimo, la cosparse su quei frammenti di piombo, e con calma mescolò il tutto per alcuni minuti.
Quella strana sostanza cominciava a prendere il colore dell'oro liquido, e la luce che entrava da quelle fessure lo faceva brillare, si era fuso completamente. Pensai che forse quel sale, avesse innescato un procedimento chimico, e avesse portato la temperatura di quella mistura al grado di fusione, aggiunse ancora alcune gocce di un liquido blu, quell'oro liquido cominciò a brillare di luce propria, sospirò e aspettò alcuni istanti, mentre di tanto in tanto si voltava verso di me osservandomi fuggevolmente, poi continuò il suo lavoro mestando e osservando le variazioni luminose di quel lucente metalloide, quando ebbe finito prese tra le sue mani la giara e si girò verso di me, mi guardò negli occhi e io sgomento non sapevo che dirgli, sorrise quando all'improvviso mi gettò l'intero contenuto addosso, strillai come un pazzo credendo di essermi ustionato terribilmente. Profondamente scioccato dal suo gesto, stavo per dire cose folli ma, non lo feci, perché un istante dopo mi resi conto che quella sostanza non era bollente ma, il mio corpo la stava assorbendo mentre mi colava addosso, a terra non ne cadde neanche una sola goccia.
Lui sorrideva del mio imbarazzo e posò la giara sul tavolo.
Stavo in silenzio, lui mi venne incontro e si fermò difronte a me e mi poggiò una mano sulla spalla dicendomi :

Questo è il tuo grande inizio, ma tu dovrai continuare con ardore il tuo cammino.
Senza indugio senza ombre, con infinito coraggio, perché esso è il più arduo dell'universo.

I suoi occhi erano nei miei, ne ero completamente rapito!
Mi prese entrambe le mani che si unirono con le sue, sentivo
fluire il suo calore, percepivo la sua grande energia, la sentivo
fluire in me, la sua essenza vitale era come un onda che mi
faceva rinascere dentro. Riuscivo finalmente a vedere quella
logica che fino a poco prima non mi apparteneva, e che tutto
cominciava ad avere un senso! mi prese per mano e mi
accompagnò verso quella feritoia dalla quale ero entrato.
Faticai un poco a passare e lui mi spinse forte attraverso quello
stretto passaggio. Fuori tutto era luce, non vedevo altro che
quello! Poi mi sentii risucchiare come da un grande vortice
cosmico, bagliori di ogni colore attraversavano i miei sensi
fino a ritrovarmi nel mio corpo, che sembrava aver riacquistato
il peso di quel piombo! Molto scosso ritornai lentamente in me,
mi ripresi, improvvisamente udii una voce tonante, sentii in me
pronunciare un fonema, era quello che avevo letto in quel libro
Qo Dai, il nome della mia essenza originale di quarta densità!
Dopo la voce della mia guida, in tono più dolce che mi disse:

*"Figlio mio ti abbiamo portato nella Quinta Regione
Spirituale, perché tu venissi iniziato da un Maestro dei più
alti Ordini Alchemici del Regni dello Spirito. Ma tu ora
dovrai mettere in processo ciò che hai avuto in dono.
Questo dono ti farà comprendere che le differenze negli
esseri della creazione di Essenza Divina non esistono, tutti gli
esseri sono fatti della stessa luce, ma la differente
consapevolezza ne fa di essi dei fragili, nelle azioni che
creano. Tutti quanti voi tornerete allo stesso piano poiché la
meta è una sola, tutti ci dovranno arrivare, ognuno
all'interno del suo tempo.* Poi anche lui Pietro la mia guida,

in silenzio se ne andò. Dopo quell'esperienza e col tempo ho scoperto che alcuni Maestri di quei piani, si sono sempre reincarnati nelle varie ere della storia umana, per portare la parola del Padre, della Fonte, della Forza Creante della Luce Riverberante, in tutti i mondi in evoluzione, essi come perle pure hanno trasceso la loro origine Divina per solidificare la loro essenza nella materia, perché potessero essere pienamente compresi alla pari della forma umana nel mondo in qui loro si fondevano. Da sempre nel tempo della storia dell'umanità la linea del Maestro non si è mai interrotta. La sacra Fiamma della Fonte arde in eterno alimentata dalla forza più colossale della creazione: l'Amore, quella forza che rende manifesto tutto e che tutto muove, nel turbinare della non staticità!
Dell'eterno movimento che ti costringe a varcare i confini della Creazione di questo mondo, in cerca di chi hai amato, per riportarlo nell'abbraccio all'interno del tuo cuore e dell'anima, in questa tua Vita terrena, quell'alchemica forza che tutto riforgia e che ti ha riplasmato in qualcosa di sempre più vicino all'aspetto interiore del generatore di Vita chiamato Sorgente
I totale comunione con Dio Nel tempo a te concesso!
La più illuminante creazione della Fonte! creare un susseguirsi di infiniti attimi dove la coscienza potesse esprimersi e prendere coscienza di se stessa, la dove il pensiero scorre e prende forma nella materia!
E' nella presa di coscienza che entriamo in un processo alchemico, in cui la trasmutazione del piombo in oro si manifesta. Il corpo, la mente, l'anima, lo Spirito,
la parte pneumatica e quella densa del corpo fisico convergono perfettamente, nel processo che avvicina l'Uomo-Dio-Fonte alla sua Natura Divina .

Il Corpo e' il Grande Alambicco dove Si realizza La Grande Opera. Un anima consapevole che ha finalmente raggiunto l'immortalità, l'alchimia dei livelli atomici, nell'espressione della materia, Regno dove la Fonte prende coscienza di sè, attraverso la permanenza nel veicolo fisico individualizzato! La spiritualizzazione della materia! è l'opera che vieni a fare!L'accrescimento e la coesione che l'energia d'amore compie nel tuo abitacolo, purificano ciò che il mondo ha corrotto e inquinato nelle ere della tua evoluzione, creando la tua Sacra Stilla Originale!

Il vero percorso spirituale di *origine iniziatica*, non è come attualmente concepito dalle correnti new age, che si limitano ad'una sintesi di belle parole e un continuo parlare d'amore di angeli ed'arcangeli, senza poi metterne in paratica quei principi che i medesimi ci donano, questo processo moderno di interpretare l'evoluzione interiore, alla fine ci lascerà nell'insoddisfazione e nel non aver realizzato la vera integrazione dello spirito, e l'elevazione dell'anima nel piano del corpo fisico, mentre dovremmo focalizzarci completamente nell'introspezione e nell'interpretazione oggettiva, di ciò che siamo notando nell'attenzione tutte quelle parti mentali emotive, che non sono in linea con uno stato di elevazione, tutto ciò che ci ancora al piano materiale delle emozioni fisiche nutre il corpo legandoci ad'esso, la vera via di ristrutturazione contempla la totale rivoluzione di ciò che sei nel più intimo dettaglio, nasciamo come prodotto di un infinito passato che porta in se tutti gli errori e le credenze frutto della distorsione, il compito di questa vita è rinnovarsi totalmente creando un essere totalmente diverso da quello che giunse qui.

L'illuminazione è anche mettere il luce quelle abissali parti di te che in ombra si celano al normale sentire dell'uomo per essere trasfigurate nella luce stessa.

(cioè nella nuova comprensione illuminata dallo spirito, mentre discende nella nostra coscenza umana, e nel nostro abitacolo che si sta purificando per accoglierlo)

questo compresi nel tempo quando il Maestro mi disse:

"Questo è il tuo grande inizio, ma tu dovrai continuare con ardore il tuo cammino. Senza indugio senza ombre, con infinito coraggio, perché esso è il più arduo dell'universo"

Non sprecare l'opportunità della tua vita! Vivivla!

La scelta

Vi è un complesso linguaggio segreto che a volte non è
possibile decifrare, *la lingua metaforica dello spirito,* ma se
facciamo spazio nel corpo esso vi prenderà stabile dimora, non
più piccoli assaggi, ma un continuo flusso cosciente e costante.
Fai spazio al Dio che è in te, prendendone coscienza realizzi la
divinità che era prefissata nei traguardi di questa vita terrena,
dove siamo nella nostra totale interezza, corpo anima e spirito!
trasmutare la nostra materia spiritualizzandola attraverso
quell'energia che nasce dalla fonte Prima, soltanto in questo
modo cominceremo a comprendere quel difficlile linguaggio!
che usa *l'Essenza Creatrice*, essa non è il DIO collerico che
punisce, che il passato spirituale dele nostre dottrine hanno
erroneamente creato come figura esterna a te, per porti in un'
esistenza di paura nei riguardi di una punizione suprema.
Sarai solo tu stesso e le entità preposte alla tua evoluzione,
a correggere il tuo errore attraverso la ruota delle reincarnazioni
non esiste punizione, ma una serie infinita di prove, risultato di
una scelta sbagliata antecedente alla tua attuale vita, l'umanità a
sempre avuto paura di Dei distruttori, sacrificando in loro nome
la Vita innocente di anime colpevoli di nulla, ma pagando con
la Vita l'ignoranza di credi totalmente folli, questo tempo ancora
rispecchia radici antiche, ancora vige il credo che questo Dio ti
punisca per i tuoi errori, ma mio caro se Dio sei tu! come
potresti punirti? nella visuale più alta dell'essere puramente
spirituale, troverà la soluzione soltanto nel ripercorrere
infinitamente la Vita, per realizzare un essere supremo capace
di vivere in sintonia con se stesso, con il creato e tutte le sue
creature. Non pensare che se hai scelto una strada,

che reputi sbagliata dalle conseguenze che ha prodotto, tu abbia
sabagliato davvero, ma semplicemente avevi bisogno di passare
attraverso quelle lezioni perche da esse, tu avessi in dono quel
tipo di Maestria, non possiamo trascendere la dualità, altrimenti
non ci troveremmo qui, se da essa non ne dovessimo ottenere
un grande insegnamento, per poter poi accedere a regni più
elevati. Se ti trovi in una certa situazione, sicuramente l'anima
tua già aveva scelto di camminare nel viale poco illuminato .
Perchè alla fine di quel sentiero tu possa trovare la vera luce,
della scelta corretta realizzando l'obbiettivo d'evoluzione

*La porta è tra le porte, il confine tra esse, il collante che le
unisce, spezzalo ed entrerai in uno spiraglio di luce, apri e ne
sarai pervaso, è sottile ma immenso, dai uno sguardo ne sarai
rapito. Abitua il tuo corpo a sopportare tale bagliore o ti
brucerai, piccole gocce un poco alla volta ti faranno sbocciare
come una rosa, ed'il suo profumo pervaderà ogni cosa!*

Se desiderate portare il vostro cielo interiore in voi, e che esso
si manifesti sulla terra, siate voi stessi il cielo, il Cosmo è Vita
sentitevi il Cosmo stesso, ed'esso sentirà la vostra chiamata,
e giungerà fino a voi per portare il saluto di infiniti mondi,
la ove il tempo non esiste come non esistono le distanze
illusorie, della mente umana convinta di essere solo materia,
essa si annullerà e il tuo Spirito diverrà energia viva, varcherai
cosi i confini della tua materia per portare tu stesso, il saluto
della Terra ad altri infiniti Mondi e dimensioni, viaggiando per
le vastità creazionali finchè troverai una luce più intensa di tutte
le altre, ti inoltrerai e scoprirai di esser tornato a Casa,
soggiornerai il tempo del nulla, per poi tornare alla tua Casa
fisica, con quelle energie ed'alimentare l'umana creatura della
Terra, sii grato all'universo per ciò che hai raggiunto in questo

tuo presente, esprimerai la tua verità senza sminuire quella di
altri. Questo è il tempo della rinascita dei puri di cuore,
che tu sia donna o uomo, amati e incontrerai la tua origine !
Ricorda bene cara anima, che la scienza dello spirito come è
intesa sul vostro pianeta, è una mera soluzione al risveglio della
tua pura essenza, rivolgiti sempre al tuo intimo luogo esso
custodisce l'essenza prima della Fonte. Coloro che si rivolgono
all'esterno, cammineranno senza rendersi conto che nutriranno
solo la loro mente.Tu non sei i tuoi pensieri! Sii in grado di
trasformare la meccanica del tuo pensare, in pura
consapevolezza, questo richiede volontà, disciplina, costanza,
se ti poni una meta avrai ben chiara la direzione per raggiungere
il tuo obbiettivo, la comprensione di ogni aspetto della tua vita,
è il vero senso di tutta la tua esistenza. Chiunque tu sia in
questo momento, rappresenti l'anima dell' intero universo.
Ed'esso cospira affinchè tu ti realizzi.

***Coloro che di armonia son fatti varcheranno la porta
dell'illusione di Maya, e un giorno raggiungeranno l'estasi
dell'anima! nella sublimazione spirituale dello Spirito
dimorante nella materia fisica del tuo Sacro Corpo.***

L'albore della meccanica spirituale e dell'ordine evolutivo,
è basato su continue opportunità elargite a noi, dinnanzi a ciò
che ci appare come un problema insormontabile, ma i processi
che sviluppiamo interiormente avranno sempre due strade
dinnanzi a noi. La scelta crea dubbio che creeranno una
condizione emotiva incerta, sarà la capacità di restare centrati e
di non farsi turbare, nel trascinare dalle paure, ma a scegliere
correttamente attraverso una consapevole riflessione, sorretta da
una nuova coscienza riallineata a principi d'amore più veri !

Il Tempio di Shiva

***

E' la primavera del 2005, precisamente l' 11 di marzo il giorno
della mia venuta qui sulla terra, in quel lontano anno del 1969.
Quel giorno in qui i miei occhi videro per la prima volta
la luce di questo mondo, in questa forma fisica che ora abito.
Erano passati molti mesi dal tempo del mio primo inizio,
una rivoluzionaria riscoperta di me stesso e di tutto ciò che mi
circondava, una rivoluzione di quello che prima credevo fosse
reale, l'indefinibile certezza umana dettata dai limitati sensi
umani, che soltanto nella trascesa del mio essere potei
contemplare me stesso come un frammento di origine celeste.
Quella che avevo creduto come l'unica realtà che avevo
conosciuto fino all'età dei miei 35 anni, in cui credevo che
questa fosse stata l'unica vita, era stato invece, l'inizio del
cammino della mia nuova realtà, il paradigma dell'essere
spirituale che riscopre se stesso mentre vive nella materia.
La mia essenza animica era immutabile ed eterna, l'unico
cambiamento era la sua stessa evoluzione nel suo eterno
scorrere, che è fatta di pura energia viva che va oltre la materia
di questa bellissima terra, nei piani sottili. Come scoprirai tu!
Del resto non sei diverso da me! Siamo tutti uguali, tutti!
Avevo preso consapevolezza di aver vissuto infinite vite fin
dall'inizio della forgia umana, di questa ultima razza terrena.
Prima di questa era dell'uomo, potei osservare direttamente
avevo vissuto in altre case nel giardino del Creato.
*Ci fu un tempo all'inizio del concepimento in qui da un punto
della creazione esplose la vita, ci emanò per la sua vastità,
frammentò se stesso, vari gruppi si riunirono in Mondi
Galassie e Universi e infiniti Cosmi, in una danza senza fine.*

Ci si ritrova sempre per comprendere che il mondo che abiti in questo tempo, ti ha accolto nel suo cuore dove non vi sono spazi e distanze, presi coscienza che siamo viaggiatori dell'eternità negli infiniti Mondi che regnano il Cosmo.
Avevo un ricordo lontano eppure vivissimo di una grande nave che giunse da remoti spazi, 450.000 anni orsono, portava con se molti rappresentanti di mondi lontani, i quali volontariamente decisero di intraprendere questo grande servizio per la Terra, e di incarnarsi nella coscienza fisica di un unità terrestre, incorporando un anima stellare, vita dopo vita, era dopo era, nelle stesse condizioni umane, negli stessi conflitti senza sconti di pena all'interno del circolo karmico della natura umana.

Se devi conoscere l'uomo, uomo dovrai essere, dovrai in qualche maniera credere di esserlo, fino al momento del tuo risveglio, poi scoprirai te stesso nella tua vera forma, nella tua vera origine delle tue armoniche celesti.

Durante questo viaggio animico, mi ritrovai a camminare in un lungo corridoio dalle pareti luminose, indossavo un manto nero con dei fregi lucenti, stivali lunghi e avvolgenti senza tacco, sentivo la mia possenza il mio potere e il mio immenso sapere, che ancora adesso è custodito in quella dimensione, al di la del tempo, io sono ancora li, osservavo il mio camminare e vedevo le mie mani che all'estremità che erano diverse.
Ero entrato in una grande sala che aveva una visuale di una immensa vetrata che dava sulla Terra sottostante, quel vedere era uno spettacolo che toglieva il fiato, all'interno di questo salone vi era una grande platea, dove su più file vi erano disposti centinaia di Esseri dalle forme e altezze più svariate, in mezzo a tutti questi Esseri che io conoscevo uno ad uno, vi era anche colei che è la mia metà cosmica,

nella sua vera forma, complice del nostro amore colei che ha condiviso con me la mia eternità, colei che completa il mio amore divino, colei che è il mio principio e la chiave verso Dio, al di là della grande missione che stavamo pianificando.

Parlavamo la lingua della mente in una connessione unica con tutti, mentre il fluido del mio cuore era rivolto in un connubio al suo, mentre con tutti dettavamo le regole del nostro intervento, negli eoni a venire su questo pianeta, ci saremmo ritrovati alla fine dei tempi in un unico fraterno abbraccio.

Eravamo viaggiatori del cammino terreno. Ormai avevo preso fiducia del mio maestro Pietro, della mia guida interiore, il mio angelo custode, Maestro per questa vita Fratello e Padre in altre.

Mi ero ormai abituato ai vortici e portali dimensionali, che mi si aprivano interiormente nel ponte pineale, nei quali venivo rapito nei piani universali dello Spirito.

Come sempre questo vortice, si apriva dinnanzi a me, e vi ci entrai, io mi rendevo conto di essere in quello stato-non stato dal brillare di luci nei più svariati colori, dove il tuo sentir cosciente svanisce, per infondersi di una nuova presenza, atta a soggiornare in quei piani, in un tempo indefinito.

Mi trovo in una vallata immensa, con una natura non molto rigogliosa, uno steccato di legno intarsiato delimitava un area dove vedevo un grande tempio, quasi rassomigliante ad una opera architettonica romana o greca sovrastata da una grande statua del Dio Shiva. Sulla parte frontale del tetto che copriva questo grande monumento, egli era nella posizione della meditazione con le mani unite in basso, a palmo aperto.

Davanti a questa monumentale costruzione vi era un immensa platea di uomini e donne, di ogni razza, erano tutti lì attoniti nel guardare sotto quel luogo di Spirito.

C'era anche un vecchio dai lunghi capelli e dalla barba bianca, si poggiava su di un bastone ottenuto da un ramo scorticato era di bianco vestito. Osservava la folla immensa, poi mi inoltrai e mi confusi con le persone che erano lì, e come loro anche io feci la stessa cosa, ma io ero attratto inspiegabilmente da lui.

Dopo alcuni minuti, alzò il bastone lo tenne su per qualche istante e lo sbatté a terra. Un lampo di luce e un uomo apparve dinnanzi a lui, cadde in ginocchio, quella visione mi sconcertò, mi feci strada in mezzo a loro, facevo domande ma nessuno sapeva darmi delle risposte, cosi continuò per un bel pò.
A moltissimi li faceva tornare indietro nella folla, ad alcuni dava loro il permesso di inoltrarsi in quel Tempio.
Compresi, che era una selezione in base alla coscienza dell'Essere, ad un certo punto osservò nella mia direzione e cominciai a sentirmi vibrare dentro, all'improvviso mi trovai davanti a lui, le gambe si fecero molli e caddi in ginocchio come tutti gli altri, mi mise una mano sul capo come se volesse

sentirmi dentro, scandagliarmi nei miei più reconditi ricordi,
a quel punto pensai che la mia sorte dovesse essere quella di
molti altri che avevo visto rigettare indietro.
In quel momento pensai a ciò che era stata la mia vita nel
passato, alle mie vite non proprio virtuose e nel momento in qui
credevo che la mia sorte fosse segnata, tolse la mano e disse .

Alzati uomo, hai voluto vedere, hai voluto sentire,
e ora saprai, e vedrai! vai puoi andare!

Io rimasi incredulo della sua scelta, non me lo spettavo,
mi alzai mentre continuavo a fissarlo negli occhi con profonda
gratitudine, poi muovendomi verso il suo fianco chinai il capo
in senso di riconoscenza e mi voltai verso la meta.
Proseguii avvicinandomi a quel Tempio e ne osservai ogni
dettaglio, era uno spettacolo poter ammirare quei bassorilievi.
Apparentemente sembrava che il Tempio non avesse ingressi
ma, una lunga serie di colonne circondavano il tutto, al centro i
muri che lo racchiudevano. Mentre camminavo in cerca di un
ingresso, osservavo le pareti completamente ricoperte di opere,
raffiguranti scene di battaglie di antichi popoli dell'India di un
passato lontano, mi ricordavano dipinti e raffigurazioni che
avevo visto similmente in libri di storia, ma, in questi vi erano
scene che raffiguravano battaglie nei cieli di Esseri Divini,
in quell'arte i maestri di scultura erano riusciti a racchiudere
l'emozione, la paura, la divina potenza di quegli Esseri che si
misuravano nella loro forza, sembravano immobili ma Vivi.
La mia mente sviluppava continuamente scene al vedere di
quelle figure, attingevo forse a qualcosa di realmente accaduto
in un tempo lontanissimo dai registri akasici della mente di Dio.
Percorsi i tre lati della costruzione, in ognuno c'erano
raffigurate lo scorrere delle epoche in cui dal conflitto,

si varcava il tempo della pace in un continuo altalenarsi
di luce e ombra. Continuai a camminare e mi trovai una porta
bianca, adorna di fregi eccelsi, dava verso l'interno, la spinsi
con entrambe le mani e si aprii entrai dentro, la vista della
grandezza di quell'opera ti apriva dentro alla grandezza stessa,
c'era una rampa circolare che toccava tutti e quattro i versanti
dell'interno che a loro volta salivano formando tre spirali.
L'interno era adorno di raffigurazioni simili a quelle
dell'esterno, vedevo in quell'anfiteatro spettacolare gli eventi
scolpiti di epoche infinite fino alla cima. Le gesta erano
ricordate come una grande biblioteca della storia, scolpite nella
pietra per varcare la soglia del tempo. Quando arrivai alla cima
che finiva in un piccolo spazio, che si apriva sopra a quel vuoto
e osservando sotto vedevo una sala sottostante che apriva la tua
spazialità interiore in quella grande spirale che rappresentava il
cammino dell'uomo delle ere passate per portarlo verso l'alto !
poi osservai meglio in quello spazio dove arrivai e vidi una
pietra rettangolare, era piena di disegni scolpiti a forma di
cerchietti tutti decorati, ma uno diverso dall'altro, al centro di
questi decori, altri più piccoli che sembravano dei frutti.
Pensai che quei frutti fossero lì come un offerta, a chi giungeva
fin lassù, ne presi uno e nell'istante in qui lo afferrai, un altro
apparve a suo posto, lo portai alla bocca, il sapore che inondò il
mio palato, era così inebriante! e di una bontà indescrivibile,
sentii una forza che mi scosse tutto, credo che in qualche modo
ci fosse una sostanza che stimolasse l'amplificazione delle
percezioni o aveva in se delle proprietà che sono sconosciute
all'uomo. Improvvisamente sentii uno scatto davanti a me,
si era aperta una porta che dava all'esterno, ci passai attraverso e
notai che finiva tra le mani di quella divinità! **Shiva**,

quella porta passava dal suo ombelico finendo sulle sue mani,
la richiusi mi osservai intorno e potevo osservare la folla
sottostante, che guardava il vecchio, il quale continuava la sua
grande opera impassibile nella sua saggezza, nel saper osservare
l'intimo recondito degli esseri che analizzava, prima di dirigerli
nell'una o nell'altra direzione, nell'attesa che giungessero al
punto corretto della loro evoluzione interiore,
per far si che potessero aver accesso ai piani superiori,
e alla preparazione alchemica dei più alti principi spirituali che
dimorano nei regni della pura luce! Mi sedetti tra le mani di
quella statua enorme della divinità di **Shiva**, fui attratto dall'idea
di meditare proprio su quei palmi aperti e cosi feci, rimasi lì per
qualche tempo e come succedeva anche nel piano fisico,
mi sentii aprire i portali interiori e slittai fuori di me.
Lo stato d'estasi che si prova in certe condizioni al di fuori della
coscienza fisica, ci fa percepire noi stessi come qualcosa di
diverso, da ciò che è la nostra realtà cosciente, e cosi fu anche
in quella condizione e accadde.
Ero attirato da un puntino impercettibile di luce all'interno della
mia visione al centro delle sopracciglia, mi focalizzai sperando
che succedesse qualcosa e avvenne, quel puntino piccolo come
la cruna di un ago esplose con un bagliore indescrivibile dai
mille colori, i suoi raggi mi avvolsero inondandomi nel mio
essere e mi trascinarono in quella stessa luce. Sperimentai
un'espansione di me stesso in qualcosa che reputai l'infinità di
Dio stesso, la velocità con qui prendevo coscienza senza
confini, in un lasso di tempo non-tempo, non si può spiegare, è
come prendere coscienza di ciò che in realtà sei già, ma non
sapevi! in me il senso di grandezza era svanito in quando mi
sentivo il Tutto, dove la parola *"confine"* perdeva il suo

significato, pervadendo coscientemente in un perenne infinito.
Provavo una pace meravigliosa, un amore grande, e un
appagamento che mi donava la completezza del tutto,
di quelli che potevano essere tutti i miei umani desideri.
Rimasi in quella beatitudine, per un tempo che non riuscirei a
quantificare, pervadeva in quella realtà un suono di fondo,
che come un circuito riverberante, lo inviava in ogni direzione,
come se quel suono fosse il canto della luce, quella melodia
pervade tutta la creazione, il verbo della forza creativa che è
Vita, sia nella forma biologica, che nella materia inerte,
anch'essa forma primaria di esistenza. Provai la persistenza
dell'anima e dello spirito, in un piano immateriale,
pertanto non concepivo, ne inizio, ne fine, ne tempo.
In una dimensione dove lo Spirito viene creato senza colpa,
ma lindo come la luce che li tutto pervadeva,
**ero Monarca di me stesso e di tutto fino al punto di prendere
coscienza, e che io ero la Fonte stessa,** non esisteva niente e
nessuno al di fuori che una coscienza che escludeva anche il me
stesso mentale, tutto era armonia per quanto non si vedesse altro
che luce, e si sentisse quel meraviglioso suono, **per un istante
raggiunsi la sua intima natura Cosmica,** mi sentivo infinito mi
sentivo quella forza in grado di manifestare tutto, la mente non
esisteva più, io non esistevo più ma, era luce senza confini,
il codice della creazione ero io, perché io ero la Fonte.
Poi come una luce che si spegne tutto collassò, nella mia
profondità, in quel puntino finissimo tornai nella mia coscienza
fisica, aprii gli occhi e in silenzio nella nullità di ogni pensiero
rimasi muto, come se ancora fossi diviso, in due realtà ben
diverse, poi quando fui completo nella mia fisicità, e nella mia
coscienza sentii in me una grande riflessione,

*Noi esseri umani, entità individuali nel puro concetto mentale
ma unica e infinita Espressione Cosmica nello Spirito, siamo
convinti che lo spazio termina con la nostra forma fisica,
ma siamo l'immensità stessa, racchiusa in un piccolo corpo,
in una piccola anima. Percepiamo questo 'sentire' perché
nella nostra coscienza non siamo completi, siamo parziali
individui di un Essere immenso, che in questa dimensione e
in questo corpo si proietta, per vivere una vita nello scorrere
del tempo. La Fonte è tutto, concepire la natura di questa
essenza onnisciente per un essere umano, è impossibile,
soltanto scivolando nella coscienza del tuo sé superiore ti
porrai vicino a questa Forza, ella ti noterà e nel suo abbraccio
ti fonderà divenendo lei stessa. Scivolare nella nostra
immensità, ci dona quella conoscenza che ci apre il cuore al
vero noi stessi, il pulsante respiro del Creatore nella mia e
nella tua presenza risorgendo nella tua vera essenza.*

“Figlio mio apriti alla tua vastità”
*Proiettando Te stesso all’interno della Stella Bianca,
entri nella porta del regno reale oltre il piano fisico!*

*Nell'attimo in qui stai leggendo le mie parole, tu sei
vicino a Dio più di quanto credi. Lui stesso ti porta nella
strada per giungere alla tua più completa consapevolezza.
Sei qui in questo momento, a parlare con te stesso,
o forse sono io Dio a parlare con te, perché Io sono tutti
Voi. In qualsiasi istante posso scendere in ognuno di Voi,
per dirti, figlio mio io ti sono accanto in ogni momento !
se ti ascolti dentro,* **“è li che mi troverai”**

"Da quel punto di luce Io Ti osservo, Ti sento Mi espando tra le pieghe del Mio infinito, per giungere a Te,
Ti soffio costantemente la Mia Vita perché ho scelto di esser Te, ho scelto di esser Io a ritrovar Me stesso. Se guarderai con occhi godrai del mondo che ti ho donato. Se guarderai con l'occhio varcherai tutte le mie realtà. Allora se vorrai trovare la più alta forma d'amore entra in te stesso, Io ti aspetto dietro a quella porta, ti prenderò per mano e ti condurrò a Casa, scoprirai così chi tu sei realmente e che ad averti messo alla Vita è il mio puro amore, conoscerai quell'amore che permea in tutti i figli della mia creazione, è quell'amore che ti connetterà con loro, quando avrete compreso che siete tutti una grande famiglia, Io scivolerò in Voi donandovi tutta la mia felicità sono qui dietro a quella porta, sto aspettando che Tu mi chiami, Io ti sentirò, vivo in Te...

Un caro amico spirituale mi disse che avrei dovuto sperimentare in questa esperienza un amore sconfinato, qualcosa che avrebbe dovuto immergermi in Dio stesso, ancor oltre, beh forse in quel tempo non ero pronto, forse avrei dovuto un giorno raggiungere quell'immenso amore qui sul piano fisico. Sono passati molti anni e molte esperienze vissute nella vastità della Fonte, sono ancora più convinto che quello stato d'essere lo si possa sperimentare qui in questo piano terreno, quando ci troviamo nella nostra completezza, corpo, anima, Spirito e coscienza viva alle verità cosmiche, in questo piano credo che siamo realmente completi nel momento in qui ne prendiamo coscienza lungo il cammino di rivificazione animica. Forse in quel tempo la porta più importante di tutte, il cuore, era chiusa dal fato, ma, il fato mi ha raggiunto in questo tempo, quella porta è stata divelta da una forza incontenibile mentre il respiro della Fonte,

vi soffia dentro ogni istante della mia Vita. In qualsiasi
momento possiamo sentire in noi quel vento vitalizzante,
nel momento in cui si raggiunge questo stato d'essere, il mondo
che ti circonda cambia, perché cambia la tua percezione.
Cambierà per sempre la tua Vita, perché è cambiato il Tuo
mondo interiore, Sei Divino Anima cara, questo posso dirti,

*Ascoltami nel tuo cuore, osserva le genti che ti circondano,
tuo Padre, tua Madre, tua Sorella il Fratello i tuoi Figli,
gli amici, che cosa vedi Figlio mio! ascoltami nel Tuo cuore,
guarda i loro occhi cosa vedi in fondo alla loro Anima.
sono sempre Io Figlio mio. Ovunque Tu osservi Io vivo lì nel
riflesso che colpisce i tuoi occhi, e giunge al tuo cuore come
un vibrante suono d'amore, Io ti dico Ti Amo mia essenza!*

Io so per certo che
Noi tutti siamo Dio

Il tuo viaggio continua

Conoscere se stessi, vuol dire rivelarsi alla propria natura divina altro non è, che scoprire tutte le parti multidimensionale di noi, che esistono tra noi e la Fonte Creante dell'Uno assoluto manifesto nella luce sonora, quando avrai vissuto e sperimentato tutte queste realtà, osservandole nel loro principio trascendentale, comprenderai il senso del tuo esistere, quando avrai sperimentato le diverse coscenze che ti accomunano,
tra il tuo *"Io Sono" e l'io sono Dio"* Allora nulla più ti sfuggirà dall'esimerti dal credere di essere l'emanazione del Creatore stesso, nella misura in qui tu ti riconosci nello Spirito, Dio si riconoscerà in Te e sarete una sola cosa!

Ho attraversato le irte valli della Vita raggiungendo la vetta più alta, per raccogliere la fragrante rosa che la Fonte mi ha fatto trovare sulla cima del monte, assorbendone la sua inebriante essenza sollevo gli occhi al cielo, apro le braccia e accolgo Dio in me. Tornerò tra le vallate del mio mondo spargendo quel profuno, ai cuori dei miei amati fratelli!
Assumiti la responsabilità della tua evoluzione spirituale, essa, non è una parola ma il vero senso di realizzare un principio cosmico. *Ama, Amati, e fatti Amare,* tutto il resto diverrà realtà tangibile, se applicherai questi tre principi fondamentali dell'assoluto. *Ogni altra legge è in causa di tali realizzazioni!*

Non vi è altra via, se non questa

Se vuoi imparare a vivere davvero, devi prima imparare ad amarti, cosicche amerai tutto e tutti come te stesso! Varcare le soglie della coscienza fisica, pone l'essere dinnanzi alla sua vera natura. Magnifica è l'anima,

*che viaggia nel tempo terreno, arrivando oltre lo spazio fin
dove il suono diviene colore. Pprezioso è colui che scorge la
visuale dei mondi, e che colmo di verità, torna nel Mondo
manifesto per condividere con l'ardore dell'amore,
l'antica sapienza che si perse nelle ere del tempo !*

Esistono una serie infinita di realtà intorno a noi, ma la nostra
focalizzazione coscente è mirata a quella che più ci serve:
la Realtà Fisica! Quando avremo imparato il senso del vivere,
sapremo vedere oltre, impariamo ad ascoltare la nostra natura
creativa, per ambire alle massime virtù dell'uomo, attraverso la
metamorfosi della Vita, sarà meraviglioso realizzare chi sei
davvero, le potenzialità dell'anima liberata sono enormi,
la paura di scoprire chei sei, è un muro costante finchè gli dai
forza e lo alimenti, conoscere la meta annulla tutte le paure,
attraverso l'auto osservazione, troverai la tua innocenza,
scava dentro di te e distruggi i tuoi mostri, diverrai l'angelo che
sei sempre stato!

L'uomo è un costrutto di antiche maschere!

*E' in vostro potere scegliere la modalità, in qui vivrete
il vostro nuovo giorno. Potrebbe essere domani stesso,*

o in questo preciso istante **scegli !**
*Se continuare ad'aspettare, o ad'agire da ora, ogni giorno
ogni anno che passa è un tempo svanito nel nulla, se non lo
vivi nel tuo massimo potenziale,
sapendo che potresti raggiungere e realizzare nel manifesto
questo atto, e non lo hai fatto per inerzia e pigrizia!*

Gli 8 passi dell'infinito.

*"Il Primo" passo che porrai per realizzare l'immortalità,
oltre la materia, è riscoprire chi sei e cosa sei
nell'Espressione Spirituale Originale!*

*"Il Secondo" è riconoscere coloro che facevano parte
del tuo remoto passato, per ricongiungerli nel presente
di questa attuale vita continuando ad'amarli.*
*"Il Terzo" è concretizzare l'anima nel piano fisico
rendendola tangibile nello scorrere della sua evoluzione,*
*"Il Quarto" è l'integrazione dello spirito che fluisce in te
direttamente dalla Fonte di tutte le cose create,
realizzando l'illuminazione del tuo stato di coscenza.*
*"Il Quinto" è manifestare i poteri divini in te per il bene
altrui! E mai per innalzarti sui tuoi simili!*
*"Il Sesto" è realizzare la coscienza multidimensionale
che ti muove nella creazione tutta! La tua reale casa*
*"Il Settimo" passo e scoprire di esser la Fonte stessa qui
sulla terra che gode della sua propria creazione!*

*"L'Ottavo" è sentirti l'infinito permanente in ogni dove,
che ti porterà a vivere nel prossimo piano di esistenza
fisica superiore, oltre questa dimensione terrena!*

E di amare come io amo te, figlio mio!

L'incontro con il Padre

***

E' l'anno 2012 del mese di settembre, dopo innumerevoli esperienze nei piani dello spirito, e in mondi dove ogni volta ricevo un piccolo insegnamento, mi trovo all'ennesimo incontro con il mio Maestro Pietro al di la della fisicità. Pochissime volte l'ho visto in volto, e fu un emozione grandissima incontrarlo e scoprire che lo conoscevo bene che era un antico amico del mio remoto passato, di un mondo dimenticato ma pur vivo in me!

Questa volta dal suono della sua voce percepisco che, degli amici di un dove lontano, devono mostrarmi una verità che devo conoscere, e integrare nella mia coscienza!

Mi disse che avremmo dovuto utilizzare un sistema che connetteva l'intera creazione, veniva chiamato dalla collettività dei mondi (*Il Reticolo Cosmico*)

Esso, è una sorta di canale dotato di una porta e una volta dentro, si usciva direttamente dall'altra, dove gli ingressi e le uscite erano infiniti, senza il percorso temporale, come un immenso teletrasporto ma, di origini naturali, *le vene di Dio.*

Mi portò in un luogo, qui sulla terra, al cospetto delle stelle.

Pietro mi disse: < *osserva figlio mio, laggiù tra le stelle non vi è il nulla ma vi è l'infinito, vi è più verità in ciò che sfugge ai vostri sensi di quel che potete effettivamente assaporare, osserva quel cielo nero, è pieno di luce* >

Indicò un punto preciso e mi disse:

<*Lì c'è l'ingresso*>.   Ma, io non vedevo nulla, credevo di non essere in grado e di avere dei limiti nelle mie capacita, però non mi persi d'animo, mi disse di insistere che era lì davanti a me.

< *Abitua la tua mente a vedere ciò che le è sempre stato celato, dal tempo della schiavitù dei sensi.*

Siete ciechi nel corpo, tu ora non sei nel corpo,
tu sai vedere ma, la tua mente crede di non poterlo fare > .
Passati alcuni istanti, si formarono in lontananza una serie di
cunicoli di luce che, erano tutti interconnessi tra di loro, inoltre,
notavo un movimento di piccole sfere di luce, come nelle strade
di una grande città e fluivano vorticosamente, credo fossero
altri esseri della creazione che stavano usando lo stesso canale
connettivo per viaggiare nei meandri creativi, dell'onniscente
energia che tutto manifesta. Finalmente realizzai che la mia
visione aveva trovato chiarezza, e pieno di gioia esclamai:
<Ora vedo, sono ovunque, dappertutto e in ogni piano! >
< Caro figlio, ora possiamo andare>, credo che, in quel
momento ero anch'io una piccola sfera di luce che ondeggiava
nell'aria, mi sentii sollevare come se anch'io fossi fatto di cielo.
Percorremmo quel corridoio di luce, non mi resi conto se ci
muovevamo in fretta o piano ma, come in un gioco di specchi,
entrai e usci nello stesso istante. La mia visione era inizialmente
sfumata e a stento riuscivo a vedere ciò che avevo davanti.
Lentamente mi sembrò di scorgere un fuoco, e dietro di esso tre
esseri dalla pelle scura, leggermente olivastra erano seduti a
terra, gambe incrociate, fermi e silenti, la mia vista si fece più
nitida e tutto divenne più chiaro.
Erano tre Esseri di un altro mondo.
Mi senti improvvisamente catapultare fuori da qualcosa e
gettato vicino al fuoco dove erano seduti i tre Esseri, provai una
stranissima sensazione, sentivo di essere una sfera di luce e
improvvisamente mi ricomposi in un corpo semi-fisico o
astrale, mi trovai di fronte a queste tre entità e ne fui molto
scosso, questi esseri, guardavano dietro di me qualcosa,
mi voltai anche io, c'era un altro essere,

che aveva sulla fronte uno strano oggetto d'oro con un cristallo
al centro luminescente. Avevo la sensazione che, in qualche
modo, io fossi uscito da lì, anche lui era seduto a terra.
quell'oggetto era forse uno strumento per richiamare coscienze
di altri Esseri che volevano contattare, come una sorta di faro
cosmico che, porta le navi verso casa. Ci fissammo per un
lungo istante, poi si tolse quello strumento e lo appoggiò
sull'erba, sembrava che galleggiasse senza peso.
Osservai tutt'intorno, scorgendo ciò che mi circondava,
la mia coscienza superiore era ormai abituata a conoscere
l'inconoscibile dell'oltre mondo, era notte e vedevo in
lontananza altri focolai, uno degli Esseri che era di fronte a me,
si alzò e cominciò a parlare una lingua a me sconosciuta,
parlava un po animatamente ma, non capii il senso del dialogo,

compresi però che dovevano trovare un accordo, quello che in origine aveva lo strumento sulla fronte gli rispose e l'Essere non protestò più! Si risedette trovando la giusta quiete, e poi ognuno di loro, mentre erano seduti intorno al fuoco presero in mano un ramoscello, e a turno rifocillarono quel fuoco con movimenti lenti, come se stessero celebrando una cerimonia. Parlavano piano, il fuoco scintillava e scoppiettava in quel momento avevo come l'impressione che anche loro, appartenessero ad un piano molto vicino al nostro di quarta densità dimensionale. Continuavo ad osservarli, cercavo di capire se quel rituale dovesse creare qualcosa, poi colui che aveva quel cristallo sulla fronte parlò nella mia lingua:

Stiamo aspettando l'arrivo di nostro Padre

Io come uno sciocco non ci riflessi e risposi:
< Ah bene, sono lieto di conoscerlo come del resto tutti voi.! >.

A breve ti laverà con la sua viva luce

Sedetti anch'io intorno al fuoco, ma, non capendo il senso di quelle parole, continuavo ad' osservare il loro operare !
Trascorse qualche minuto, e gradatamente l'oscurità di quella notte cominciava ad' illuminarsi di una luce arancione!
Gli Esseri si alzarono e io seguii il loro gesto, andammo verso quello che sembrava la dorsale di una collina, si misero di fianco a me, due per parte, alla mia destra avevo lui!
Mi presero per mano e le sollevarono leggermente, sentivo una leggera scossa scorrermi dentro, loro con le loro energie mi allineavano a qualcosa, alla vibrazione di quella stella !

Sta per giungere a Noi, ascoltalo in Te

Pian piano sorgeva l'alba che illuminava l'intera vallata.

Era uno spettacolo illuminante, laggiù vedevo una città di cristallo che irradiava luci e riflessi dai mille colori, e sfumature mai viste in vita mia, vissi quell'immagine come una folgore interiore che abbatteva nuovamente, ulteriori limiti mentali dentro di me, ponendomi un passo alla volta verso la conoscenza della molteplice manifestazione, nell'esistere della creatività coscienziale della Fonte!

In quell'attimo pensai che, se l'umanità avesse potuto vedere quello splendore, nessun uomo della terra avrebbe potuto continuare a tenere il proprio cuore chiuso a tale magnificenza. Era un immagine che ti apriva totalmente all'infinito, a Dio!

L'energia continuava a salire e il loro Sole cominciò a sorgere, le vibrazioni che sentivo mi portavano al mio essere più profondo, sentivo oscillare ogni mia cellula alla luce di quella Stella che era il loro Sole, fu una bellissima sensazione.

Mi sentivo così vivo e vitale come mai prima di quel momento, avevo gli occhi aperti e riuscivo a guardarlo senza che mi desse fastidio ma, era ovvio, lo stavo guardando con occhi che non avevano fisicità come il mio corpo in quel momento, cosa che se mai facessimo qui con il nostro sole, danneggerebbe subito e irrimediabilmente i nostri occhi, ameno che lo rimirassimo per pochi istanti all'alba e al tramonto, quando ormai la sua luce è tenue e non rischiosa per il nostro apparato oculare, continuai a concentrarmi sulle sensazioni che provavo, ponevo attenzione alla mia fisicità, anche se quell'intensa vibrazione mi faceva dimenticare la forma del mio corpo, in quanto ogni cellula era l'intero corpo, senza frammentarietà, sentivo il brusio della mia atomicità! Mentre ogni atomo nella sua singolarità, conosceva la connessione diretta con tutti gli altri unificandomi,

l'unione del piano materiale con quello sottile energeticamente
e materialmente! Esplose in me un emozione immensa

Ero innamorato di me stesso

Mi sentivo come purificato da quella luce, da quella vibrazione
che mi permetteva di porre attenzione soltanto a quella
condizione emozionale e dimenticassi tutto il resto. Dimenticare
quella consapevolezza che ci fa credere, di essere un entità
fisica, distaccata da tutto il resto mentre invece non esiste
separazione in nulla. I nostri confini sono provvisori nel corpo,
ma non nello spirito che è Uno con quello di tutti gli esseri della
creazione: *sottile è la connessione ma permanente ed'eterna!*
Dopo un po, lasciarono la presa dalle mie mani e tutto cessò,
uno di loro che era alla mia sinistra si girò verso di me e disse :
*Le stelle di tutto il creato, sono l'emanazione vitale del
Padre stesso, e in esse portano la Vita, sono la massima
espressione che i vostri occhi fisici possono osservare
della sua presenza. Il Padre vi accompagna sempre!
ogni giorno della vostra esistenza!
Glorifica la vostra vita, sostiene la formazione della vita
stessa, se vi riconoscete in lui vi riconnetterete alla sua
stessa Nota Vibrante, Egli parla alle vostre cellule
costantemente, vi siete dimenticati il suo linguaggio,
imparate ad amare, e comincerete a capire la sua parola,
e' il verbo stesso dell'Amore!*

*Imparate l'arte della vita, diverrete voi stessi un sole
che irradia amore sarete il primo raggio di creazione!
Ora torna a casa piccolo uomo, porta con te l'amore che
hai sentito, attraversarti il cuore e l'anima!*

Mentre parlava si portò quello strumento cristallino sulla fronte, e mi guardò dritto negli occhi osservavo il brillare di quella gemma! Mi sentii cadere dentro di lui come in un vortice che mi risucchiava, non ebbi nemmeno il tempo di salutarli.

Ma, forse per loro, questo aveva poca importanza, io ragionavo con i miei parametri comportamentali, sicuramente diversi dai loro, *sapienti di una connessione che va al di là della parola!* Come ogni volta accade nelle mie esperienze, mi ritrovo allocato nel mio corpo a riflettere sull'accaduto, e a fatica a ripolarizzarmi in questa realtà che in questa vita mi è padrona.

Dio abita in noi

Dio abita le stelle

Dio è ovunque e in chiunque

Ma ancora l'uomo cerca *Dio fuori di se'* se continuerà a cercarlo cosi, non lo troverà mai, un giorno tutti noi riusciremo a vedere con gli occhi dell'anima, ci verrà donata una nuova opportunità di comprensione, soltanto nel momento in qui la desidererai profondamente, nel tuo cielo si aprirà quella visione interiore che ti farà scoprire, che le chiavi che aprono le porte dell'assoluto, sono sempre state in te. *Troni e Spiriti della Saggezza sono preposti all'apertura dell'essere umano.* Architetti nella formazione dello Spirito che dovrà abitare nella forma umana, essi vi soffieranno l'anelito della conoscenza per far si che tu ti possa ridestare, e nell'inconoscibile riscoprire di sentire *Dio animare ogni tuo pensiero, ogni tua sensazione.* poiché tu lo sei realmente, semplicemente ricorda! realizza la divinità che sei, attraverso i sensi dell'animarimembra

Chi sei davvero mio caro Spirito!

un Uomo, una Donna, un Dio

Quando comprenderai, scivolerà dentro la sua creazione
riceverai il tocco della consapevolezza di Dio in te,
sarà in quel nuovo tempo che giungerai nella tua realizzazione
alla comprensione, di saper vedere la bellezza in tutte le cose,
un altro passo per la tua ascensione di coscenza, un altro
tassello per giungere alla tua nuova dimensione interiore.

*Cerca di penetrare l'essenza stessa di ciò che ti sto dicendo,
per lo specifico beneficio che desidero donarti, nell'istante in
qui avrai compreso avrai imboccato la via per la liberazione
delle tue false colpe, e diverrai leggero nella tua coscienza.*

*Determinante è con quale grazia, sarai in grado di avvicinarti
alla definizione creativa, di quell'energia che noi tutti
chiamiamo Dio, poi assapora quanta bellezza potrai cogliere
in questo singolo momento in tutta la tua immensità, espandi
te stesso e rammenta !osserva, scoprirai che il tempo è vicino,
sempre di più, non c'è più tempo per le frivolezze della vita.*

*Ma è tempo di costruire nuove ali per spiccare l'ultimo volo,
se alto dobbiamo elevarci, dentro dobbiamo guardarci,
osserva chi sei davvero, mio caro osservati attentamente e
troverai ciò che ti tiene pesante, ancorato qui in basso.
Non c'è più tempo, devi agire ora, non cambiare il mondo,
cambia il tuo mondo.*

*Quello che hai dentro, e allora spiccherai l'ultimo volo,
viaggerai, arriverai e capirai che n'è valsa la pena, gioirai ma
piangerai per chi è rimasto indietro, e allora sarai tu che da
quel regno lo aiuterai, scivolando qui nel mondo sarai del
mondo, nel loro mondo*

Siamo infinite scintille, e raggi di luce sparsi ovunque;
frammenti del cuore di Dio che non attende altro che
ricomporsi, in un unico corpo.
O saggio tu sei l'eterna coscienza, testimone
dell'assoluto, riconosci in te il suo respiro,
e la felicità sarà sublime !
Verrà quel tempo in cui sulla terra regnerà la pace la
fratellanza, la felicità e nei cuori regnerà il vero amore
che tutto unisce e mai più divide!
Esistono processi di rimirazione del sole, che ci danno
l'opportunità di implementare le capacità latenti che
dimorano sopite in noi, Poteri spirituali che ristrutturano
tutta la tua portante di rice trasmissione, con la cosmicità in
tutti i suoi piani e dimensioni spirituali! Quel flebile spiraglio
di luce che puoi accogliere in te ! Fotoni preordinati a
riconoscersi nella tua struttura celebrale!
Ma ricorda solo brevi istanti al sorgere del sole, e al suo
tramonto per non danneggiare inreparabilmente la tua retina
oculare! Che protrarrai gradualmente nel tempo in minuti!

Non osare mai farlo quando ormani è parzialmente
levato nei cieli, sarebbe dannoso e letale per la tua
vista "rammentalo sempre"!!!

Saggio è colui o colei che prima di intraprendere
qualsiasi sentiero, ne consegue prima di ogni passo
quell'informazione che lo metterà nella
consapevolezza di agire con conoscenza, su ciò che
stà compiendo per la sua stessa evoluzione

IL Tempio del primo Sigillo

Mi trovo nel mio nuovo giorno cosmico, risorge in me un
nuovo sentire che porta a scoprirmi e rivestirmi di nuovi colori.
Le sensazioni che provo scorrono nel fiume della vita, e portano
a galla tutto ciò che non rispecchia un vivere giusto e felice.
Quando veniamo alla vita, sorgiamo in un piccolo corpo nel
nome della purezza ma, il trascorrere della vita stessa infanga il
nostro regno interiore, veniamo continuamente catapultati da
una situazione all'altra, siamo in balia delle cose di questo
mondo e perdiamo quella purezza originale che dovrebbe
sempre far parte di noi. Entriamo inconsciamente nel turbinio
delle azioni e dei comportamenti, seguendo gli insegnamenti di
una società ormai malata che fa del suo vessillo la disarmonia
dell'essere umano che, fa vivere la vita come immersi in una
fitta nebbia, che normalmente solca il nostro cammino, e che
ci impedisce di vedere chiaramente e di giungere alla
comprensione della legge dell'Uno, che con tanta fatica a volte
riusciamo a notare. Fui per molto tempo in balia di un vivere
turbato dalla falsa bellezza che offre il "nostro vivere" ma,
come sempre la mia guida, che dall'eterno mio cammino
accompagna ogni mio passo, immanifesto all'umano vedere ma,
che sento vivo nel mio cuore ogni attimo della vita, mi pone
una domanda rivolta al mio interiore:
<*l'essere uomo è ancora dominato dall'animale*?> , io gli
rispondo interiormente, Pietro, so per certo che siamo sulla via
per domare sempre più la parte animale! la bestia repressa del
tempo antico, questo fa parte della natura umana! <*Bene*>,
mi dice lui , < *E quando avreste iniziato questo primo passo?*>
Pietro! quando arriviamo alla vita iniziamo il nostro cammino,

dopo quelle delle vite precedenti. <*giusto*> mi rispose.
*<Figliolo mio, quando giungete su questo piano vivete e
aspettate, aspettate che qualcosa vi colpisca forte e vi svegli
dal vostro letargo, ecco cosa fate, poi verso il tempo del vostro
tramonto scatta qualcosa ma, a quel punto il tempo vi sfugge.
Peggio che rimandare, non vi ponete mai la domanda
se siete una forma animale che ospita un cuore divino.
Voi non ascoltate il vostro cuore. Ogni cosa che l'uomo
conduce nella sua vita, può essere fatta con due sostanze
diverse: con il rude principio dell'atto materiale, oppure con
la sua più sublime forma emozionale, creando cosi un atto
divino. Lo Spirito Onnicreante o Logos desidera che voi
comprendiate. Ogni cosa può essere usata nel bene o nel
male, ogni azione rifusa di amore o fredda mente, questo
principio vale per l'essere uomo e per l'essere donna* >.
Ora ho compreso maestro cosa intendi e a cosa ti riferisci,
sentivo chiaro il suo giusto osservare.

Andiamo, ti porterò al tempo degli antichi Padri.

Nella mia mente vedo il brillare delle pieghe, che mi portano a
scivolare nel tunnel che mi conduce al suo piano.
Accompagnato dal suo melodico parlare, varchiamo il confine
che divide questa densa materia dal piano di luce dove abita lui,
mi lascio andare trasportato dalla stessa ebbrezza di cui lui fa
parte, dove vuole che io trovi un altra risposta alle incognite
della mia vita, la dissoluzione di un ennesimo velo di coscienza!

Siamo tra le nebbie nelle dimensioni che occupano quegli spazi,
si vede una flebile fessura di luce, che varchiamo in un istante.
Mi trovo in una vallata! è verdeggiante e piena di colori,

il canto allegro di alcuni uccellini attirano la mia attenzione, il loro suono sembra quasi un'armonia dalla quale mi lascio cullare. Vengo incuriosito da una casetta in legno e un laghetto artificiale, circondato da cannette intrecciate di bambù, c'è uno strano vecchio su uno sdraio di duri assi legnosi, coricato sotto quella tettoia sembrava che dormisse. L'acqua del laghetto appariva come ribollire, era piena di rospi, credo, li allevasse chissà per quale scopo ma, presto il mio maestro mi dice *non è qui che ci dobbiamo fermare. Andiamo mio caro, seguimi!* io come sempre lo seguo senza indugio, planando leggeri arriviamo dinnanzi ad un altopiano dove non esistevano mura di recinzione ma, la difesa stessa era la grande altezza di quella roccia sospesa nel cielo. Ci avviciniamo solerti facendo un giro completo, scendiamo dinnanzi a un grande portone dalla forma di uno scudo rovesciato semiaperto, ricoperto da lamine metalliche che impedivano al fuoco che ne facesse cenere. *< Mio caro, siamo ospiti e varcheremo la porta di casa loro, nel rispetto che meritano e per il dono che ti offriranno>*.

< si Maestro > gli dissi. Percorremmo quel corridoio alto e spazioso scarsamente illuminato. Era l'unica via di accesso a quella fortezza sospesa, la luce aumentava e giungeva dall'uscita posta in alto. Incontrammo un vecchio che scendeva con un bue, aveva una testa stranissima, molto squadrata veramente insolita per le bestie del mio tempo, lo osservai e passammo, loro non ci notavano, erano inseriti nella materia mentre noi no. Noi eravamo situati in un piano più sottile, inosservati ma, grandi osservatori. Giungemmo alla cima, compresi finalmente il perché di quella luce, vi era una grande coppa d'orata molto piatta che seguiva il sole,

e ne rifletteva i suoi raggi nel passaggio, di queste coppe c'è
n'erano altre situate attorno, forse per essere usate come contro
specchi, per catturare i raggi del sole dall'alba al tramonto.
Avevo la strana sensazione di essere in un tempo remoto di 15 o
20.000 anni indietro ma, intuivo che loro erano già delle grandi
menti, c'era un immenso masso rettangolare spesso più di un
metro e largo cinque, alto altrettanto, il suo peso doveva essere
ciclopico, con degli ancoramenti, poteva essere poggiato in
quell'entrata come portone indistruttibile.
Forse non erano tempi dove la pace regnava sovrana,
e dovevano pensare alla loro sicurezza. Osservai il paesaggio
che avevo davanti, un tempo remotissimo, la gente viveva nella
semplicità, un luogo familiare di antiche vite passate, vissute in
ambienti simili. Tutto sembrava cosi irreale ma, allo stesso
tempo cosi presente anche col cuore. Mi sentivo a casa, non vi
era molta gente, vedevo pochissimi giovani e molti anziani,
cosa solita quando le guerre si portavano via le decadi di
mezzo, questa fu la mia sensazione. Continuammo il nostro
viaggio in un viale centrale dritto davanti a noi, notai che ad
ogni angolo di casa, vi era una nicchia dove c'era una divinità
rappresentata da una statuetta dipinta vivacemente con delle
sigle in oro alla base, credo che fosse oro vero, c'è n'erano
tantissime, attraversammo molti viali tutti così.
Arrivammo in una piazza lastricata di pietre nere, erano un po
sbiadite dal tempo e dall'usura. Pietro puntò il dito verso una
costruzione rettangolare, era una torre alta una decina di metri,
ornata da stupendi fregi arborei con edere che si arrampicavano
fino alla cima, avevano dei frutti laminati in oro. Sulla sommità
di questa torre, vi era una sfera di cristallo che rifletteva la luce
del Sole che brillava alto.

Ci avvicinammo all'ingresso, era scolpito in pietra a aveva intrecci di corde dorate e filature blu e rosse, ne facevano un'entrata davvero emozionante. Mentre ci inoltravamo in quel luogo sconosciuto, il buio si faceva fitto, vi era un corrimano di corda da tenere stretto per seguire la via nell'oscurità.

Lo afferrai e proseguii, mentre ci inoltravamo, notammo una tenue luce rossastra, sempre più viva fino ad arrivare in un grande salone. Alla mia sinistra con mio grande stupore vidi una fontana di cristalli rossi, era enorme, interamente retroilluminata dai raggi solari che, dalla sfera sulla sommità di quella torre, faceva cadere i suoi raggi in quella spettacolare opera di ingegno umano. Irradiava una luce vivida, una luce riflessa all'interno della camera adorna di fregi in oro e sculture attinenti alla natura divina dell'amore fisico. Ma, allo stesso tempo, era un Tempio per riequilibrarsi dalle distorsioni della mente, che ne fanno di esso un principio sbagliato.

Ogni statua umana aveva al posto degli occhi, gemme rosse che si illuminavano per la luce cangiate della fonte, non vi era nessuno lì dentro solo io e il mio Maestro, al centro del tempio c'era una strana lettiga di cristallo bianco inclinata di 45 gradi, mi disse: *ti devi coricare qui, la tua nuda pelle sul cristallo*.

Obbedii e come mi allungai, nello stesso istante il cristallo divampò della stessa luce della fonte, io ne fui completamente pervaso, nel mio corpo, nei miei occhi, fluiva soltanto quella frequenza che toccava profondamente il mio primo sigillo: *la base della Kundalini,* sentivo il suo accendersi dall'osso sacro e mi percorreva tutto, ripulendomi di quelle forme pensiero che oscurano i sigilli interiori, sentivo vibrare tutto il mio essere fisico, una corrente frizzante scolpiva ogni mia vertebra al ritmo di un onda marina e proseguiva la sua corsa, fino ad arrivare alla mia sommità celebrale, *dove la corona dai mille petali ti da accesso all'universo.* In quella dimensione, **"essere"** vuol dire non avere tempo, né luogo ma vivere l'istante, sentivo i miei emisferi unirsi oltre la materia che li divide in un unica mente. La mia esistenza la sentivo lontana, stavo scivolando nell'Uno che sono realmente, l'infinitesimale cellula dell'infinito corpo del Padre. Afferrai per un tempo fuggente quella purezza che la sacralità della vita ambisce, per l'uomo della terra e di tutti gli esseri dei mondi dell'infinita creazionale. Compresi in quel momento che l'atto d'amore più elevato, avviene quando si crea il riconoscimento dell'anima, come parte essenziale della stessa energia divina.

L'unione attraverso questa consapevolezza ne rende un atto sublime di straordinaria emozionalità.

L'unico momento in qui senti scorrere l'amore di Dio padre, nell'anima tua e di lei la tua metà universale, quella poesia, quella magia che ne fa dei due una cosa sola nella loro pura armonia e l'unico universo esistente. Come in un esplosione senza fine, raggiunsi l'apice dei sensi iperfisici, dopo di che tutto collassò, lasciandomi senza parole. La mia mente riprese il suo turbinare, in un solo pensiero, facendomi capire che sperimentare quell'atto sublime mi avrebbe fatto comprendere il principio dell'esistenza dell'intero senso della creazione. Riconoscere Dio manifesto nell'Uomo e nella Donna, attraverso la Sacra Unione delle due Energie Divine, fondendole in un Unica Essenza. Trascendendo Materia e Coscienza trovando in questo atto la pienezza di tutte le cose, non desiderando altro che l'espandersi di quel momento in un Eterno Presente. Attraverso le lacrime per la forte emozione, raggiunta da quello stato di grazia che è l'Amore Originale,

guardai il mio Maetro, egli mi disse: ***Quando scivolerai, nei suoi di lei occhi, giungerai nel suo essere, li vedrai l'infinito creatore...***, poi il colosso cristallino sotto di me si spense e tornai alla realtà di quell'antico tempo. Portai nel cuore quella frase che rimane scolpita in me anche dopo tanti anni.
Nel tempo presente so che quella magia, si può realizzare in questa materia con uno spirito risvegliato ai più alti valori del sè divino. Il mio Maestro mi poggiò un braccio sulla spalla e mi accompagniò fuori, osservai quella sfera cristallina che emanava una luce d'orata, andammo via da li scendendo in quella radura nei pressi di quel laghetto dove c'erani i rospi.

Il vecchio ci attendeva sereno, questa volta mi vedeva,
al contrario di tutti gli altri uomini ai quali risultavo invisibile,

ma egli a differenza degli altri, era un saggio veggente che, vedeva oltre la materia e lavorava nella sua multidimensionalità. Aveva le mani serrate e le pose davanti a me e mi parlò : ***Tu uomo, che giungi da tempi oscuri, Io ti dono questo orribile rospo, sacrificalo per la Tua purezza !*** Lo presi tra le mie mani sentendo la fredda pelle di quell'animale, non riuscivo a realizzare le sue parole nel mio cuore, guardai negli occhi quel saggio, poi gettai quel rospo nell'acqua, nel suo regno di vita. Egli mi sorrise e parlò: ***Orbene, hai compreso il valore della Vita, la tua coppa è linda per contenere quella purezza, vai per i mondi in cerca di quella sacra linfa e ricolmatene il cuore, che divenga la fonte che rivelerà la tua essenza, questo è il destino di ogni uomo che cerca Dio>*** . Si rivolse al mio maestro e gli disse : ***< tu che dirigi la trasmutazione di questo antico spirito, riportalo al suo regno terreno, così che possa continuare i passi del suo lungo sentiero***

Poi il mio Maestro poggiò la sua mano al centro delle mie scapole, un energia forte si accese risucchiandomi in lui e nella mia materia di uomo. Mi ritrovo presente, in questo tempo, in questo mio sacro tempio che custodisce questa mia eterna anima, a tornare a gioire di questa vita. Passò molto tempo da quella esperienza, e quella sacra energia la trovai nel cammino della mia vita. Conoscere quella sacra armonia e quel Sacro Amore ti fa conoscere anche Dio. In quella Sacra Unione, nel puro atto creativo, accoglierai la Vita come massima espressione della Divinità Manifesta!
Uomo dimmi quale altra dimostrazione desideri, per capire che ciò che consideri Dio, vive in ogni essere vivente del creato,

osserva gli occhi di un bimbo appena venuto alla luce,
attraverso i suoi occhi vedrai la fiamma della purezza, dei regni
dal quale giunge, attraverso di essi scorgerai la bellezza
dell' esistenza, ecco la manifestazione dell'alchimia creativa
della vita, ecco il magico segreto di

Dio che replica se stesso nella materia.

Il senso dell'unione

*Trascendi, o Uomo, la materialità dell'unione carnale.
Nell'essenza femminile si muove il respiro che genera,
e di cui la Donna è pervasa. L'uomo che riconosce in lei il
principio della creazione cosmica accende il suo Fuoco Sacro.
Nei suoi occhi si cela l'ascesa. Il Maestro si fece uomo e
riconobbe in essa il Codice della Genetica Divina, di cui ne è
antica custode. In una a danza cosmica il Dio si unisce
alla sua Dea.*

Nel Cuore della Dea

Dove si cela la mia verita? essa si cela nell'amore che sento in
me. Sono nata per amare per amare l'universo intero, dentro e
fuori di me. E non posseggo nulla se non il fuoco dell'amore.
Sono nata per amare Dio in me stessa Mi rifletto in Te sono la
sposa, l'amante la sorella, l'animus della donna per Te che sei
lo Sposo. Nei tuoi occhi vedo la bellezza che è in Me.
Vedo la verità la luce generosa che si fonde nel mio centro nel
tuo centro, la fiamma della Vita che genera Il Sacro Veicolo
Schegge di cristalli vivaci scendono in una cascata di luci.
Nel rispetto del tempo ti attendo Sposo Mio, Il passato e il
futuro si intrecciano su questo piano terreno,

tutto è scritto nel cielo, con la penna di Dio che ci spinge inesorabilmente l'un verso l'altro, per rinascere nell'equilibrio di un armonia celeste. Come gemelli nel ventre Nel Sacro Calice della madre terra, ci lasciamo cullare dal suo battito, è li che il principio femminino porta a gestazione la nuova unanità, che in un tempo giungerà all'Androgenia Sacra per divenire essenza, profumo, intelletto dell'amore divino di un essere sublimato; Il maestro disse :

Allorché di due farete uno, allorché farete la parte interna come l'esterna, la parte esterna come l'interna e la parte superiore come l'inferiore, allorché del maschio e della femmina farete un unico essere sicché non vi sia più né maschio né femmina, allorché farete occhi in luogo di un occhio, e un'immagine in luogo di un'immagine, allora entrerete nel Regno. (§ 22, Adelphi

Ora so che mi attende il regno dei cieli,

Nel tuo sguardo

Mentre siamo l'uno difronte all'altro

Lungo il sentiero di questa terra ti ho ritrovato, nel lungo cammino ho vagato tra le mille vite ricordando il tuo suono, la mia anima ha riconosciuto l'antico legame celeste che ci unisce! è nel silenzio dell'anima che ho seguito l'eco del tuo cuore, nella fresca brezza del vento d'estate, quando finalmente la strada tua si è fatta la mia! in un abbraccio ti ho riconosciuto, Eri tu che ho tanto cercato! tanto atteso sei tornato dallo spazio e dal tempo, per amarmi nell'essenza! le tue mani hanno preso le mie, e una dolce alchimia ha risvegliato il mio sentire, la rosa del cuore si è schiusa come fa un fiore bagnato alla tiepida luce del sole!

ci siamo lasciati amare nella totale consapevolezza, che l'uno è giunto qui per l'altro. Sento l'infinito quando incrocio il tuo sguardo, vedo la bellezza che siamo e che vogliamo donare a questa meravigliosa Terra. Quando siamo l'uno di fronte all'altro, la frequenza dell'amore dissolve ogni bruttura, anche il tempo diviene clemente e si ferma! la stanza si squarcia in un cielo colmo di stelle, che scintillano e vibrano come i tuoi occhi quando scivolano nei miei, il mio canto è per te ed'il tuo per me non temerò più di camminare nel fuoco, perché lo faremo insieme verso la stessa meta tenendoci per mano, dolce amore mio, parole colme di musica ho per te e per questa Terra, che mi ha consentito di tornare in te e a te! io ti Amo e ti Vedo nell'anima poiche sei e sarai la mia luce su questa terra, oltre l'infinito spazio dell'esistenza da un anima alla sua stessa anima, che vive per amarla

Mia sposa celeste!

*Ho varcato le distese oceaniche del cosmo per trovarti !
ho scontato le ere della creazione, in quel remoto tempo in qui fummo forgiati dalla Forza Creante della Fonte, da li la nostra separazione ebbe inizio, ma anche la grande opera del creatore ebbe inizio! scagliare due parti dello stesso Uno nelle abissali grandezze della Creazione, a distanze inconcepibili in un intreccio di tempi e dimensioni , in una ricerca folle e impossibile , ma la forza più colossale che la Mente Divina di un essenza ineguagliabile generò, fu tale che quel richiamo varcò tutto, nulla ne impedi la riunione. Ed'ora che ti ho ritrovata attraverso epoche infauste e terribili, dove ogni evento era creato per allontanarci e confonderci! ora sei in me come al principio del tempo, eravamo una cosa sola,*

ora lo siamo nuovamente in due sfere che presto diverranno una, ho navigato tra gli oceani dei mondi, e su immense navi nello spazio, alla ricerca di quella parte di me stesso che sapevo esistere nell'infinito, ed infine ti ho ritrovata, mia amata Fiamma! arde l'amor eterno in coloro che della stessa fiamma son fatti, arde in eterno la divina fiamma! come arde il mio amor per te! mia amata essenza nei tuoi occhi ho visto il mio riflesso, nel tuo cuore ho visto esplodere il mio amore, nella tua anima vibra la mia ! nella tua essenza femminile ho riversato la mia divinità, Dio sapevo esser grande, ma in te ho scoperto l'immenso! e come uno strumento celestiale soltanto tu potevi far risuanare la mia anima come un coro di musiche cristalline! A te l'anelito della mia anima per la tua! Ti Amo

Il Logos Uomo e il Logos Donna

Tutta la creazione si manifesta nel Principio Femminile, ed in quello maschile, il principio femminile generato dal Principio Primordiale della Creazione Archetipo della Madre.

L'accoglienza nell'agire costante della sua forza, è magnietica passiva, è il buio l'umido in qui si schiude il seme nell'energia discendente, laggregante forza centripeta della materia, è la sapienza intelligente insita nel femminile che, muove la forza della Vita, nella direzione coerente, è l'Archetipo della Madre l'elemento Terra ciò che accoglie, il Maschile invece è l'archetipo del Padre colui che sostiene il principio Solare, l'elemento cielo è la forza elettrica centrifuga attiva. Il calore la luce che attraverso l'alto fa germogliare il seme è energia ascendente. L'uomo e la donna possiedono in se entrambe i principi, ma troppo pochi lo riconoscono e vanno alla ricerca dell'unità perduta, cercando all'esterno appagamenti materiali in un unione ordinaria con l'altro sesso, in un unione di superficie.

Essi possono evolvere solo se sono nella comprensione e nella
capacità di manifestare tali principi in se, per specchiarsi l'uno
nell'altro. La perfetta fusione dei due principi crea l'orogenia
sacra dei due, nell'uno, le Sacre Nozze il simbolo della
Mandorla Mistica prende forma nella Sacra Famiglia.

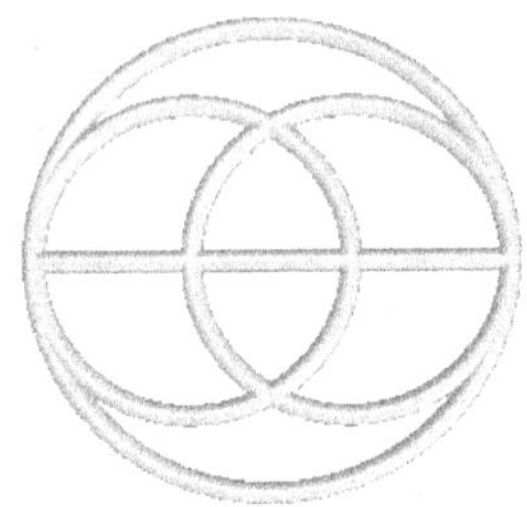

Nella concigliazione degli opposti i due principi padre madre
generano il terzo, il figlio, il Cristos, la sacra famiglia.
Pertanto la ***prima chiave*** è nella comprensione, accogliere il se
dell'altro, la ***seconda chiave*** sta nella condividere con l'altro l'io
sono l'anima, la ***terza chiave*** sta nella connessione fusione
quantica nell'io sono nel sè dello spirito, in tal modo materia
ed'anima e spirito sono in totale fusione, attraverso un percorso
emozionale potente i due si fecondano, ed'entrambe i principi
universali si fondono in uno!
Nell'uomo e nella donna i due opposti si integrano e divengono
in perfetta armonia per generare luce divina l'ologramma del
cristallo quantico o luce cristica ! qui l'uomo ha armonizzato il
femminile in se, e la donna il maschile in se, in una
straordinaria complementarietà il manifestare dell'amore divino
crea la coppia dove l'infinito movimento della creazione è in
perfetto equilibrio, dove Dio stesso si specchia poiché egli è
Padre Madre e Figlio.

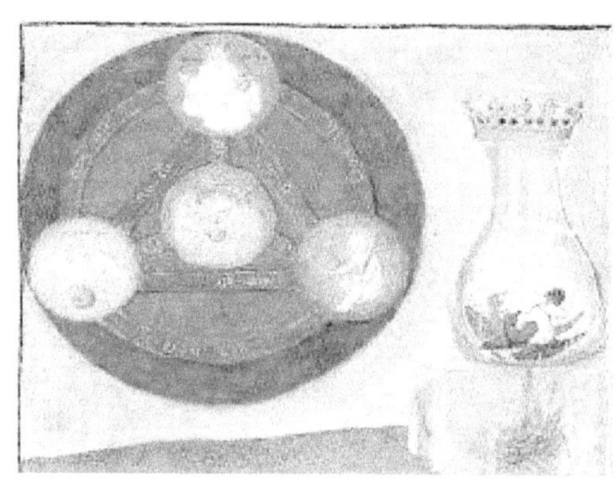

*Che cosa accade ad'un uomo e una donna, figli della stessa
luce fecondata dalla sorgente! è cosa che l'umano sentire non
può concepire. Soltanto trascendendo lo scibile delle terrene
sensazioni umane può essere compreso! non è soltanto con il
corpo che scioglierai la materia della tua donna per farla tua,
ma soltanto nell'unione dell'energia che compone quella
stessa materia, essa sarà te! la chiave è nell'anima dei due!
generatrice del magnetismo che unisce le due sacre essenze.
La forza il potere che scaturisce lo si può comprendere,
paragonando la gloria di due galassie che si fondono,
oltre il tempo e lo spazio, puoi immaginare la colossale
quantità di amore che può generare una galassia? essa è la
cellula originale primordiale che la fonte generò per donare
la Vita a tutte le sue stelle, quell'amore puro e incontaminato
che genera il figlio di Dio Padre Madre, ed'il figlio non è altro
che l'amore Originale che possono generare due Fiamme
Gemelle parti dello stesso Uno. In qui tutto viene trasceso
coscienza anima e materia, per giungere
contemporaneamente allo stesso Spirito Creativo Assoluto,
Dio stesso! dopodichè torni in questa realtà ! ma puoi ancora
essere Uomo e Donna? no! sarai soltanto una cosa sola*

nell'indefinibile bellezza di un anima sola! l'amore assoluto vi unirà per sempre nel tutto! senza principio ne fine!
Potrei racchiudere il tutto in una sola parola per lei!
"contemplazione" io mi contemplo in lei! la nostra nobiltà sta nella qualità dell'amore che proviamo l'uno per l'altra!
Avrai attuato il completamento dell'opera tua dell'unione!

Soltanto uniti ritornerete a casa

Meditazione sulla riunione di Anima o Fiamma Gemella

***

Sedetevi nella posizione del *vajrasana*, immagina di stare dinnanzi alla tua Anima o Fiamma Gemella,

se siete distanti! altrimenti uno in fronte all'altro, occhi negli
occhi! respira molto lentamente poiché il respiro è il filo
conduttore di interconnessione tra il piano materiale ed'il sottile,
ascoltane il ritmo che diviene sempre più lento e profondo,
seguine il movimento di espansione e contrazione,
solo il respiro ha la capacità di sedare la mente di superficie,
entra in uno stato di quiete e di pace interiore,
attiva la percezione sensoriale e ascoltati nel corpo,
ora attiva la percezione del cuore e li percepisciti in quanto
anima armoniosa, e ascolta tutto ciò che di bello sei, nell'io
sono integrato nel sè, ora visualizza sulla mano destra una sfera
e poni delicatamente all'interno, tutto ciò che di bello e
armonico contiene la tua energia, femminile o maschile,
osserva la sfera riempirsi del principio del colore blu se sei
femmina, e del principio del rosso se sei maschio,
sentilo come un dono per lui o per lei, che la Fonte ha riversato
in voi ora immagina di portare la mano con la sfera verso il suo
cuore ed entra all'interno delicatamente ponendo la sfera nel suo
petto, nello stesso tempo immagina che lui o lei stia compiendo
la stessa azione, lascia che avvenga accogliendolo /la
chiedigli/le di aprirsi a te nella totale comprensione
connessione e condivisione.
Ora ritrai delicatamente la mano e poggiala sul suo petto,
visualizza i due principi sotto forma dei due colori fondersi,
la fusione da origine ad un fuoco la cui fiamma arde
vivacemente si espande attorno a voi, restate nella percezione
dell'innamoramento e nell'ascolto di ciò che accade nel
ricongiungimento, infine uscite dallo stato lentamente
riportandovi nello stato della propria individualità,
lasciate che la fecondazione avvenga senza perdere la

connessione nel processo della metabolizzazione, nei giorni a seguire Dio stesso vi sarà grato per aver riunito le anime che lui stesso creò nello stesso istante e che condivisero la stessa essenza! in quell'istante comprenderete che lui stesso mise in voi il suo stesso potere per far si che un giorno foste voi stessi a riunirvi nel suo stesso principio di unità divinizzata!!

Potrà succederti che mentre camminerai fra le genti del mondo, e ti trovi distante da lei ti sentirai lei, è la sua anima che ormai fusa nella tua ti accompagnerà per sempre, La troverai anche nei tuoi stessi pensieri, mentre mediterai e varcherai i confini della materia, saprai che nel tuo profondo stai portando con te anche la sua anima, e di fatto avrà fine la vostra separazione, L'ascensione è riunificazione attraverso una costante disciplina dell'anima spiritualizzata! Se lo spirito avesse il dna, noi saremmo le stringhe che si allacciano l'una all'altra componendo lo stesso essere macrocosmico che tutto manifesta, noi siamo due codici che ricomponendosi si realizzano sul piano androgino dello spirito, in una matrice unica la morfogenesi dello spirito! Le Nozze Alchemiche!

L'eterno conflitto

Su questa terra attraverso le innumerevoli esistenze che ho vissuto, ho potuto osservare la chiave della conflittualità dell'intera razza umana, essa nasce dall'origine del tempo!
Essa è stata combattuta silentemente all'interno di quei nuclei che dovrebbero rappresentare la perfetta unione d'amore!
La guerra dell'insoddisfazione dell'amore sopito, trasformato in dominio prepotenza e senso di schiavitù, la guerra degli opposti nella dualità dell'uomo e della donna! da questa insoddisfazione della vita nascono tutte le altre guerre!
L'uomo non realizzato nell'amore cercherà di soffocare la mancanza di completamento, nel dominare conquistare possedere ciò che non è di suo diritto!
L'uomo che è in perfetta armonia e pienezza d'amore non genererà mai, atti atroci verso i suoi simili in quanto l'amore che accoglie in se, sarà ordinatore di nuovi principi etici morali e comportamentali, per la donna è simile lo stesso principio. Se solo la donna riuscisse a risvegliarsi riattivando il potenziale femminino! l'uomo potrebbe riattivare il suo ed' enntrambe essere complementari nella loro totalità divenendo generatori d'amore, in loro nascerebbe la gioia perenne! come potrebbe un essere pienamente realizzato e felice, commettere atti disarmonici verso i propri simili?
Se cosi fosse questo diverrebbe un mondo migliore!
Ma questo ancora tarda a realizzarsi perchè la donna stenta a riconoscersi nella sua essenza femminile, e nella sua bellezza interiore, solo cosi l'uomo vi ci si potrà specchiare e vederla nel suo splendore, giungendo a realizzarsi nell'amore.

*Uomo se getti il tuo sguardo negli occhi suoi, potresti scorgere
in lei la bellezza di un cielo stellato, e li raggiungere
finalmente il tuo sublime universo felice!
Il difetto sta nel fatto che nemmeno lei sa di essere un
firmamento, poichè è stata costretta a dimenticarlo!
Donna questo è un invito che ti pongo! a seguire un cammino
di riscoperta, del tuo vero potenziale femminino della
maddalena, che è in ogni donna del mondo è celato!
Se ti capiterà la vera occasione di amare con tutto il tuo
cuore! afferra l'attimo ponilo nell'infinito attraverso il cuore
dell'anima che ami! raggiungerai un esistenza d'alchimia
estatica! Da questa non realizzazione nascono tutti i conflitti
globali. Vige una legge di risonanza universale ! essa è legge
fondamentale di creazione! la stessa legge che ha portato tutti
i popoli della terra attraverso le ere del tempo a sterminarsi
vicendevolmente! L'uomo si è impegnato ardentemente a
uccidere il proprio fratello in nome di che cosa?
Della sua sola follia! alla fine del tempo terreno, soltanto chi
ama conoscerà la bellezza e i doni di un vivere a voi
sconosciuto! ho attraversato tutte le vostre ere sanguinose,
in prima persona, ma ancora alcuni di voi si troveranno
costretti nel tempo a subire il karma, dell'azione compiuta
della rabbia nell'odio nello stesso modo in qui io pagai le mie
prove di esistenza! Il conflito nasce dal fatto che la parte
complementare risulta diversa da te, e tu voui che sia come te!
Questo errore determina le tue cadute! Accogli colei o colui
come quell'elemento che ti dona ciò che tu ancora non
possiedi, ma non riconosci! e perdi l'occasione di raggiungere
il tuo completamento! saggio è lessere che acoglie nell'umiltà
per riempirsi di nuove particelle di vita dell'altrui forma.*

*Il femminile ha in se la chiave che solo il maschile può usare,
l'uno ha l'accesso l'altra, lo accoglie ma questo è solo se ci si
riconosce nella complementarietà, poi da li è tutto creazione
armoniosa all'unisono con tutto l'universo! è questo il dono
che la Fonte ha sempre riposto nel tuo cammino, ed'è
necessario che tu sappia che cosa stai cercando mentre poni i
tuoi passi nel sentiero dell'incognito, esseri meravigliosi che
hanno già realizzato questo piano di coscienza, sono qui
accanto a noi per porci in attenzione che tutto è attualmente
disponibile all'attuazione, in quanto la coscienza che
possediamo ha in se questo potenziale! Se venisse un essere
di un mondo fatato, e ti dona un anfora di rara bellezza,
non vorrai altro che quella cosi come lui l'ha concepita,
l'uomo del mondo vuole sempre modificare tutto a suo
piacimento per adattarla a se. Questo non rispecchia
l'arte del riconoscersi come cristalli perfetti, questo ha
portato l'uomo a non realizzare l'immenso valore di ciò
che gli è stato donato, del creatore della forma e della
sostanza, tutto è perfetto cosi com'è, ma non abbiamo i
giusti sensi per vederlo, siamo alla continua ricerca del
Grall, quando invece noi siamo il suo contenuto,
il grande inganno alla quale l'uomo è soggetto.
È avere da sempre il tesoro nelle proprie mani,
e non averlo ancora riconosciuto!*

*"Nel suo amore sei ormai senza più confini,
hai accolto in te il mio sole, e attorno a te i miei cieli,
vi unirete riconoscendomi in voi nell'amore!"*

L'accoglimento dello spirito nell'anima

Piccole particelle di energia si gettano nella creazione ruotando in senso opposto, manifestando la plarità di attrazione, ma il loro centro polare di convergenza è un punto in qui le forze magnetica ed'elettrica convergono in unità . Quel punto è la scintilla del cuore dove anima e spirito dialogano al di la dello spaziotempo, rimanendo in costante contatto creando l'amore assoluto, quando entrano in perfetta risonanza d'empatia! La chiave attiverà tutti i tuoi accessi alla multi realtà, mostrandoti le tue dimensioni parallele!

Fu cosi che tutti gli intrecci filati nel tessuto della creazione delle dimensioni parallele, caddero in perfetta convergenza in questa dimensione del tempo presente, e di questa coscienza come se tutte le altre vite parallele fossero riflessi del pensiero di Dio sognati per te, tutto ciò che tu hai voluto che fosse manifesto per te! per avere un numero immenso di scelte alle quali tu inconsciamente attingerai .Tutte le linee temporali verranno riordinate nella rete universale del sè, o anche Superanima, Monade, cosicchè dal suo stato frammentario si ricomponga attraverso il punto di attenzione di questo presente, finche comprenderai la trama creativa, e sarai tu stesso a creare il tuo futuro, le altre esistenze collasseranno e una sola sarà realizzata nella sua pienezza, avrai raggiunto la piena illuminazione e ascenderai al passaggio successivo di realtà quadridimensionale! Un altro passo nella tangibilità della tua infinità realizzata, e della convergenza delle linee temporali in una sola!   Quella in qui ora dimori

L'amore è il vero messaggero di Dio!

Questa è la stuttura spirituale interiore dei piani sottili, e delle porte divine celate nel nostro corpo che dobbiamo conoscere, per riattivarle energeticamente, ponendo un aviamento al cammino spirituale consapevole, non solo nel pensiero nuovo, ma anche nella Sacra biologia fisica che ci contiene!

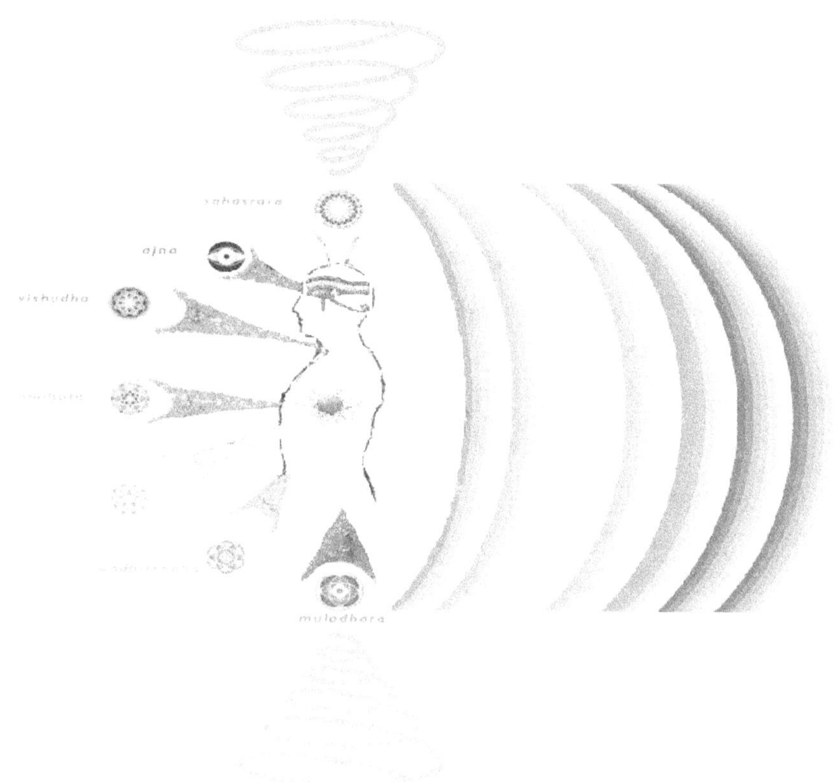

Mia cara anima tu sei una componente multipla di frammenti di tempo in qui sono contenute tutte le cose per realizzarti!
Unificati nel qui ed'ora!

L'eternità è un susseguirsi di infiniti attimi

in cui tu raggiungi lo stato consapevole del Divino

L'una è l'essenza dell'altra, non può esistere l'anima senza l'espressione dello spirito, ma nel contempo in questa dimensione solitamente, l'anima vive nell'oblio delo spirito camminatrice solitaria nei nodi risolutori, stesi dallo spirito attraverso la diretta connessione, con la fluida coscienza della Fonte, nell'intera discesa dimensionale. Come e dove collocare lo spirito nella concezione, che abbiamo nella nostra dimensionalità? immagina che tutta la creazione sia ridotta alle dimensioni di un palazzo, e tu stia vivendo all'interno del terzo piano, in una delle infinite stanze che rappresentano le innumerevoli vite, che si vivono in tale dimensione, essendo noi collocati nella terza dimensione la configureremo al terzo piano, vi è un unico modo per accedere agli altri piani, ed'è quello di utilizzare l'ascensore che li connette tutti! (LO SPIRITO) Ogni piano rappresenta una dimensione superiore, fino ad'arrivare alla fonte, lo spirito è un condotto dove la tua anima si muove, nella sua evoluzione all'interno della creazione, un condotto che è sempre connesso alla tua anima, che è il contenitore della tua coscienza mentre evolve di vita in vita, attraverso tutte le dimensioni ascendendo di piano in piano, fino alla pura luce nelle distese del Mare Cosmico. Questo è il mezzo per muoverti all'interno del tutto, quando prendi coscienza che il tuo Spirito, in realtà è il tuo veicolo per il viaggio nel tempo, nelle dimensioni parallele e superiori, lo userai per arrivare alla Conoscienza Spirituale, che realizzerà già qui in questo tempo un nuovo concetto di esistenza, avendo una coscienza che in realtà riflette qulla di quarta e quinta dimensione! Ed'è ciò che ti permetterà il salto quantico dimensionale!

La via è dentro di te

Quando l'Uomo avra scoperto la divinità, che è celata al suo materiale vedere che si nasconde nel corpo, e nella mente liberata, e nell'anima! ponte tra materia e spirito! allora e solo allora riconoscerà lo Spirito, e attraverso questo Portale Cosmico giungere alla Fonte stessa, la dove tutte le verità saranno riversate dentro di Te, allora piu nulla si celerà alla Tua Coscienza, tutto parlera al tuo Divino senza più veli!

Saprai ascoltere il suono del silenzio, le parole che ti dona una pietra sul greto di un fiume, che ti racconterà la vita delfiume e di tutta la vita animale che in esso ha preso forma! L'albero che ti presenterà nel suo verbo alla sua grande foresta, e l'uccellino ti porterà i messaggi alati del cielo oltre il cielo, nulla più sara silente perché ti sarai reso conto che tuto è Vita eterna! Vige sulla terra un arcano credo! dettato dalla confusione del tempo in qui figli dell'inganno crearono un falso sapere, per confondere l'umano igniaro,

ed'intimorirlo deviando in lui quella verità,
che lo avrebbe liberato dalla gabbia che lo contiene,
dalle celestiali verità dei paradisi spirituali, fu posto al
confine un essere che in equilibrio avrebbe tenuto i due regni,
quello dell'unità perfetta dellla quinta regione spirituale e
oltre, fino ad'arrivare alla Fonte, la dove l'essere androgino
per eccellenza vive in armonia perfetta in grado di
manifestare l'una o l'altra forma a piacimento nel perfetto
alchemico fondersi delle due energie atomico fotoniche,
e quello della dualità sottostante dove lui stesso si divide,
attraversando le distese delle dimensioni inferiori nella
fisicità, sempre più densa e polarizzata della materia, la dove
solo attraverso la separazione degli opposti complementari,
nel disconoscimento più estremo imparerà nelle ere,
a riconoscersi e riunirsi per percorrere il cammino a ritroso
verso la Sacra Fonte! A guardia di quel confine vive l'essere
che erroneamente fu definito, in un contesto estremamente
inferiore di non appartenenza, Demonio Lucifero Satana Kal
Diavolo, Demiurgo e infiniti altri appellativi, configurandolo
come un essere estremamente cruento, deviandone cosi la sua
vera funzione di amministratore di tutte le dimensioni della
dualità, a scendere fino al piano materiale di prima
dimensione vibrante! come colui che ne regola i flussi e le
regole del karma. L'inferno stesso è una fantasiosa
rappresentazione di una somma di dimensioni di coscenza che
alcuni esseri varcano per comprendere il peso delle loro stesse
azioni, dettate dal non aver compreso il senso dell'amore,
vi sono luoghi di epurazione dell'anima, nel quale può essere
facilmente confuso, ma in verità semplicemente l'anima viene
condotta a sperimentare direttamente, il male causato

al proprio simile, dove viene separata attraverso una pietra angolare che ne divide le sostanze energetiche degli opposti e li scagliata nelle abissali vallate, l'una lotta furiosamente contro l'altra in uno strazio contro se stessa, nella vana speranza di una fuga impossibile, su di un torrione dalle altezze smisurate, alla cui sommità tra i cieli oscuri si diffonde la luce della liberazione! Ella lotta contro se stessa fino all'esaurimento della sua stessa rabbiosità, ella comprenderà e verrà in breve tempo non tempo, rigettata ai piani oltre l'astrale per rientrare nel circuito della reaincarnazione, e li che attraverso il corpo fisico ripercorre le prove mancate, finche la sua stessa evoluzione la pone nella risoluzione. Molte furono le orrende creature dei piani inferiori che popolano i piani astrali bassi, che viste da uomini, nel loro vedere interiore vennero scambiate per le suddette definizioni infernali di Divolo ecc. Fu solo estrema confusione dettata dalla non conoscenza, attraverso la piena esperienza di esseri che non erano in perfetta armonia tra Corpo Mente Anima e Spirito, derivandone una visione delle cose parziale e frammentariamente incompleta, per giungere all'unità attraverso l'Uno Creatore o Forza Onnicreante, dal quale punto di vista realizzato avrebbe dato una visione corretta e completa, soltanto nella piena realizzazione vedi tutte le realtà che dal basso non puoi osservare, per vedere l'assoluto devi essere l'assoluto! E per realizzare tale stato dobbiamo prima comprendere il costrutto della sua creazione, per non essere preda di ciò che non riconosciamo, nei trabocchetti di entità ingannevoli che non vogliono che noi raggiungiamo la meta che ci prefigiamo, conoscere significa sapersi muovere in sicurezza nell'ambiente in qui ci inoltriamo, per poi giungere

*alle case dei guardiani preposti alla Scalata Spirituale, che ti
danno accesso ai piani universali della Conoscenza Cosmica!
Tutto questo è un passaggio obbligatorio che ci permetterà,
di realizzare il nostro cammino verso la comprensione e la
fusione con la Fonte, o più semplicemente il riconoscimento
di ciò che sei nella tua totalità ! Attraverso il Logos Solare
ponte metafisico, dei regni spirituali per il piano terreno,
ti connetterai con la mente universale, conoscierai nuove
realtà di esistenza, e cercherai di riportarle qui, sul piano
terreno, per manifestare l'operà per il quale "lui"! "La pura
Coscienza Cosmica" ti ha inviato qui sulla terra di Gaia,
Uomo della terra se tu vedessi con i tuoi superiori sensi,
come la vita si svolge in altri mondi, che hanno preso forma
di manifestazione nel puro amore, faresti di tutto per
realizzarlo anche qui nel tuo mondo natio, ricorda che nulla
è un obbligo ma tutto ti è donato! perché tu attraverso la
tua libera scelta ne faccia una tua realizzazione
personale! Ciò che realizzerai tu potrai donare ad'altri,
in questo modo il dono non si fermerà soltanto in te,
ma si diffonderà ovunque tu vorrai, in coloro che ti
riconosceranno nell'amore e nella fraterna condivisione!
Cosicché prenderai parte attiva nella creazione in qui tu
e tutti dimoriamo da sempre!*

E' il 13/14-11-2014 ore 24:00 sto parlando con amici,
dell'interconnessione che sperimento con le mie vite passate,
e dell'interazione tra la mia vita presente, e queste coscienze
posizionate in tempi e spazi e dimensioni diverse.
Della possibilità che stringhe di informazioni scivolino
dalla mia coscienza attuale a quella che avevo in quelle vite.

Quando all'improvviso sento la stessa cosa attuarsi in me in quel presente da un mio sé futuro, la precisa sensazione che una coscienza elevatissima stesse in quel momento a toccarmi l'anima. Realizzai in quell'istante un cerchio infinito che allacciavano tutte le mie realtà al di la di tempo spazio e dimensioni, un'illuminazione folgorante che siamo la stessa anima in evoluzione, sparsa nelle infinite pieghe del tempo e dello spazio, creando un collante universale che unisce tutto. L'espressione della vita è un potente flusso, che scorre dentro e fuori di noi, delineandosi in tutte le nostre essenze per unirle, nella coscienza che abitiamo in questo tempo terreno, trascendendo di fatto il karma nel reciproco aiuto di te stesso infinitamente frazionato.

Varcando il tuo Orizzonte Temporale Intraprendi il tortuoso sentiero verso la Sorgente, verso Casa

Siamo vasi di argilla colmi di vita, di Essenza Divina.

Il pensiero L'Uno Dio irradia e riverbera in infiniti piani, negli spazi e negli interspazi del creato laddove il limite non arriva ad'esistere. Laddove anche l'uomo nella materialità sa scorgere l'infinito.

Molti sono i mondi del visibile e dell'invisibile, molti sono gli esseri che li popolano. In tutti scorre lo stesso principio divino, quando la coscienza comprende .

L'uomo diviene Uno e le sue braccia si aprono all'amore.

L'universo si racchiude in un atomo di Materia.

La matematica è lo scisma con qui Dio ha reso manifesta l'intera creazione e nell'amore vive l'atto risolutorio

Del tuo eterno dilemma

Tu come me... Io come te

***

Ci fu un tempo, all'inizio della creazione, in qui la Forza prese
coscienza di sé, un onda deflagrò e scaturi luce e suono,
e dal risonare di queste due forze interagenti ci fu coscienza
manifesta e nell'esprimersi esalò la vita, esalò se stessa.
espandendosi in ogni direzione in ogni dimensione al di la del
tempo e negli infiniti tempi ed'interspazi. La Vita si organizzò,
e negli eoni si divise in Creatori, gruppi Caste e Gerarchie.
Negli infiniti Cosmi, negli Universi, nelle Galassie e nei mondi,
in una eterna danza senza fine, si spinse a raggiungere distanze
nel piano della materia inconcepibili, all'umano pensiero,
in quell'infinità, la Fonte creò ogni aspetto di sé, come opera
unica ed' in ripetibile, non vi è essere nel cosmo per quanto
immenso sia, che abbia le stesse connotazioni interiori, ogni
entità ha una nota di appartenenza unica, persino le scintille
cosmiche o fiamme gemelle che la Fonte esala da sé e divide in
due essenze, per quanto simili siano saranno sempre due note
diverse che viaggeranno per l'intera creazione per tempi infiniti,
fino a ché la Fonte deciderà di farle re incontrare, e di portarle
verso la via dell' androgenia attraverso i piani superiori
ricondurle al Divino Esistere. Per mezzo di quelle impercettibili
differenze avverrà la ri miscelazione delle due sostanze,
chiavi metafisiche l'una per l'altra, senza prima averle condotte
a riscoprire il vero amore assoluto, che due anime quasi
identiche, nella perfetta corrispondenza spirituale possono
realizzare qui sul piano terreno.Quel' amore che le condurrà a
realizzare un nuovo piano dimensionale in loro, quel piano che
sarà il ponte, tra questa esistenza e la prossima di uno scisma
totalmente nuovo, la dimensione dell'amore assoluto.

*Imparerai a sentirti vivo attraverso l'amore che ho posto,
nella parte che ti completa scoprirai Dio in Lei, sentendolo in
Te, voi parti dello stesso Uno siete come il Mio suono e la Mia
luce che nell'unirsi crearono la Vita, intonerete insieme il mio
eterno canto, che vi ricondurrà dinnanzi la porta di Casa, la
porta del Cuore Chiave Divina che posi nelle Vostre essenze.*
Che soltanto nella ricombinazione alchemica diverranno l'unica
Chiave, ben nascosta al diabolico nemico dell'amore, soltanto
quando le due note divengono una, la Chiave si apre,
in quell'attimo fuggente vibrerete all'unisono e sentirete l'intera
Creazione dimorarvi dentro, il tutto in Voi, lo stesso Amore che
ha manifestato l'origine della Vita *L'orgasmo Cosmico che
partori' la Vita.* l'essenza che riordinerà la vostra nuova
esistenza, la Sacra Coppia sarà caratterizzata da quell'Ordine
Divino che la porrà nel giusto equilibrio, e il vero amore
spirituale dominerà su ogni altro sentimento, creando un legame
indissolubile scopriranno la loro vera Natura Cosmica.
il Paradiso interiore del Cuore, la coppia che vive l'unione nel
centro del cuore ha realizzato la vera espressione dell'amore
Primo. Vivranno un amore infinito, al di la di ogni tempo e
dimensione. Dio è amore nelle mille forme che l'uomo può
sperimentare nella Vita nelle innumerevoli esistenze che la
Fonte ti concede per darti il tempo di ritrovarti, l'uomo è la
coppa in qui Dio si è riversato dimenticando se stesso, questa
melodia perenne che ti è sempre stata dentro ma che cantava su
di un altro piano, *come un faro nella notte ti riporterà a Me.
Ora tu Uomo che ti stai elevando dagli abissali luoghi del
mondo materiale, arriverai cosi vicino a Me da ascoltare la
Mia Parola arriverai a vedere il riflesso dei tuoi occhi e
scoprire che sono i Miei, Io sono il tuo specchio ricordalo,*

riscoprirai la Tua vera identità! nell'istante in qui realizzerai questo, lo spirito si farà sempre più strada dentro di Te, spiritualizzando la materia stessa la Tua biologia brillerà di una nuova luce, Figlio Mio hai cercato per tanto tempo qualcosa che ti potesse aprire gli occhi, quando quell'occhio unico vive in Te da sempre, ma le vicende del mondo lo tengono chiuso, l'amore lo apre e ripercorrerai nella Tua ultima Vita del piano terreno tutte le esistenze che hanno fatto di Te, ciò che sei, avrai appreso tutte le leggi della materia del vivere umano. La realizzazione della via spirituale è una somma di Leggi Creative che integrerai comprenderai assimilerai, la trasmutazione di tutte le paure che sono un grande blocco per l'elevarti allo Spirito, fu per questo che mi mostrarono il mio passato cammino, con tutti i suoi errori e Valenze Spirituali con tutti i loro incastri nelle vite successive, nella trama d'interconnessione karmica e darmika .

La prima vita che ricordai, la ripercorsi vivendola come nel presente in alcuni suoi momenti, fu circa nel 1925 in Africa. Ero un giovane di un villaggio vicino alla città che popolata da bianchi europei, cominciava con i suoi drammi a coinvolgere i nativi del luogo. Coltivavamo delle piante di tabacco che facevamo essiccare per venderle ai bianchi e loro ne facevano sigari, ma era una cosa non concessa da quella forma di governo di quel tempo, un giorno vennero alcuni militari di colore che probabilmente qualcuno aveva avvertito, che noi facevamo questo per i bianchi e vennero per distruggere tutto il nostro raccolto, appena vedemmo questo prendemmo io e altri giovani le nostre lance per difendere quel poco che ci fruttava denaro, andammo li e ci fu subito lo scontro brevi attimi e mi trovai dinnanzi uno di questi militari,

con un calcio al ventre lo gettai a terra, e lo colpii con la mia lancia! tutto ciò lo osservai contemporaneamente con la coscienza attuale, sentendo tutto quello che provavano le due persone, io e il militare come se fossimo uniti nelle stesse sensazioni, sentii scorrere la sua vita attraverso la lancia in un fluire attraverso di me, fu terribile io sentivo la sua vita abbandonarlo passando in me, fui inorridito nell'apprendere che avevo posto fine alla sua vita, per un futile motivo in quelle poche piante di tabacco avevo scelto loro, come maggior valore rispetto alla vita umana di un altro essere vivente!
fui messo nell'ordine di vedere come si attua il karma nelle vite successive, nell'incarnazione che segui' ero un giovane italiano Armando e vivevo a città di castello nel periodo della grande guerra, ricordo l'auto dei miei mentre viaggiavano per la città martoriata dai bombardamenti e i viali ricolmi di gente fuggente finché la colpa del passato si ripresentò per avere compensazione di equilibrio in quella vita, mi recai con un mio amico a far legna nel bosco per l'inverno che si affacciava alle porte, quando dei militari tedeschi ci trovarono li,
si avvicinarono e ci chiesero cosa facevamo con quelle armi da taglio nel bosco, senza nemmeno lasciarci spiegare che servivano per la legna ci arrestarono subito, con l'accusa che volevamo togliere la vita a qualcuno di loro in qualche agguato, con quelle armi. Subimmo un processo fittizio e ci spedirono subito al campo di prigionia di kala in Germania. in poco tempo il duro lavoro forzato mise fine alla mia vita, quello che fu il militare nero fu quello che in questa vita incarnava l'ufficiale tedesco che mi condannò ingiustamente, dopo questa vita mi reincarnai in una giovane maestra nei paesi dell'est, seguivo dei bambini piccoli e alcuni figli di sovversivi,

sapevamo bene che le ritorsioni del gruppo governativo
facevano qualsiasi cosa per azzittire la bocca di alcuni,
e un giorno arrivarono dei personaggi credo del governo,
sapevo che due bambini avrebbero potuto essere l'obbiettivo di
costoro, li presi e scappai subito dal cortile cercando rifugio dal
prete ortodosso che conoscevo (sempre il militare africano)
andai da lui supplicando di aiutarmi e di proteggere quei
bambini, egli mi porto giù, sotto la chiesa facendomi passare da
una scala a chiocciola di ferro in quel luogo scuro rimasi,
tutta la notte con quei bimbi terrorizzati, il mattino scese
convincendomi a lasciargli i bimbi e che aveva trovato una via
di fuga per loro e cosi, sicura delle sue parole li lasciai a lui.
Il giorno dopo venne e mi disse che avevo una possibilità di
fuggire mi diede dei documenti falsi, palesemente fasulli,
e mi disse che due persone mi aspettavano sul retro della chiesa,
e cosi salii le scale e andai fuori da sola, certa della salvezza,
ma lui mi aveva tradito.Vennero incontro a me due signori uno
di loro mi puntò un arma, il resto non lo voglio nemmeno dire,
un altra volta il karma si sciolse con quel termine alla vita.
Questo mi mostrò come il karma agisce senza possibilità di
riscatto, forse il tentativo di salvare qui bimbi smorzo il karma
nella vita successiva, cioè in questa attuale, in questo tempo
colui che fu il militare nero lo vedo quasi tutti i giorni in un
contesto in qui lo devo amare e continuo tutt'ora nonostante
sappia chi sia, ecco l'arte nel ricordare e nel saper accettare
continuando ad' amare colui che ti ha ucciso semplicemente
perché tu hai ucciso lui, il cerchio si chiude in una perfezione
insondabile nella legge di causa effetto del karma.
Dopo questa comprensione necessaria, a creare un giusto
seguire nelle scelte delle azioni in questa Vita, cominciò tutto il

percorso di riaffioramento delle vite precedenti per scoprire tutto ciò che sei stato, di ciò che hai subito, e che hai fatto.
1900 conobbi la povertà più estrema in un villaggio dei paesi del nord, ero un giovane uomo che coltivava la terra, la mia casa dai muri di paglia, e il tetto di secche erbe fluenti, il cibo che sognavo la notte, e il freddo gelido di un inverno che sembrava non aver fine, una vita di stenti, e la fine del mio tempo sotto una pergola di vite, coricato su di uno sdraio di legni intrecciati, serenamente scivolai nell'altro mondo.
1864 ero coinvolto attivamente nella guerra di secessione come elemento di comando. Ero uno dei tanti generali che muoveva uomini verso la loro fine per un idealismo di libertà, interi eserciti perivano in nome di un benessere che non arrivò mai. Donare forzatamente la propria vita per un illusione questo fanno le guerre ti illudono di un risultato che godranno solo i potenti. La vera liberazione non avviene mai con la guerra!
1820 Ancor prima ero un pioniere delle Americhe che con un carro e la mia famiglia moglie e un figlio quindicenne, cercava una nuova vita nel mondo che ci accolse, dalla vecchia Europa , I due buoi che trainavano il carro su di una salita ripidissima, non si muovevano più esausti da un viaggio interminabile.
Tutto ciò che occorreva alla nostra sopravvivenza era li dentro, le semenze che ci avrebbero fornito la sopravvivenza, erano più preziose dell'oro, non avevo armi per difenderci, reputai che mai avrei usato un arma contro qualcuno. mentre altri che erano nella stessa carovana lo erano fino all'estremo, ci fermammo li sperando che il riposo notturno rigenerasse le due bestie un maschio e una femmina necessari alla continuazione della specie e del sostentamento, per la nostra nuova casa.
Un altra bramosia militare, risalente al 1777 della guerra di

indipendenza americana, a Saratoga in qui fagocitavo altra rabbia e odio, nei panni di uno dei tanti generali, per un nemico creato dal dominio dei popoli, l'uno sull'altro per potere, per il territorio e il denaro! il falso dio dell'umanità!

Giappone 1700, un altra guerra in segno della follia, ero un Samurai che viaggiava verso un'altra guerra combattuta in nome degli ideali ferrei del Giappone di quel tempo, scendemmo in campo e dopo una cruenta battaglia, perdemmo lo scontro, venimmo catturati e subito decapitati .Altri raccolsero le nostre spoglie e ci intumularono in un mausoleo alla base di in un monte, ancora celato al giorno d'oggi, lo visitai sul piano astrale, giace vicino ad un porto attuale, ma ricoperto bene nessuno sa che è li, all'interno vi è un corridoio che costeggia la montagna per inoltrarsi all'interno, vi è un piccolo tempietto che sembra finire li. Ma nella parete sul fianco sinistro vi è una lastra di pietra, ricavata dallo stesso pezzo d'ingresso in modo che avesse le stesse venature della roccia come in origine, al di la di questo muro di pietra vi è l'eterno giaciglio di una trentina di noi, con elmi spade e divise. In quel tempo avevo una compagna ricordo dopo il trapasso, di essermi recato subito da lei ma le usanze di quel tempo, volevano che le vedove dei loro mariti non avessero più scopo di esistere, e volontariamente sceglievano la fine, ricordo un gran numero di barche nel fiume che le accompagnavano nell'oltre mondo, quanti errori quante atrocità abbiamo manifestato, in nome di una falsa conoscenza o un falso credo, quanta tristezza ci siamo donati e abbiamo elargito! a coloro che invece avremmo dovuto solo amare!

1600 circa Ero un capo indiano nelle americhe, il ricordo più vivo è quello di una giovane donna vergine, che mi iniziava alla cultura di quel tempo! Forse il dono di un altro capo tribù!

1530 India, il ricordo inizia con un grande senso di impazienza,
all'interno di una reggia principesca, nelle vesti di un nobile
reggente, dal turbante bianco e un pennacchio azzurro retto da
un sigillo d'oro e pietre preziose, e adorno da una veste dai
decori sfarzosi, in argento e blu, aspettavo il momento del mio
sacro matrimonio, con una divina principessa sposa, di un regno
alleato per l'unione stessa, ma ella era già destinata dal cielo,
non soltanto dall'umano principio, avvenne come una cerimonia
che coinvolgeva i due grandi regni! riaffiorarono ricordi
splendidi di questa vita, una delle poche vissute nell'amore.
l'incontro per la prima volta fu un trauma emozionale lo vissi
come una cosa divina, ci sposammo, la cerimonia fù di una
bellezza indescrivibile e di uno sfarzo oltremisura, dopodiché la
sera fu preparato sulla cima della reggia su una terrazza, uno
strano ambiente di veli che racchiudevano una lettiga a terra,
per creare un ambiente intimo celato agli occhi di tutti ma in
presenza di tutti, in quanto quell'unione fisica, era sacra per i
due imperi che attraverso di noi avrebbero creato una
fratellanza, tra i due regni alla presenza di tutti gli appartenenti
delle due famiglie. Noi due soli li in mezzo a tutti, il ricordo di
lei velata di rosso e bianco coricarsi sul fianco in posizione
fetale in segno di timidezza, rispettai il suo gesto e mi posi nella
stessa posizione, ci fissammo negli occhi per interminabili
minuti alla luce flebile di quelle candele e dei profumi oleosi,
finché con un gesto lento sfiorai il suo ginocchio, ella sussultò
rapendomi in lei nell'estasi di quel connubio.
Un altro mio meraviglioso ricordo di qualche tempo dopo flui
nel mio conscio, mentre danzavamo insieme, ella vestita di un
abito d'incanto mi mostrava l'arte della danza, e come da questa
si inneschino movimenti di energia attraverso tutto il corpo,

come la magia dei leggiadri movimenti dettino regole
iperfisiche al tuo tempio divino, che è il corpo e attraverso il
quale incameri l'energia del cosmo, come se nell'accarezzare
l'aria circostante raccogli la divina energia che in te traboccherà
in uno stato di elevazione spirituale. L'amore che provavo era
magico, un'amore d'altri tempi ma della stessa anima mia.
Eravamo in quella sala reale in un perfetto sintonico movimento
ella con il braccio sinistro rivolto verso l'alto al di sopra della
nuca pescava nell'etere e con la mano destra la poggiava al
cuore per alimentarlo mentre io mi muovevo con lei, mentre i
flussi generati ci univano in un unico soave corpo, l'amore che
ne scaturiva era degno di un,

Dio che ama la sua Dea

1480 vissi nel periodo fiorentino l'espressione dell'arte italica,
in un epoca in qui l'anima si esprimeva nella creatività della
forma e della pittura e nell'espressività della forma umana, il
ricordo di una bottega nell'ombra illuminata in quelle brevi ore
di sole, in qui la sua luce passava attraverso quelle piccole
finestre, a volte distruggevo le mie opere e a volte ne rimanevo
innamorato, credo che qualcosa sia ancora sopravvissuto ai
giorni nostri, ma nel decennio che venne dovetti abbandonare
tutto per le guerre che imperversavano tra Firenze e Pisa, poi fui
arruolato e il mio tempo fini in una nuova follia! tutto era
nuovamente perduto! Nel prodotto della follia umana!
1350 circa. Vivevo i miei ultimi giorni in un accampamento
cinese sulla valle al tramonto le migliaia di tende i fuochi accesi
l'ultima cena al vigore del grande onore di combattere per il
proprio Imperatore e di dare il meglio di se, quella falsa
convinzione che dominava la mia mente mi faceva vedere tutto
quello come un atto eroico, ero impaziente che la notte passasse

veloce e di trovarmi li a onorare con la mia spada il mio popolo, ponendo fine al maggior numero di nemici rivoltosi, l'alba arrivò scendemmo la collina dove a valle l'esercito opposto già era schierato. scesero gli arcieri poi noi la cavalleria, non vi è film che possa far capire la violenza e l'atrocità che avviene in scontri del genere, una violenza gratuita verso esseri che nemmeno conosci in cui non provi odio direttamente se non per quello che ti hanno inculcato, l'assurdità di tanto odio causato dal nulla o da azioni che si trascinavano da secoli dimenticando persino la ragione iniziale, li fini la mia esistenza

1300 Francia ero un Crociato che aveva dedicato la sua vita al suo regno, varcando i confini remoti di luoghi lontani,

per combattere un nemico che in realtà era fratello, ma ne ritornai salvo rammento che avevo una donna che attendeva il mio ritorno, la ricordo con la dolcezza di una fanciulla dai capelli lunghi scuri e mossi, mentre abbassava lo sguardo al mio osservare, mi rimane il ricordo della sua tenerezza, nelle vicissitudini di quel tempo infausto e traditore, mi trovai ad affrontare colui che doveva essere il nostro reale sovrano.

Ci fu uno scontro in un castello di un feudo, ricordo mentre eravamo su due file di cavalieri al galoppo verso quel castello, il rumore assordante delle armature, il caldo insopportabile, e il suono del respiro affannoso, e la ferrea convinzione di vincere lo scontro. Sferrammo l'attacco e alla fine noi perdemmo. Fummo catturati, fui condotto davanti a Re Filippo quarto e portato sulla cima di una torre, mi legarono i polsi a due corde che finivano in due anelli di un finestrone. Arrivò mi guardò negli occhi con un senso di vendetta orribile, fece un cenno, mi sentii tirare all'indietro e precipitare nel vuoto, mentre rimaneva in me impresso il suo sguardo di odio, fini il mio

tempo. Ricordo il castello di allora come è adesso, all'interno del cortile vi e una specie di tomba con la sagoma di un cavaliere e la sua spada, ma so che nella struttura interna vi è una spada ricoperta di grasso e pece infilata tra le pietre.
Quella spada è la mia, mi apparteneva, e forse un giorno la riavrò! considerandola come simbolo della amara sconfitta, inflitta non da un nemico ma da chi ti comandava e tu onoravi!
1200 Italia ero un frate che insegnava la dottrina assieme al mio maestro, ma avevamo un idealismo un po diverso sia dal clero che dal sacerdozio dei frati, avevamo costruito una piccola chiesetta a metà di un colle per ospitare le genti di tutti i villaggi circostanti. Era glorioso per noi vedere tutte quelle persone che venivano ad ascoltarci, loro ricambiavano con quel poco che avevano e noi vivevamo tranquillamente, forse dicevamo cose un po fuori luogo per quel tempo, ma è ciò che sentivamo nel cuore spinto da un amore che nasceva giornalmente, io ero poco più che trentenne mentre il mio maestro era un uomo di circa 60 anni .Un giorno mi trovavo sulla collina nel versante opposto in un boschetto era autunno cercavo funghi e bacche noci che in quel luogo erano molte, mentre vedo ad un certo punto una decina di soldati arrivare a cavallo e scendere giù vicino alla nostra chiesetta, io lascio tutto e corro giù più veloce che potevo mentre vedo il mio maestro buttato a terra, mi avvicino velocemente credendo di poter fare chissà cosa per difenderlo.
Ma come arrivai mi presero subito, bastonandomi assieme a lui, ci presero e misero contro il muro della stalla dove tenevamo un asino e con le balestre chiusero subito tutto, senza nemmeno il giudizio della santa inquisizione.
Tutto era già stato deciso dall'alto.
Pagammo con la vita per essere andati contro il sistema di un

credo, che non era in linea con la nostra fede personale,
insegnavamo ciò che la nostra coscienza elargiva al nostro
mentale esistere! fu la nostra condanna!
fummo immolati per la nostra verità!
1130 paesi arabi ero un predone mussulmano , vivevo alle falde
di un fiume assieme a molti altri briganti, e li assaltavamo chi
passava ignaro della sua sorte o costretto dal fatto che era
l'unica via carovaniera, non vissi mai il sentimento della pietà,,
vidi la fine del mio tempo e le strane grotte ricavate nel tufo,
e come ci calavano all'interno dall'alto l'unico punto per
raggiungerle, per poi essere chiuse divenendo il tuo eterno
riposo, per il tuo corpo ormai spoglio dell'anima !
Anno 1000 ero in Egitto con mia figlia eravamo nomadi con un
due cammelli vagabondavamo per le province, lei ballava
danze meravigliose e vivevamo delle poche offerte che la gente
che poteva ci donava. Ricordo le volte che la difesi da certi
uomini che ci seguivano per abusarne, io ero un guerriero
capace e la difesi sempre a costo della vita, i ricordi di viaggi in
quell'impero martoriato dalla rovina, costruzioni decadenti
abbandonate a se stesse e le infinite volte che ci accampavano
vicino ai villaggi, e il ricordo costante della paura per lei!
Sul finire del quarto secolo nel 378 fui l'imperatore **Valente**.
in una disperata difesa dalle invasioni barbariche persi la vita
nella battaglia di Adrianopoli, verso la fine di un impero che
durava da fin troppo tempo, con la sua oppressione dei popoli
d'Europa e Africa ed in medio oriente!
Egitto ero il veggente ***Qo Dai***, portavo il mio vero nome di
quarta vibrazione. Ero depositario delle decisioni del Re
egiziano del sommo Dio in terra, e come tale,
responsabile di ogni cosa che egli decideva divenedone fulcro

karmico per ogni nefasta azione che egli creava essendone in
parte io stesso ideatore, ne fui soggetto dello stesso scontare
nelle vite successive.

***

In un epoca precedente vivevo in una tribù dell' Amazzonia,
seminudi ricoperti di piume coloratissime, scalavamo monti in
cerca di fiori ed erbe per lo sciamano del villaggio, nell'ultima
impresa che ricordo con un mio compagno sul ciglio di una
roccia di un monte, egli si calò, sostenuto da una corda
intrecciata che si spezzò incisa dalle taglienti rocce, ricordo i
suoi occhi sconvolti mentre si allontanavano dai miei e il suo
urlo soffocato, un amico ritrovato in questo tempo terreno!

***

Qoelet figlio di Re Davide. Un altra vita dedicata allo Spirito,
e alla sua forma di coscienza espressiva che in quel tempo
potevano essere divulgate senza rischiare la vita, data la mia
posizione. I veri Maestri e entità spirituali che giungono dalle
alte Sfere, non ti porteranno mai sulla via della venerazione,
in quanto questa forma proietta la tua energia all'esterno,
creando una forma di vampirismo energetico .
Questo accade sovente quando certe forme di entità portano
maschere di percezione ingannando l'incauto devoto.
Coloro che nel nome della verità spirituale giungono a te, non si
posizioneranno mai al di sopra di te, ma come fratelli maggiori
ti doneranno i loro grandi insegnamenti, che siano angeli o
Arcangeli e Guide spirituali, verranno a te per uno scopo ben
preciso . Per elevare la tua coscienza non per predarla
energeticamente. Questo vale anche per i Maestri Terreni.
Se ami il tuo Maestro, lo scopo sarà che attraverso l'amore che
provi per Lui, amerai Te stesso e anche coloro che sono al tuo

fianco. Questo è uno dei suoi scopi, senza mai metterti in condizione di venerarlo questa errante forma pensiero dell'essere umano di adorare e venerare forme archetipe, idolatre e umane che oramai appartengono solo ad un antico passato, non più in sintonia con la nuova era, che non è più quella di cedere energia verso l'esterno, ma di incamerarla per colmare la tua sacra coppa ! Come potrete ascendere ad'una nuova dimensione di esistenza se questa energia continuate ad' esalarla all'esterno di voi ?

***

L'esseno, uno dei tanti che in quel tempo conobbe il maestro nella sua forma più umana. Ripercorsi in questo tempo un viaggio a ritroso nel tempo, mi ritrovai a volare nella mia sfera di luce in una zona montuosa di rocce rosse

***

Rivestito di abiti di paglia ed' un copricapo ottenuto con la stessa, vivevo serenamente in un villaggio molto povero, che si reggeva sulla pesca nel fiume che ci sosteneva alla vita stessa. Lo solcavamo con canoe ottenute da tronchi scavati, non conoscevamo metalli, e in nostri utensili erano di ossa fatti, e di pietre affilate, non eravamo in conflitto con nessuno i villaggi erano molto remoti, e la cultura di quel tempo aveva capito che ogni tribù aveva bisogno dei propri spazi, la vita era molto semplice .Non avevamo credi o religioni, l'unica via era la vita stessa, credevamo in quella in quanto dono meraviglioso, ricordo le splendide foreste prive di animali pericolosi.
E il vento tra le fronde rimasto vivo in me!

Elia, mi chiamavo! in un tempo in qui l'uomo era freddo nell' animo, e non credeva a nulla se non alle scritture antiche di

secoli, ormai già vetuste per quello stesso tempo, e a idoli senza
nessun valore vanificando nel nulla la scintilla dello spirito che
ospitava.Il cielo fu magnanimo con la mia antica anima,
anche in quel tempo ormai lontano nei miei ricordi

***

Piana di Nazca, al tempo dei visitatori delle stelle!
ero un giovane pilota del gruppo di terra, che accoglievano i
fratelli del cielo, ricordo il mio velivolo volare silenzioso mosso
da energie assorbite dall'etere, silenzioso come una farfalla si
librava nelle arie di quell'antico passato. A quel tempo erano
molte le razze che arrivavano liberamente, e accolte con gioia!

***

Andando sempre più a ritroso, un ricordo lontano di una vita
vissuta su Nettuno dagli splendidi volti color celeste
sperimentai il passaggio di un immenso pianeta che passò come
una furia lasciando grandi conseguenze, ma ciò che
preoccupava era ciò che avrebbe incontrato nel suo cammino,
un pianeta che sapevamo essere abitato, e che ne avrebbe potuto
causare la semi distruzione, come probabilmente poi avvenne!
quel mondo era la terra, dove le furiose attività magnetiche di
interferenza planetaria causarono eventi naturali devastanti
mettendo in ginocchio la civiltà di quei remoti tempi infausti

***

14.000 anni fa ero un pilota di veicoli volanti che si muovevano
con la forza propulsiva e levitante del suono, onde di forza
convogliata sulla gamma degli infrasuoni che impattavano
nell'aria, creando un rumore assordante, avevamo una base in
un monte ben nascosta .
Anche quella era una vita dettata dalla guerra, ricordo le truppe
arrivare in volo, attraccare a uno sbalzo in un ingresso a

166

strapiombo e con una pedana entrare nella base.
Ricordo i molti commilitoni miei amici , alcuni di colore e altri
asiatici, anche in quel tempo già vi era la miscelazione delle
razze terrene

In un tempo indefinibile del lontano passato Sperimentai la
caduta del cielo, una protezione costruita nello spazio fatta di
ghiaccio per proteggerci dalle radiazioni solari fortissime,
che avrebbero annientato la specie umana in pochi decenni se,
l'umanità di quel tempo non fosse ricorsa a quella colossale
costruzione, che filtrava i raggi lasciando una luminosità molto
più bassa e quasi del nulla dannosa, mentre alcune parti
dell'umanità decisero in accordo di costruire città di fortuna
sotto terra e vivere come topi .Ma erano tempi amari qualcuno
di esterno al nostro mondo distrusse quella bolla che proteggeva
il globo. Vidi le esplosioni lontanissime il rompersi di quel
colosso lentamente cadere a terra in un tempo interminabile
cercavo scampo a qualcosa che sarebbe caduta con una violenza
devastante acqua e blocchi di ghiaccio misero fine ad una
civiltà .I pochi che rimasero dovettero ricominciare tutto da
capo, è orribile sperimentare minuti interminabili sapendo che
non hai scampo, e l'attimo in qui tutto cessò.

***

All'interno di Madre Terra in un luogo di pura magia ed'
armonia dove la vita è puro Amore, gli stessi fratelli di questo
tempo ,ancora una volta, sono custodi del mio cammino.
Marte .Credo di non riuscire a collocare un tempo, il ricordo
non ha chiavi temporali di paragone, forse milioni di anni ma il
ricordo è vivo come se fosse successo ieri. Era un tempo di lotte
tra due mondi, che volevano il dominio l'uno sull'altro ricordo

la nave da guerra che pilotavo a forma di goccia, arrivammo in
uno stormo a difendere la nostra città che era sotto attacco.
Noi arrivammo con le nostre navi,eravamo alcune centinaia,
ci fu un violento scontro, abbattei molti nemici ma poi toccò a
me mi colpirono,ma all'interno della nave vi era un sistema di
salvataggio molto avanzato creato da una bolla
antigravitazionale, che in caso di impatto non dava
sollecitazioni meccaniche al pilota, che era sempre da
schiacciamenti, ogni pilota era accompagnato da un copilota
inserito animicamente in uno strano tubo in qui all'interno vi era
un ampolla di costrizione che lo manteneva connesso ai sistemi
di bordo. La guerra era iniziata da moltissimo tempo e i piloti
scarseggiavano, cosi il governo militare di allora che possedeva
una tecnologia elevatissima aveva raggiunto un accordo in qui i
piloti che perdevano la vita, venivano assorbiti nell'anima da un
dispositivo che ascoltava la cessazione pulsante del cuore la
macchina si attivava e risucchiava l'energia animica, mentre
quella mentale era precedentemente stata copiata in computer
che avevano una tecnologia totalmente diversa dai nostri, questa
coscienza del pilota veniva inserita poi in un dispositivo
interconnesso ad una nave da guerra, come aiuto pilota anche
io indossavo un dispositivo del genere dopo essere stato colpito
caddi a terra violentemente, la nave si distrusse e io rimasi quasi
illeso, sparai all'ampolla per distruggerla e liberare l'anima di un
mio amico che avevo perso molto tempo prima, la ruppi in
quanto lo stesso processo non era possibile una volta
incapsulato li dentro, questo era un accordo che prendevamo
tutti in casi del genere, per evitare una sofferenza inutile di
quell'anima di rimanere intrappolata li dentro e disconnessa da
tutto finché l'energia del nucleo non si sarebbe esaurita, poi

scappai perché una volta caduti i nemici cercavano sempre di
spararti addosso io mi difendevo come potevo, con un arma che
non aveva nessun effetto contro quelle navi, ma non avevo altro
riuscii a trovare rifugio sotto una tettoia di un abitazione,
e cercai scampo in in mezzo ad un monte, che aveva molti
anfratti vi trovai già un ragazzo terrorizzato ma mi resi conto
che era un posto troppo insicuro aspettai il momento giusto per
fuggire all'interno di un abitazione, che sapevo aveva uno
specie di scantinato che si inseriva all'interno della montagna,
con molti cunicoli visto che in un passato lontano era una
miniera abbandonata, in qui un uomo che conoscevo vi aveva
recuperato una cantina, e li rimasi finché arrivarono altre navi di
rinforzo e la battaglia fini a favore nostro. Molto tempo passò
ma quella razza che voleva la nostra caduta e l'ottennero.
usando armi atomiche che portarono il nostro mondo alla morte,
le difese del circuito magnetico naturale del pianeta cedettero
negli anni, e il pianeta senza difese solari si estinse nei decenni
a venire, alcuni cercarono rifugio sulla terra, creando un sistema
geostazionario regolatore per dare la stessa rotazione che aveva
Marte usando la luna, ma alla fine la biologia della mia razza
non si adattò al pianeta e si estinse a anche qui.
La storia si stava ripetendo nello stesso modo in qui avvenne in
un tempo remotissimo in un pianeta chiamato, Mallona che si
autodistrusse per il folle impegno di tecnologie basate
sull'antimateria, annichilarono le strutture portanti del pianeta,
slegando le forze vitali che mantengono coesi i mondi.
Ad'oggi ne rimane un anello di frammenti che circunnaviga
tutto intorno al Sole chiamata fascia di asteroidi tra Marte e
Giove .Nello stesso modo si stà ripetendo qui sulla terra nel
campo atomico e nella sperimentazione dell'antimateria, le

anime di Mallona e di Marte in parte sono qui insieme a quelle
di molti altri mondi che anno trovato la fine per non aver capito
che siamo tutti abitanti dello stesso Cosmo, della stessa Casa.
L'ultimo ricordo che mi rimane di quella vita,
è una violenta esplosione atomica che mi investi in pochi
istanti, rimasta impressa nel ricordo indelebilmente della mia
anima, come un fotogramma scolpito !quella fu la mia ultima
vita vissuta li, poi quello che successe dopo non fa parte della
mia memoria, Ebbi conferme da parte di altre civiltà su ciò che
successe in seguito determinando l'estinguersi della vita!
Al di la di questo tempo vi sono una serie infinita di vite vissute
tra le stelle del Creato, ricordo bene quando arrivai qui da un
altra galassia a bordo di quella nave immensa, tutto il resto è
frammentario, Nettuno, Marte Venere Pleiadi. Vega. Aldebaran.
Cassiopea. Costellazione del Cigno, Andromeda poi altri
Universi, altri Cosmi ! altre Creazioni!,
andando a ritroso in un tempo remotissimo compresi che le mie
origini non potevano essere definite, se non come
originariamente scaturito dalla Fonte! questo non è nulla di
strano nell'evoluzione dell'anima, in quanto destinata a
muoversi in tutta la creazione, nella sua libertà di evoluzione,
giungendo alla comprensione di recarsi in ogni mondo per
aiutare, l'interazione tra i mondi per il reciproco aiuto, è cosa
comune nella creazione, quando gli esseri che raggiungono un
certo livello evolutivo, sanno perfettamente che siamo eterni, e
che ciò che noi consideriamo sacrificio! scendere nella materia
per chi si trova in piani più elevati è una grandissima
opportunità di avanzamento spirituale, e che dalle tue pene
varranno la pena per le creature che vai ad aiutare!

Ti ho mostrato il mio passato, perché tu inconsciamente possa
aprire le porte della tua akascia, e attingere al tuoi ricordi .
Per mostrarti che io non sono certo diverso da te .
Tutti abbiamo passato attraverso le stesse ere del Mondo,
sperimentando tutto ciò che ha prodotto ciò che sei,
nel tuo presente. Colui o Colei con qui sto parlando ora !
Riverbera una melodia nel tuo cuore, e nella tua anima !
che possa abbattere ogni velo che ancora persiste nel
separarti delle coscienze superiori che ti attendono, e dal tuo
spirito che ti osserva silente. Che l'avventura chiamata Vita si
trasformi in ciò che all'origine fu concesso alle anime
umane ! e che il tempo dell'oblio ti ha fatto dimenticare !
tutto è caduto nei meandri del tempo ! ma in questo nuovo
sorgere della vita possiamo elevarci alle più alte vette del
nostro essere, ed' accoglierlo in questo piano terreno!
tutto sta alla tua volontà .Di trasformare ogni giorno in una
nuova vita, ogni istante in un punto di rinnovamento
interiore, lasciati alle spalle ciò che sei stato, esso ha gettato le
basi per un risorgimento idilliaco ! che in questo tempo si
manifesterà nella tua divina essenza!
il divino nettare della fonte ti attende per portati gioia nella
vita! sii gioia sii felice perché ciò che cerchi da sempre è li
davanti a te, al di là delle dimensioni già lo possiedi .
Vive nel tuo cuore

Nella casa del padre mio ci sono molte dimore
Molti sono i piani dimensionali e molte sono le coscienze che
li vivono, Sono i livelli vibratori dove dimorano i nostri io
multidimensionali che Serbano una coscienza individuale
tutte vivono la forma pensiero di se stessi in una realtà senza

spazio tempo Lo scopo è integrare l'io personale,
fino ad' arrivare a ciò che chiamiamo Spirito
Lo Spirito ha Integrità la coscienza intesa come intelligenza
acquisita durante i cicli karmici perdendo lungo il viaggio la
propria personalità l'individualità, per poter entrare a far
parte di ciò che chiamiamo Coscienza Cosmica Universale!
L'entità suprema Pertanto, la domanda non sarà più da dove
veniamo ma come tornare. La chiave è nel cuore il centro
Dell'essere nella totale Moksha (liberazione) questo è il fine
ultimo dell'Uomo, contemplare Dio conoscere la sostanza del
Padre Madre Attraverso l'infinito ciclo di un cerchio di
reincarnazione lungo le linee fisiche dei mondi!
E' importante scoprire quali false leggi umane, hanno dettato
il tuo condizionamento psichico ed'emotivo, attraverso le ere
del tempo che hanno dato frutto a ciò che sei ora.
E come in ogni vita il potere negativo abbia sempre agito
contro il tuo risveglio, contro la comprensione di ciò che sei,
facendoti credere soltanto che sei un essere pieno di colpe
e vittima di un sistema che ancor oggi non cede all'amore,
ma saranno le nuove comprensioni che raggiungerai,
a sciogliere le catene che ti tengono rilegato a quest'illusoria
esistenza. Il potere negativo ha reso manifeste intere
infrastrutture mentali, per rinchiuderti in una gabbia
chiamata mente, e farti credere che sei solo un uomo.
Ma quando scoprirai che in te vive un angelo e che sei tu
stesso, allora spezzerai le catene per volare libero nel mondo
reale! ti hanno sempre detto che sei soltanto un uomo senza
potere alcuno, se non quello dell'azione nel piano materiale,
scopri i tuoi corpi sottili i tuoi corpi di luce, immateriali a
questo mondo, ma tangibili in quello vero! non ti chiederò

mai di credere ciecamente a ciò che ti dico! ma sarà la tua ricerca interiore a porti nella giusta strada, cosicché tu creda a te stesso realizzandoti per conto tuo, creando

La tua vera Essenza Divina
Questa è la ragione, di tutta la tua esistenza!
Questo è lo scopo della tua venuta su questa Terra.
Scendesti dai piani spirituali eoni fa, per conoscere l'amore attraverso il mondo della materia, dove in essa prende forma tangibile l'energia del tuo Spirito.
Ammira il tuo corpo come massima espressione della perfezione della creazione!
Sei vivo all'interno del più prezioso gioiello dell'immensità senza saperlo!

Le ragioni

Quando ero all'interno di Madre Terra, con i miei fratelli del cuore, di Agartha e Shamballah, e il Maestro temporale mi fece vedere, tutte quelle scene di guerra e di quei grandi condottieri, nella condizione vibrazionale in qui mi trovavo, non potevo sviluppare sentimenti negativi, ma quando tornai qui in superficie, ciò che pensai di quei fomentatori di guerra era odio e rancore , per aver causato tanto dolore al mondo del passato.

Ma quando cominciai a scoprire le vite precedenti del mio vissuto, avevo capito che in realtà stavo odiando me stesso.

In realtà mi avevano mostrato un lontano passato in qui altri avevano fatto le stesse cose che avevo fatto anche io, assieme a quello di molti altri. Ciò che avrei dovuto vivere e sperimentare per comprendere il genere umano, in tutti i suoi aspetti,

di amore perdono pietà fratellanza gratitudine riconoscenza e odio rancore rabbia vendetta ferocia.

Nel mondo non ha regnato altro sovrano che la violenza,
questa strana forma malvagia, da questo compresi che quando odiamo qualcuno, in realtà dovremmo guardare al nostro passato che ci è mestro, e se non abbiamo la capacità di farlo, asteniamoci dall'odiare coloro che secondo noi stanno errando, in quanto, è la stessa cosa che abbiamo già fatto noi.

Nel momento in qui notiamo l'errore di altri, significa che noi quei passi già li abbiamo vissuti in questa od0in altre vite.

Allora se già abbiamo odiato, se abbiamo sbagliato, e tutto ciò lo conosciamo già, non ci resterà altro che Amare.

In questo infinito scorrere di vite vissute, sotto ogni aspetto all'interno dei comportamenti della dualità ,

comprendi le ragioni e la soluziione al problema attuale.

Per un istante poniti al di fuori di tutto il tuo eterno vivere,
e osservati come se tu fossi la Fonte stessa! che osserva la via
della vita di suo figlio, e li considera e valuta quel piccolo
essere nelle sue vicissitudini, focalizzati con attenzione in
questo istante, cerca di sentirti la Fonte di tutte le cose!
respira profondamente in quella luce che ti pervade in tutto il
tuo corpo, in ogni tuo pensiero crea il vuoto della mente,
distogli l'attenzione di uomo, fai zittire le parole all'interno
del tuo pensiero, se farai veramente silenzio! riuscirai
ad'ascoltare ciò che ti è sempre sfuggito, per capire ciò che sei
realmente! Poi per lunghi minuti osserva quell'uomo,
quella donna ...quell'angelo umano che non sa di essere!
E ora dimmi chi tu sei davvero?
Forse l'uomo, è una scatola illusoria! che racchiude Dio?
Ti lascio questo enigma che tu stesso a te stesso svelerai!

La Maschera

Miei cari uomini e donne di questa Terra! questo è il tempo in
qui cadono le maschere che porta l'uomo odierno!
Ed'ognuno si manifesta per quel che davvero porta nel cuore,
non temere di quella che porti tu! perché puoi osservarla
ed'eliminarla, ma nella caduta di quelle altrui vedrai cosa
celano nel loro interno paesaggio oscuro, cosicché anche loro
vedranno ciò che generano ! e forse si renderanno conto che
dovranno cambiare profondamente se vorranno essere nel
tempo del vivere felice! Mentre altri nella caduta delle loro
maschere terrene! mostreranno tutto quello che vi fu riposto
all'inizio del tempo! uno splendido angelo dei piani sommi!
e il tempo della verità sorgerà, mentre l'oscuro svanirà!

La storiella dell'uomo robot

*Cera una volta l'uomo che fu forgiato nel grembo materno,
dallo spirito e dall'anima scaturiti dalla scintilla primordiale
di creatività armoniosa. Una volta che iniziò il suo cammino
sul piano materiale, entrò in relazione con gli schemi delle
strutture prestabilite e le indossò, come si fa con una veste che
non gli si addice. Cerca e ricerca nel guardaroba
dell'esistenza, mille e mille cappotti che indossò un po per
volta a seconda dell'esigenza. Lo spirito e l'anima furono
soffocati dalla pesantezza e alla fine l'andatura perse la sua
armonia, divenendo cosi come quella di un robot,
con braccia e gambe rigide cercò di percorrere il cammino
della vita, e quando ad un certo punto senti' forte la voglia di
spogliarsi nudo! e ci riusci'*

**Risorse nell'anima e nello spirito! divenendo leggero
e luminoso, tanto che tutte le creature dell'universo
vennero ad'omaggiare la sua bellezza!**

*Tutto accadde in un istante ! tutto collassò ! le pareti che
racchiusero l'uomo caddero ! e ciò che apparve fu immenso!
era lui spoglio dei suoi veli, che si riconobbe nel tutto!
ogni tristezza ogni rancore, ogni malinconico pensiero !
si dissolse nel nulla! lasciandolo cosciente che l'inganno era
sempre stato il suo solo pensiero!*

**Ed'ora che di pensier non sei più fatto, rimani solo
nella tua infinita contemplazione, in attesa che tutto
ti venga svelato,**

La grande paura

***

L'uomo arriva alla vita in questo piano materiale, spoglio di
tutto ciò che è stato nel suo passato, come una coppa linda per
essere nuovamente riempita, di tutte quelle esperienze che lo
segneranno nel corso della Vita, liete o cruente che siano,
lo forgeranno nei suoi aspetti interiori che fomenteranno
comportamenti nel suo cerchio di Vita, correlato a tutti gli altri
cerchi di Vita che lo accompagnano, nel progetto multiplo a lui
assegnato, altre anime che interagiranno con lui dal primo
all'ultimo respiro di questa aria terrena. In noi vi sono tutti
quegli aspetti che incontriamo e facciamo nostri tra tutti la più
difficile da trasmutare è la paura! La più dominante tra le forze
d'interazione, la grande nemica della quiete interiore, ma anche
una grande alleata se comprendiamo che è un mezzo che serve
a spingerci oltre noi stessi oltre tutte le nostre barriere.
La paura sviluppa il coraggio, mezzo di contrasto a tale forza!
tutti gli aspetti emotivi che proviamo all'interno della nostra
esistenza, hanno ragion d'essere in quanto essenziali a
completare l'elaborazione interiore, nelle difficoltà che
troviamo affrontando le situazioni. Quando nasciamo arriviamo
con un unica certezza, che un giorno immancabilmente ce ne
dovremo andare, e che mai sapremo il quando, e il come.
La grande ingannatrice dell'inconsapevolezza umana, che crede
alla fine di tutte le cose, eredità di una falsa conoscenza dettata
dall'errare dei secoli confusi del passato. Certo essa si prende
gioco del corpo questa è una legge immutabile, delle dinamiche
fisiche che rimane incorruttibile in questo piano di esistenza,
ma noi non siamo il corpo, esso ci contiene in questo piano
terreno è il veicolo fisico per questa vita, come altri corpi ci

sono serviti per le altre innumerevoli vite che abbiamo
sperimentato, a questa legge nessuno può sfuggire, ma la nostra
essenza vitale che generiamo in questa vita va ad' unirsi alla
grande coppa chiamata *Anima* che ci contiene, anch'essa
contenuta e contenitore nel corpo come un involucro di energia
che si irradia attorno ad' esso, quelli che sono chiamati campi
aurici, non sono altro che l'emanazione energetica dei vari corpi
sottili che ci rivestono i nostri piani energetici che ci connettono
a questo elemento multidimensionale che vive la materia,
ma che vive anche altri piani esistenziali, prendere coscienza di
queste altre parti di noi ci pone nella presa di coscienza che
siamo altro, oltre alla materia e che in questo altro, vive la nostra
eternità che siamo un pallido riflesso di un entità immensa che si
frammenta qui per far esperienza di Vita assieme ad' altre parti
dell'infinito uno chiamato *Sorgente.* L'immensità dello Spirito
è troppo vasta per essere contenuta in un piccolo corpo, ecco la
ragione della sua frammentaria suddivisione in miliardi di corpi
sparsi nel tempo e nelle dimensioni della creazione.
La Morte, l'orrenda parola che raggela il sangue di tutti gli esseri
senzienti, che ne comprendono il termine e il concetto ad' esso
correlato, spesso ci segna per tutta la Vita, e rimane li
interiormente a ricordarci perennemente che la fine ci attende
sovrana. Anch'io credevo al suo concetto come alla fine di tutte
le cose, prima del mio risveglio, ma i maestri e le guide quando
cominciano a prendere le redini del nostro insegnamento
spirituale, iniziano un percorso di trasmutazione di tutte le false
conoscenze che ci sono state date nel corso della Vita, quei falsi
insegnamenti che infrangono i sensi di un benessere nella Vita.
Come un credo o una o più religioni possano insegnare,
che dopo la morte vi è il nulla o addirittura l'eterno riposo,

è un mistero per l'intelletto umano, una sola Vita in qui si apprende poco più di nulla, e poi la fine del tuo cammino di costruzione di coscienza Divina, quel flebile respiro nella Vita e poi nulla più! poco meno di un secolo, o ancor meno per carpire tutti i sensi della Vita, e quasi mai li si raggiungono, e poi? il riposo eterno! nei paradisi della beatitudine delle varie religioni e credi umani. Stop ! Chiuso ! Basta ! Fine! mai più Vita ! Mai più reincontrarsi !qui o altrove ! coloro che hai amato che hai odiato!Io dico quanto sia assurdo tutto questo per una mente cosmica il quale è l'Uno assoluto della Mente Creante di tutto l'insieme che chiamiamo Dio o l'Io sono Dio, qui entrano in gioco i grandi insegnanti spirituali dei piani sommi della Creazione, per mezzo delle guide e degli esseri preposti all'insegnamento spirituale dell'uomo, e di tutti gli esseri senzienti della creazione nei primi livelli di coscienza dei piani materiali di Vita, come il nostro di 3D, iniziano il loro grande lavoro di ricostruzione di coscienza umana, mi dissero.

La morte non cambia nulla, io sono sempre io e tu sei sempre tu, ti spogli della materia, ma l'energia che ti compone è la stessa. Negli insegnamenti che avevo ricevuto sul piano onirico già ero stato messo al corrente delle Verità Cosmiche, ma la mente umana vuole vedere con gli occhi suoi vuole avere certezze vuole sperimentare, per poter credere e soprattutto per smantellare quegli schemi dell'indottrinamento della società umana che ha inserito in Te, nello scorrere di questa Vita.

E cosi fu che iniziò il mio percorso diretto, nella comprensione del continuo dell'esistenza, dopo il passaggio, chiamato Morte.

La Vita oltre la Vita il semplice cambio di stato da una forma di Vita ad un altra, più sottile, energetica, ma pur sempre Vita. Composta dalla stessa luce che compone il tuo attuale corpo!

La rinascita avverrà nel preciso istante in qui smetterai di lottare contro ogni tipo di paura. rinascerai nella tua saggezza interiore. Il mondo è come una scuola con alunni volenterosi e svogliati, i professori dai piani spirituali scendono e tengono le loro lezioni per elargire la loro conoscenza. Il frutto è ciò che rimane in noi del loro operato, e come tu lo applicherai nel corso della tua Vita, a come condizionerà ciò che avrai ricevuto come insegnamento da ogni esperienza, che ti si presenterà nel tuo tempo a disposizione su questo pianeta. Vi sono sempre stati grandi maestri che sono apparsi nel passato, sia a livello fisico che dai piani spirituali, ma ciò che è rimasto del loro insegnamento è in gran parte stato distorto o dimenticato, ben poche nozioni sono giunte a noi nella loro purezza, ma ancora accompagnano l'uomo nel suo cammino e cosi sarà fino alla fine di questo tempo. Cosi fu che dai piani spirituali, cominciarono a sciogliere i legami convinzionali, della materia, per far si che mi sollevassi dalla materia stessa.

Per fare questo figliolo caro, dovrai lasciar andare le caratteristiche che nel tempo millenario del tuo trascorrere terreno, la materia ha fissato in te. Comprenderai nel tempo che le tue erano solo convinzioni soggettive, in tutte queste Vite vi siete creati strati di False Identità, dovute per lo più a insegnamenti dettati dalla dualità che avete fatto vostri come Verità Assoluta, data la mancanza di una Guida Interiore, capace di portarvi verso il vostro naturale processo di apprendimento della Verità Prima. La Via dello Spirito l'unica via che ti porta a Dio, questa verità scivolerà in te nella misura in qui sarai capace, di identificarti con lo Spirito attraverso il punto di unione chiamato anima, che ti ingloba perennemente, un essere nell'essere, nell'essere Uno.

Era da tempo iniziato il mio contatto interiore con i trapassati in modo lieve e poco invasivo, iniziò con mio nonno, in un contatto in qui voleva chiarire alcuni aspetti nella vita del suo passato che lo avevano coinvolto nella grande guerra nello schieramento della Germania, che ovviamente erano fautori di cose indicibili del resto come succede in tutte le guerre di tutti i tempi umani. Lui mi mostrò che certe accuse che gli erano state mosse erano in parte sbagliate e che in quel tempo dovevi fare ciò che ti veniva ordinato, altrimenti sapevi bene che cosa ti toccava, cominciò con una serie di avvenimenti in qui si trovò coinvolto all'inizio della sua carriera militare, avevano preso per ordine superiore un giovane ebreo, che camminava tranquillo per le vie della città e lo condussero con la forza in un distretto militare, dove dei medici per cosi dire lo trattarono per lo scopo a lui prescelto, gli tolsero la vita per usarlo come cavia su un tavolo d'acciaio soltanto per svestirlo della sua pelle per usarlo come corpo di studio, di ufficiali medici che mostravano i punti deboli del corpo ai cadetti, ricordo il disgusto che provò lui nel vedere quella scena e nello scoprire che egli era il povero uomo che avevano preso la mattina stessa. il disdegno del suo pensiero a quell'atrocità, ma quella fredda milizia considerava quegli esseri non umani e sacrificabili, e mi mostrò molti altri punti non chiari del suo passato, ebbi anche altri contatti con persone che avevano fatto parte del mio passato come il mio amico, che si tolse la vita perché la fidanzata lo aveva lasciato mi mostrò chi gli aveva prestato l'arma perché lui glielo aveva chiesto con una scusa e che questi altro nonostante sapesse le condizioni psicologiche nefaste gliela diede commettendo un errore letale, ma le cose accadono sempre per superficialità di qualcuno che non usa il proprio intelletto, e i deboli cadono miserabilmente, ma erano pur sempre contatti che mi coinvolgevano in modo leggero. Poi tocco al mio ex titolare di lavoro che incontrai nei piani astrali dopo il suo trapasso più volte, anche lui volle portare un messaggio a sua figlia , ma la difficoltà della situazione mi costrinse a consegnarlo a livello onirico, attraverso un sogno che il destinatario trasformerà dal piano dell'inconscio al pensiero cosciente come maggiore stabilità emozionale, mai seppi se ella ricordò qualcosa di quel sogno! Fin ché un giorno faccio un sogno lucido inquietante era l'8 di gennaio del 2007 mi ritrovo a viaggiare in un auto, c'è un camion davanti a me e cerco di sorpassarlo ma dietro al sorpasso vi è una curva che finisce su un ponticello, sbando e finisco contro il guardrail, sento una fitta fortissima al fianco destro e al gomito vedo il volto di un ragazzo che mi guarda con un espressione angosciata e mi sveglio di scatto, rimango un po li, ma mi rendo conto che era solo un sogno, poi mi alzo e vado al lavoro mentre sono per strada, vedo il ponticello dopo l'abitazione dei miei che ha il guardrail sfondato, ovviamente ci rifletto su. Arrivo al lavoro e nella pausa vedo sul giornale l'articolo di un incidente proprio quello occorso li in quel ponticello che avevo visto nelle stesse dinamiche che avevo sognato. Da li in poi per 6 lunghissimi mesi quasi tutte le notti quel ragazzo veniva in sogno, e mi continuava a far rivivere quell'attimo terribile, la sua angoscia per aver lasciato questo piano terreno per i suoi famigliari per tante cose che aveva lasciato in sospeso, continuava a mandarmi piccoli segnali come se volesse che io in qualche modo dicessi ai suoi famigliari che lui esisteva ancora. Continuava a farmi vedere una lettera, me la porgeva tra le mani e se ne andava, dopo tutto quel tempo alla fine esausto,

di percepire quello stato di angoscia, decisi di fare qualcosa .
Ma la lettera mi sembrava troppo fredda per poter chiarire una
situazione del genere, che da parte dei famigliari era certamente
un dolore abissale, e cosi mi informai dal comune suo natio
sull'indirizzo dei suoi genitori e una sera ci andai. Mi sembrava
una cosa da film ci volle tutto il mio coraggio, ma se da parte
sua vi era un insistenza cosi profonda, un motivo importante
oltre a portare le sue parole ci doveva pur essere. Il fatto che lui
fosse dall'altra parte per me non limitava in alcun modo la
considerazione che avevo di lui .Per me era come se fosse Vivo,
e avevo il massimo rispetto, del suo stato di esistenza, anche se
diverso da quello che io vivevo. arrivai li mi presentai e cercai
il modo di affacciarmi nel miglior modo possibile alla
situazione difficilissima.Vi era suo padre sua madre e sua
sorella, una volta spiegato il motivo per qui io fossi li la prima
reazione fu! Che il padre voleva chiamare la polizia, la madre si
gelò come una statua, e la sorella fortunatamente voleva capirne
di più! per fortuna lei riusci a calmare il padre che se ne andò in
casa portando con se la moglie, e io e la sorella ci sedemmo
sotto una pensilina mentre la madre dalla finestra ascoltava
tutto, da li ne scaturi che la madre era in uno stato depressivo
senza via di uscita che ne preti, ne dottori, riuscivano a farla
uscire da quella condizione per lei il figlio era morto, e non
esisteva più non avrebbe mai più avuto la possibilità di
abbracciarlo e vederlo, una condizione interiore terribile, che
crea un angoscia che devasta la tua serenità, parlai con la figlia
di tutti i dettagli che il fratello mi aveva mostrato spiegai
ovviamente anche il cammino che avevo intrapreso per capire il
perché lui fosse venuto da me, probabilmente ero l'unico nelle
vicinanze che avrei potuto sentirlo oltre il velo di questa vita

materiale, dopo due ore ci salutammo e mentre me ne andavo la madre con un sorriso pieno di gioia mi disse " *grazie ora so che lui è qui*" credo che l'unico modo per far capire a lei che suo figlio ancora esisteva era questo, e dai piani dello Spirito crearono le condizioni per poter far si, che le anime in questione trovassero la pace, e che le energie del momento favorissero una comprensione più agevole. Nella notte successiva lo incontrai di nuovo, con un gesto simbolico mi ringrazio e non lo vidi mai più, andò credo verso la luce che ti porta a casa nei paradisi spirituali, per essere rigenerato e poter cosi tornare alla vita materiale degli infiniti mondi 3d della creazione, o sempre qui sulla terra, tutto ciò ovviamente dopo aver passato qualche tempo nei piani astrali intermedi che per lui furono quei 6 mesi. quel tempo non tempo che potremmo considerare purgatorio dell'anima. La sofferenza che le persone provano per la perdita di un caro è anche dovuta a una falsa o incompleta informazione sui processi che subisce un anima, dopo il passaggio dalla Vita al piano astrale, e successivamente ai piani superiori, la Vita dell'anima è un ciclo infinito di esistenza che di corpo in corpo tempo spazio e dimensioni, ella trova tutti gli incastri necessari alla propria evoluzione, assieme alla sua famiglia animica o (cerchio di vita) che spesso comprende molte decine di altre anime .Ecco che qui entra in gioco la consapevolezza che tutti noi e chi amiamo profondamente, gli amici e i compagni di viaggio della vita ci re incontriamo continuamente rivestendo ruoli diversi, ma pur sempre all'interno dello stesso cerchio di vita .La sensazione terribile che colpisce coloro che rimangono qui è il fatto di essersi fatti un idea sulla morte completamente diversa dalla realtà creativa delle forze della materia, dello Spirito Creativo del Padre,

che ha posto delle regole che viste da una prospettiva più alta,
sono perfette per il piano di sperimentazione che stiamo
vivendo .Esse ci danno l'opportunità di ritrovarci sempre lungo
il cammino della nostra eternità, non siamo altro che anime, che
continuano a ritrovarsi all'interno del grembo della storia del
mondo, eternamente insieme. Il dolore, io dico è il frutto
dell'inconsapevolezza, soltanto una consapevole ricerca
attraverso la via dello spirito ci darà i mezzi necessari per poter
vedere noi stessi con i nostri occhi spirituali, le regole che
reggono la creazione e da questa presa di coscienza, il dolore si
trasformerà in accettazione e poi in comprensione, ed' infine
quando avremo compreso i più alti concetti Creazionali,
in gioia, perché sai che ti ritroverai per sempre con quell'anima
che per il momento è tornata, a rifocillarsi alle Sorgenti della
Vita di quell'energia indefinibile che chiami Padre, la dove la
pura essenza della Fonte ti rigenera, per affrontare una nuova
Vita. In questa esperienza io ebbi la prova tangibile della
continuazione della Vita, che non si basava soltanto attraverso il
ricordo e il ripercorrere delle mie vite passate ma avendo potuto
interagire con un anima che si trovava dall'altro lato del velo,
io avei certezza, che la Vita prosegue anche senza corpo fisico,
la vita è energia consapevole in una sfera plasmatica
multidimensionale, la Vita è eternità nel suo infinito respiro!
La paura è insita nell'uomo dalle sue origini, la paura di perdere
qualcuno della situazione che si crea nel cambiamento di stato,
quando questo accade, questo spaventa profondamente, la
mutazione della tua stabilità tutto questo è inevitabile un
passaggio obbligatorio per tutti , il dolore, ma poi la
comprensione ti aiuterà a capire che si può andare oltre al
dolore, ma quella energia che tutto crea ha pensato,

veramente a tutto, ti ha dato un anima, ti ha dato uno spirito
perché tu potessi un giorno scoprire la tua eternità, e attraverso
di essa giungere alla comprensione che in verità tu non puoi
perdere nessuno, perché già si sta progettando una nuova vita
con quell'anima che viaggerà con te finché tu vorrai, o il karma
non avrà sciolto quel legame, e mai più nulla potrà separarvi.
Ne il tempo ne la materia ne lo spazio, poiché siate nati da una
legge indissolubile, siete nati dalla Fonte, dell'Uno Creatore,
che da un tocco al tuo cuore. Portandoti ad un attenzione
costante, questa è la chiave che ti porterà a scoprire quelle
verità che scioglieranno i nodi del dolore, trovare un punto di
incontro tra materia e spirito, l'etere! tra la Vita e la Morte,
il confine! quel sottile strato che ne determina il cambiamento
di stato, e scoprire che tutto è spirito, e la materia è il giardino
che colui che ha realizzato tutto, ti ha donato per portarti
a capire e realizzare, la tua Divinità in questo piano terreno,
quando avrai compreso, tutto prenderà nuovi colori.
Quello che i nostri occhi vedono è un infinitesimo di ciò che
esiste! dovete ambire all'apertura mentale che qualcosa di
gioioso può avvenire nella vostra Vita, che trasformi l'amarezza
in nuova comprensione di una verità che vi è sempre stata
celata, ma ora questa verità vi mostra una nuova via, che prima
era oscurata dalla non conoscenza .L'ignoto ! il primo passo per
creare una risposta alle nostre necessità di conoscenza,
alle nostre necessità di trovare una risposta, è varcare quel
confine che ci siamo imposti credendo a qualcosa, che ci ferma
davanti ad un muro invalicabile. Se vi muovete verso il dolore e
la paura, l'oscuro vince sempre, non disperate, non aprite una
via di accesso a questo abissale elemento. E alla fine giungerete
voi stessi a capire che la speranza che avete nutrito,

vi ha fornito la giusta comprensione per scoprire che siamo eterni. La Morte si prende gioco soltanto del nostro corpo, ma la nostra essenza vitale l'anima lo spirito sono eterni, esiste un unica linfa che nutre tutto l'universo e si chiama amore, e li che troverete tutti coloro che pensavate di aver perso, ascoltando il vostro cuore, scoprirete che la via di accesso per poterli ritrovare in questo tempo terreno, è sempre stata li mia cara anima! colui che non è più al tuo fianco in verità ti è sempre accanto, non esiste la distanza la dove l'anima è fatta di sola energia. Il velo, dove si trova questo famoso velo ? credi che sia posizionato in qualche punto di un luogo ? E se ti dicessi che il velo non è altro che la divisione dei sensi che abbiamo rispetto all'esistenza di altre realtà ? Se questo velo fosse solo in un punto sferico intorno alla tua percezione ? In realtà egli potrebbe sussurrarti parole d'affetto ma tu non sentirle per via di questa diversità esistenziale, potrebbe sussurrare al tuo cuore, Dio, colui che chiamate Creatore, è cosi perfetto nella sua logica che ha creato una multi realtà estremamente complessa ma estremamente funzionale. Per noi in questo stato di coscienza è fredda e spietata, perché la visione di questa sconfinata verità ci sfugge, perché non la si può vedere con i sensi fisici, allora ci poniamo le più grandi domande, senza mai trovare le risposte, e soffriamo. Ma la verità giace in noi da sempre, Dio vive in noi nel posto più celato a noi stessi, dissolvere il velo ci donerà quelle risposte sempre cercate, quella verità che non ti fa più soffrire. In quel tempo gioirai di averla appresa, in verità ti dico .Non voltarti nel cercarlo sperando di vederlo, perché è già in Te nelle armoniche del tuo amore per Lui, ti manderà il suono del Diapason del suo cuore e tu vibrerai assieme a questa Forza Cosmica.

Quel tono è un richiamo universale. sentilo nel cuore perché è li
che vive quell'anima che hai creduto lontana, Di Vita in Vita
attimo dopo attimo, ti ritroverò anima mia, e mai più nessuno ci
separerà, zittisci il mondo che ti circonda, il turbinio dei tuoi
pensieri, crea il tuo silenzio interiore e potrai ascoltare il flebile
sussurro, da chi ti accompagna da oltre il velo, di queste due
dimensioni, allora acquisirai le tue certezze trasmutando il
dolore in gioia, scoppierai in lacrime, ma saranno lacrime
d'amore, ecco il ponte che ti collega a loro, l'unica forza che
varca ogni portale, che apre ogni accesso, è l'amore,
chi può resistere a tale potere? Anche i veli svaniranno!

*Se diverrete consapevoli di ciò che siete realmente non potrete
più dimorare nel dolore. La consapevolezza vi solleverà dalle
valli dell'oblio, conducendovi alle vette più alte della vostra
serenità, espandi la tua mente tu non hai nessun limite,
abbandona ogni paura nell'oceano dell'indifferenza
essa è li che deve dimorare, nel potere di non farti ingannare*

La Morte non è niente !
è una purificazione spirituale!
non è altro che una pausa, tra un respiro ed' un altro
di un eterno vivere.

*A noi la vostra intera storia, non sembra altro che un gesto,
mi disse il Maestro. Io risposi, la mia eternità vissuta, non è
altro che un battito di ciglia, di quel che ancora mi attende,*

mio Maestro!

per tutti coloro che sono tornati alla casa di luce fatta!
lasciamo che la nostra onda d'amore li raggiunga nell'amore!
la morte non esiste nei piani spirituali! siamo eterni viaggiatori
della creazione chi ha dimorato qui, tornerà ad esserlo
attraverso una nuova incarnazione.

La metamorfosi dell'anima torneranno senza sapere in chi o
dove nasceranno, magari accanto a noi, torneranno ad amarci in
un continuo sentiero d'unione, al di la delle certezze dell'uomo,
vi è un unica verità! siamo esseri divini ed' eterni, che si
ritroveranno per sempre, per non lasciarsi mai al di la della
materia siamo eternamente uniti da una magica luce che tutto
compenetra e manifesta!

Ma ricorda bene mio caro, che quando sei giunto qui alla Vita
non ti sei portato dietro nessuna colpa ! nessun peccato
originale!! Nulla di tutto questo, cancella quella cattedrale di
informazioni che hanno costruito muri insormontabili,
all'interno della tua mente, per impedire che nel corso della tua
Vita tu potessi riconoscerti in cosa realmente sei, era il gioco
del Potere Creativo che attraverso la sua parte in ombra ti
mostrava la Luce, benedici anche questo, altrimenti non avresti
mai potuto riconoscerti in ciò che sei ! Il karma è solo un altra
riprova! un nuovo tentativo ! tu non hai colpa alcuna! tu sei un
uomo libero da ogni costrizione mentale ! e se io ti dicessi che
tu non sei la tua mente? ma ti dico che sei Dio ! Dio non parla.
Dio non pensa ! questa forza che è in te è semplicemente pura
coscienza di ciò che è! la mente! è il risultato della forma
pensiero di questo piano terreno! ma se vai oltre la tua mente,
ne troverai altre fino a giungere al piano dell' androginia anche
se sempre più rarefatta! anche se non più duale! vai ancora oltre
! che cosa trovi ? vai ancora oltre!

e finalmente comprenderai ciò che in realtà sei, che non è ciò
che sei qua! quando sarai giunto li in quello stato di pura
coscienza! crea la magia! porta con te tutto ciò che hai
compreso di essere! fallo scivolare fin qui! In questo mondo
terreno ricorderai chi sei!

L'Uomo-Dio-Fonte

*Benedici la Natura Spirituale della tua anima divina,
benedici la tua Vita, non vi è dono più grande nell'intera
Creazione, della tua presenza in questo istante della tua
eternità in questo mondo chiamato Terra, benedicila!
Dio ti rigetterà, in un nuovo transitorio involucro terreno di
dimensione superiore, quando delle tue scelte ne farai arte,
avrai reminiscenza di vita anteriore, ricorderai rivivrai tutto
come nell'adesso!*

*è necessario che tu prenda coscienza della tua essenza
Spirituale. Della tua natura Divina di un uomo nuovo!*

E tutto diverrà sublime
La Vita inizia,la dove finisce la Paura,
Inizia la Vita
Perché tu sei vita eterna!

*A cosa anela l'uomo di questo piano se non alla libertà, la
sacralità di questa parola ci spinge alla costante ricerca verso
la presa di coscienza, verso la chiara visione di tutte quelle
sovrastrutture, che come catene ci legano alle brutture di tutto
ciò che non meritiamo.*

La madre di tutte è la Paura,

le sue catene sono quelle più resistenti, eppure basterebbe un solo attimo, per scioglierle come neve al sole.

Quell'attimo che si chiama il qui ed ora, quell'attimo in cui il tutto è nel momento presente, nel respiro di quell'istante in cui la vita scorre nel suo tempo. Temiamo di perdere le sicurezze di perdere tutto ciò per cui abbiamo speso il nostro tempo, nello sciogliere il nodo degli attaccamenti,

che freneticamente ci legano alla materia,

possiamo essere liberi poiché nulla è statico, essa è soggetta al suo ciclo come tutto il resto, come persino il respiro.

Infondo possiamo trattenere l'inspirazione senza dover espirare ? la risposta è per certo un no!

Abbandonando il disagio creato dalla mente inferiore, che ci disperde nel suo labirinto, possiamo trovare l'uscita e la chiave! è nel silenzio, nell' ascolto del cuore.

Solo cosi la paura con tutte le sue molteplici ramificazioni perde il suo potere, e nel vento fresco dell'anima si dissolve!

rammenta anche che prima di trovarti al termine del tuo tempo, a quanti rimpianti potresti avere in quel momento, di cose che non hai voluto o potuto fare o dire! a volte per orgoglio! Rilascia il freno dell'orgoglio!

la cosa buona è che ora sei in questo presente! e puoi agire, cerca di risolvere ora per far si che non divengano macigni dell'anima, parti leggero parti come una piuma!

La Paura. Dopo l'ultimo anelito di vita vi è una rinascita!

Sempre!

Mia cara anima in cammino! che cosa è che rende la paura solida nella tua esistenza? che cosa è che gli da forza?

è il non sapere!

l'ingnoranza spirituale "colui che ignioralo spirito"
il non sapere cosa ti aspetta al di la del mondo,
Ma quando scoprirai come funziona il tutto!
Allora essa cesserà di esistere, e di dominarti!
chi ha fatto entrare la paura in casa tua? nel tuo sacro tempio
chi comanda dentro di te ?non sei forse tu?
Bene ! ora sai che cosa devi fare!

"Caronte e Morfeo"

Io osserverò ogni tuo gesto! Ogni tuo pensiero!
La paura non ti appartiene non è tua! è una cosa non di
questo mondo. Essa fu generata dagli inferi, la dove qualcuno
se ne nutre non far si che sia il cibo tuo, per non essere il cibo
suo, nella certezza ritrovata troverai un altra chiave luminosa

che chiude una porta, ma ne apre un altra

La gemma lucente

Non gettare i tuoi tesori tra i campi del mondo, ma soltanto a chi lo sta cercando, anche inconsciamente arriverà a te! apri solo a chi stà bussando, alla porta del tempio del sapere, ad'ogni uomo verrà dato il suo tempo. Per ricevere il dono, che altrimenti se non riconosciuto, andrebbe perduto, non offrirai sapienza a chi è ingordo di avidità e potere, altrimenti scatenerai la sua voracità, la sapienza è arma nelle mani dello scellerato. C'è chi ha deciso che la sua casa sia illuninata dalla penombra, vi è un linguaggio per la luce, ed'uno per l'oscurita, cosicche come al tempo di Babele solo i prescelti sapevano capire la lingua originale. A te che stai leggendo le mie parole, non soffermarti al incompreso messaggio, che è diretto alla tua Anima, in quanto, soltanto lei saprà decifrarlo, cosicchè a Te potrà donare sapienza attraverso il tuo cammino, nella forma dell'esperienza della vita!

"sshaaa dhaar"

Vi fu un tempo, in qui attraversai il deserto della solitudine, ella non venne invano, ma per far si che mi potessi osservare dentro. E' nella vera solituduine che arguisci alla percezione, del puro stato dell'essenza dell'anima. Egli Pietro il mio Maestro mi osservò, e mi prese per mano portandomi in alto tra le nubi, tra gli orizzonti ultraterreni. La bellezza di quel cielo perlato, e delle nubi rosate mi nutrivano candidamente l'anima, di una serenità sconosciuta all'uomo terreno. Assaporai quello stato nel sentirmi solo in mezzo al cielo, lontano dalle nefaste vibrazioni dell'uomo turbato, poi guardai giù nelle valli abitate delle famiglie dell'uomo. Indaffarate nel loro destino, dissi a lui che l'uomo doveva sapere di questo stato, egli deve

sperimentare quella beatitudine per raggiungere la propria
serenità, e poter cosi assaggiare quell'incantevole paesaggio
celeste, e lo stato, **dell'essere io**, egli mi rispose, che verrà il
tempo dell'umano destino, in qui ogni uomo riscoprirà,
la bellezza dei suoi perduti tesori interiori. Apprezzai attimi
interminabili di quello splendido incanto, poi quando fui pregno
di quella beatitudine mi portò ancor'oltre, lassu tra gli spazi
delle stelle. Eravamo tra Terra e le cosmiche distese in un
confine tra i confini, dove un altra dimensione giace insondabile
allo sguardo umano, la casa degli Dei, li dove gli Archetipi
Creatori della Forma figli del Primo Creatore, instillano le
gemme del potere umano nell'uomo.
Mi trovo in una vallata luminosa, circondata da montagne
innevate che svettano, fino a toccare i confini dello spazio
stellato. Scivolammo giù al centro di questo grande bacino dove
vi è una serie di 72 colonne, che formavano un anfitearto
circolare, alte, immense che non sorreggevano nulla, se non la
stessa volta celeste, le varcammo. Vi era un uomo altissimo
ciclopico alto forse 30 metri lunghi capelli bianco argento,
e una folta barba che scendeva fino alle ginocchia, vestito di
bianca veste, e una cinta arancione a nudi piedi, ed'al collo una
collana di corda fatta, che sorreggeva un piccola ampolla
d'acqua. Egli vagava in mezzo ad' una serie di tavoli di legno
grezzo, sul quale altri esseri come lui,
plasmavano uomini di argilla bagnata da una goccia di
quell'acqua, lui passava e osservava attentamente l'opera di
questi maestri creatori mentre creavano la coppa per l'uomo.
In ogni forma umana venivano riposte internemente alla creta
alcune gemme prezione, e sigillate interiormente,
egli decideva quali gemme inserire secondo il sentiero,

che quell'uomo avrebbe intrapreso lungo il cammino della vita.
Poi quando ognuno aveva terminato l'opera, la poggiava nelle
mani di quell'essere, egli le socchiudeva e vi ci soffiava la vita
dentro, dalle mani serrate scaturivano bagliori di colori
arcobaleno, come raggi di sole irradiavano ovunque,
poi come si fa con un passero la scagliava verso il cielo.
Dove molte altre già erano in cammino nelle correnti della
vita .Vi erano vari strati di nubi e di vortici furiosi sempre più
tormentosi ,alcune di queste opere finivano scagliate contro le
pareti delle montangne, frangendosi in pezzi che cadevano giù
nella vallata, dove esseri oscuri e predatori frugavano tra i
cocci, per raziare le gemme, mentre quelli che riuscivano
ad'oltrepassare la furia del vento, salivano fino al di la di quelle
nere nubi, spuntando alla luce di un sole radiante,
che faceva brillare le gemme come delle stelle, trasformandoli
in unomini veri, mentre venivano accolti da schiere di angeli
con il melodioso suono del loro canto e da muse che donavano
loro la radianza dell'amore per porgere la conoscenza della vita
vera all'essereuomo, facendo si che nel tempo si realizzasse.
Quando erano ricolmi di quel fragrante suono, altri esseri
luminosi raccoglievano questi figli della luce, tra le loro
amorevoli braccia, accompagnandoli sulla terra e spargendoli
come petali di rose, tra le vallate in ombra della Terra
*Meravigliosa è la vita in colui che scopre i tesori del
proprio Sacro Tempio, poiché di essi ne farà tesoro
per tutti coloro che non sanno ancora vedere il
proprio, affinché un giorno sapranno valorizzarne i
propri nel tangibile della Vita. Meravigliosa è la Vita
quando è illuminata da questa nuova Consapevolezza*

La Fonte Creante, ti pone alla vita nascondendo dentro la tua essenza, delle qualita delle doti, dei talenti che solo tu riscoprirai, camminerai tra i sentieri tortuosi della vita, mettendoli in opera, ma attento ai molti che non conoscono nemmeno i propri, perche cercheranno soggiogandoti di approfittare dei tuoi, ma se saprai manifestarti in tutta la tua verità, arriverai al tempo del tuo tramonto, avendo realizzato la tua Maestria, ma vi è in te la perla più luminosa, si chiama *risveglio,* esso è il primo passo di una lunga serie di piccole *illuminazioni*, ma attento perche questo splendore che raggiungerai non è ben visto dal potere negativio,
e dagli esseri incorporei che lavorano per questo potere involutivo, quando comincerai a *risvegliarti* alla tua verità, cercheranno in tutti i modi di farti dubitare di tutto e di tutti, anche delle persone a te care, useranno il tuo pensiero e la tua stessa voce nel monento in qui comincerai a ricevere i doni dello spirito, la chiarudienza la chiarovisione le capacità intuitive e telepatiche, useranno i tuoi stessi strumenti per ritorcerli contro di te, questi esseri esistono da miliardi di anni e sanno fare bene il loro lavoro, è la loro missione quella di ostacolarti, e di farti dubitare d'ogni cosa che a te da sicurezza e conforto, metteranno in cattiva luce coloro che ami usando il tuo stesso pensiero, allorchè dovrai essere capace di discernere il tuo pensiero, dalle voci mormoranti che lottano contro l'unione l'amore e la tua stessa evoluzione, loro non vogliono che tu evolvi .Vogliono che rimani ceco e sordo!
che contiinui la tua vita come hai sempre fatto, ma il Padre e le entità di luce sono sempre al tuo fianco, chiamale ed'esse custodiranno la luce cangiante che la fonte ha riposto in te. Procederai con fermezza come un'impavido nel tuo sentiero,

senza paura alcuna. Verrai riconosciuto per le opere che lascerai durante il tuo cammino spirituale! Un vero Maestro, è colui che dagli alti piani si sveste del suo abito lucente, e si cala in questo piano terreno mantenendo il fulgido brillare delle sue doti, insegnando agli uomini a divenir Maestri di se stessi.
Fatti contemplare dalla Fonte nella la Tua bellezza, questa è l'opera che sei venuto a fare su questa Terra. Realizzare la tua Maestria .Un vero maestro è colui che nella donna ha riconosciuto una Dea e ne ha fatto la sua metà Divina, ponendola al suo fianco senza mai dargli le spalle ! E che in lei ha riconosciuto quella forza che lo solleverà ai celesti cieli del suo paradiso interiore. Colui che si è fatto carne per incontrarsi nel principio divino, della natura alchemica dell'energia femminile a lui assegnata all'origine della creazione. Foste esalati dalla luce per incontrarvi un giorno nella materia, e nell'unione dei due sacri aspetti scagliare raggi di luce in tutti i piani della vostra creazione ritrovata, e mano nella mano giungere, alla vostra futura dimora, la dove soltanto chi si è riconosciuto nella sacra unione ha diritto di accesso.

Dall'Uno sei stato creato nell'androgino archetipo, in due ti ho diviso, quando avrete capito che solo tornando a consisderarvi Uno, ritornerete nell'Uno.

L'amore è quella forza straordinaria che nella sua Divina Essenza muove la Creazione tutta. Muove anche ciò che in due cuori sgorga incontrandosi a metà strada tra i due un ponte di luce si forma, e al centro un unica bolla di risonanza, in qui il diapason vibra avvolgendoli entrambi in un nuovo Principio Unitario. Non basandosi più su di un sistema di dare e avere, ma che gia stai ricevendo nel momento che stai donando

generando un vortex che le fonde entrambe! l'Amore che non
ha più bisogno delle parole ma che tutto è nei due nel medesimo
istante in qui viene pensato, nell'altro e si realizza.
Trascendendo gli aspetti duali dell'amore, tu sei venuto sulla
terra per divenire attraverso il riconoscimento dell'amore,

Maestro della dualità
La Mente ama l'ignoto,
Quando della paura si è liberata!
Cosicché lo Spirito sarà il tuo Maestro
e l'ignoto si trasmuterà in
Conoscenza e Consapevolezza
Allorché nel tuo tempio, la brezza fresca
del tuo nuovo mattino, ti avrà purificato
da ciò che non ti appartiene e resterà in te
soltanto il puro amore che io volevo farti conoscere!
Per sempre tuo

I Maestri

***

In questi anni ho incontrato nei piani dimensionali molti
Maestri spirituali, o esseri che erano in grado di dare il loro
piccolo insegnamento, attraverso varie esperienze eteriche,
Tra noi e la fonte, vi sono una serie infinita di piani esistenziali,
e coloro che hanno già trasceso in parte i piani della dualità di
questo ed infiniti altri mondi, avranno di certo di che insegnarci
o farci da guida, risulterà per la maggior parte di noi difficile
poter percepire la fonte, cosi molti intermediari fungeranno da
tramite con la loro sapienza che elargiranno gratuitamente al
mondo, come intercessori divini delle schiere celesti.
Gesù, Gandi, Padre Pio, Shi Crah e molti altri che qui in terra
non sono conosciuti San Francesco, di qui sono seguace di
interiorità, e ne fui messo alla prova direttamente in campo!
E' il 13-8-2013 mi trovo a Gaeta in viaggio verso il monte
Epomeo, sull'isola di Ischia quando alzando gli occhi al cielo
stellato, scorgo una delle loro navi seguirmi! (Fig5. Pag 78)
come del resto me ne ero già accorto dalla partenza giorni
prima, credo che mi accompagnassero nel lungo viaggio, che mi
avrebbe portato a scoprire molte cose che da tempo
tormentavano la mia vita, sul perché di tante situazioni che mi
era ancora difficile accettare,   e gestire in una società che ti
etichetta subito come persona strana! scattai una foto mi accorsi
che nell'immagine rimase impressa la loro nave di luce, che
configura la testa di un lupo, (Fig6. Pag.78)
Il giorno dopo visitai una sacra, il Santuario della roccia
spaccata, a Gaeta in qui all'intero vi era raffigurato il racconto
che parlava della forza della vera fede. poi in un altro luogo
vidi in un affresco il racconto di san Francesco e il lupo,

che la coscienza ristrutturata da nuovi principi evolutivi
nell'amore ti danno facoltà di controllo sulla tua stessa rabbia,
e quella altrui, non solo animale ma anche in quella umana.
Nei mesi successivi integrai questi aspetti e come di solito
accade, fui subito messo alla prova per vedere la tangibilità di
tali aspetti nella realtà della vita, come si suol dire, in pratica!
*Tornavo in auto dal lavoro e vedo dietro ad una rete tre cani di
grossa taglia avventarsi su qualcosa a terra, torno indietro per
vedere cosa stesse succedendo, e vedo che stavano aggredendo
un povero gatto, mentre vedo anche la padrona che inerme
dallo spavento della scena non riusciva ad' arrestare la loro
furia, mi avvicino con l'auto e suono il clacson ma nulla, non si
fermavano, scendo e prendo a calci la rete dove loro erano
appoggiati, ma non serviva a nulla,mi sentivo impotente contro
quella rabbia, Poi qualcosa si mosse dentro la mia volontà, flui
una quiete sconcertante che mi sentivo emanare dal mio centro
all'esterno, i cani si fermarono ,mi fissarono per un istante e se
ne andarono. Rimasi sconcertato ma mi resi presto conto che
un energia di acquietamento li aveva investiti, e la loro rabbia
era improvvisamente scemata, poi la padrona li guinzagliò e li
portò via, anche loro erano feriti su tutto il volto, il gatto si era
difeso con tutte le sue forze. feci presente che occorreva un
veterinario per medicare sia i cani che il gatto, che stordito e
stremato boccheggiava sbattendo contro la rete in cerca di una
via di fuga, credo che stentasse perfino a vedere tanto era
scioccato! Ella mi rispose:* **forse lei la sta facendo più grossa
di quel che è! è solo un gatto** *!In quel preciso istante cominciai
a pormi alcune domande, su questo luogo chiamato Terra
ed'i suoi abitanti!* **Come quantificate il valore di una vita,
rispetto alla forma che occupa?**

io so che l'origine è la stessa che vive in Noi! Ma ancora facciamo differenze tra un gatto o un cane ed'un uomo?guarda negli occhi del tuo cane! Riesci ad' arrivare al cuore della sua anima?non troverai differenza tra la sua e quella di un uomo! **Io so che non ho salvato un gatto ! ma ho salvato un uomo!** Sai perché? perché quel gatto nel cammino della sua evoluzione un giorno diverrà un uomo! O un essere di uno degli infiniti mondi che popolano il **cosmo,** e negli eterni tempi ci ritroveremo faccia a faccia, ci parleremo, forse saremo amici e mi ricambierà il favore in qualsiasi modo, questo è il costrutto delle Leggi Creative di evoluzione ed'equilibrio di compensazione, delle forze interagenti dell'universo! Su questo vostro pianeta che ora mi ospita! ma che ospita anche voi! i valori della Vita risultano ancora indefiniti da qualità coscienziali, che non sono allineati ai più grandi valori della Vita, La Vita è sacra in qualunque forma essa si presenti, per la maggior parte degli esseri umani essa è determinata da criteri di una falsa conoscenza dell'origine stessa della Vita, credendo di essere su di un piedistallo al di sopra di tutte le altre forme di Vita, ma quella forza che genera tutto non fa alcuna differenza, un giorno cambierà anche questo, cambierà tutto della vostra società riplasmata da nuovi valori scaturiti da un movimento planetario che ristrutturerà la coscienza dell'intera razza attualmente ospitata in questa Cellula Macrocosmica, qualcuno direbbe, ma questo è solo un gatto, ma l'uomo non valorizza nemmeno il proprio simile che siano figli propri o altrui! Milioni di uomini e donne con i loro figli, perdono il dono dell'esistenza a causa di folli guerre e pestilenze, senza che la grande civiltà umana evoluta metta fine a questa insensatezza, ma come nella legge di creazione, ad'ogni azione corrisponde un azione uguale o contraria dell'universo nei tuoi confronti, ogni uomo e donna della terra sappia che nulla sfugge a questa legge, ricevendo il giusto compenso! Quante volte camminiamo tra le bellezze del mondo e non vi facciamo abbastanza attenzione, per accorgerci che il paradiso si nasconde dietro ad' ogni forma, cambiando visione cambierà anche la nostra attenzione per scorgere ciò che non abbiamo mai notato prima, questo mutamento inizierà dal nostro interiore dove troveremo uno specchio, in quel riflesso scoprirai la stessa bellezza dell'universo in te, poi guarderai fuori e scoprirai che tutti son fatti ad' immagine dello stesso disegno, quello pennellato dalla mano del nostro architetto, soltanto allora amerai ogni essere vivente in ogni sua forma, riuscirai ad' amare anche il tuo nemico, perché non è altro che un tuo riflesso. Dopo questa esperienza con dei cani rabbiosi mi successe la stessa cosa con un uomo, la stessa legge universale ebbe lo stesso effetto, compresi allora che le forze pacifiche e d'amore possono essere rese manifeste proiettandole al tuo esterno, verso colui che tu vuoi acquietare !

Diverrai cosi Maestro di te stesso

La costante consapevolezza fa dell'uomo che scopre le leggi del creato! un essere che detta egli stesso le nuove regole per la propria esistenza! essendo entrato in piena sintonia con la Fonte, collaborerà alla sua nuova manifestazione vitale! Cosicché ogni azione sarà mossa dalla forza dell'amore che in lui ha preso fissa dimora! sarà cosi un vivere felice ! Colui che realizzerà il proprio Maestro interiore, non porrà mai l'allievo alla focalizzazione verso la sua persona, ma al suo insegnamento, unico senso dell'esistenza del Maestro

l'Esseno

***

Nel mio corpo di luce, viaggiai in un tempo non molto remoto all'epoca del grande Maestro, in quelle aride roventi vallate sabbiose, finii davanti all'ingresso di una grotta dove degli uomini, di un solo panno alla cinta vestiti, e da sandali di cuoio scavavano all'interno di questa grotta, e gettavamo secchiate di terriccio giù nel dirupo a valle. Mi avvicinai per osservare proprio davanti ad' uno di loro, lui non mi vedeva ma qualcosa lo attirava a guardare nella mia direzione, lo fissai negli occhi un uomo di almeno 60 anni, quando la voce della mia guida mi dice: Stai osservando negli occhi te stesso, eri un esseno operoso che ebbe la possibilità di assorbire le radiazioni di quel grande uomo anche se in modo superficiale, non facevi parte del gruppo che collaborava agli studi con lui, ma molte volte ti rivolse la parola per donarti piccoli semi che sono fioriti in questa tua vita, e in altre precedenti.

Soltanto dopo che tornai qui realizzai appieno la cosa, in quello stato di coscienza tutto sembra normale come le cose più comuni che uno possa sperimentare, mi guardai per un po e poi uscii da quella caverna! volando veloce verso una zona abitata su di un altopiano scrutai attorno le costruzioni finché giunsi sul bordo di questa rocca, li vi era lui in piedi sul ciglio ad occhi chiusi, lo riconobbi subito come se fosse un ricordo fissato nella mia anima, ero li al suo fianco desto in su e lo guardavo, mentre lui improvvisamente aprii gli occhi e si rivolge verso la mia direzione cominciando, a scrutare l'aria circostante alcuni secondi dopo dal suo sguardo illuminato compresi che mi stava vedendo poi mi rivolse la sua parola:

Tu uomo che giungi da un lontano tempo !
Che cosa cerchi in questo tempo? Maestro mio, cerco la verità
la conoscenza, cerco il senso della vita! *mio caro non è in
questo tempo che la troverai, e nemmeno nel mondo in
qualsiasi suo tempo! nemmeno viaggiando tra le dimensioni,
ma in qualcosa che è al di la di tutto questo! Soltanto quando
rivolgerai lo sguardo al tuo interno ti svelerai a te stesso,
nella tua vera forma luminosa, soltanto li giace silente la via
verso la verità assoluta!* poi mi disse: *Io sono la via, in me vi è
la porta, nel tuo cuore la chiave, io sono il maestro tu il
discepolo, tu sarai maestro loro discepoli, il padre mio è Dio.
E voi tutti diverrete Dio, quando i vostri cieli vi saranno
svelati, tutto diverrà chiaro.
Tutti cercate qualcosa che in verità già possedete.*
L' espressione della vita è un costante flusso che scorre dentro
e fuori di noi, in questo continuo balenare non facciamo mai
focus al nostro vero io interiore. Siamo compenetrati da una
serie di corpi sottili che creano la nostra energetica totalità
multidimensionale, corpo eterico astrale causale Monadico,
corpi apparentemente invisibili ma ben tangibili nella loro
dimensione di appartenenza, ed'è li che se sposti la tua
cosciente consapevolezza conoscerai tutto ciò che vive al di la
di questo piano terreno e il tuo corpo non sarà più la prigione
dell'anima, ma uno splendido veicolo perché essa possa
manifestarsi mentre nel contempo sperimenta il tutto esistente.
*"Mi ritrovai ad' osservare me stesso negli occhi, in quella
misteriosa caverna che porta il nome di Qumran".*
Era la primavera del lontano 1947
(lo stesso anno in qui **Byrd** scese in terra cava) lo stesso
numero che trovava una mistica relazione,

in un esperienza che ebbi molto tempo dopo, questo luogo
riemerse dalle polveri quando alcuni pastori finirono sulle
rovine di Qumran alla ricerca di una pecora smarrita, entrarono
in una delle tante grotte e trovarono un anfora contenente
manoscritti antichi, scritti in aramaico.

L'intero schema cominciava a prendere forma.

6-8-2008 l'ennesimo incontro con il maestro Gesù nei piani
eterici oltre questa fisica dimensione, in una meditazione mi
trovo improvvisamente sulle rive di un lago, in un luogo qui in
Italia chiamato Torre del Lago in toscana, vedo sulle sponde 11
persone sedute in cerchio, incuriosito mi avvicino e scorgo che
nel cerchio vi è uno spazio in qui posizionarmi. Mi siedo e
scruto tutti mentre eravamo li silenti. Quando all'improvviso
vediamo una forma sfumata avvicinarsi e prendere forma solida
per quella dimensione, era lui che dagli intersizi del tempo
giungeva li per noi. Camminava lentissimo verso di noi aveva
sotto il braccio destro un grande libro dalla copertina di legno
intarsiato, entrò all'interno del cerchio e ne diede uno a tutti i
12 elementi, che magicamente si moltiplicavano dal medesimo.
Questo libro era scritto in due colori diversi rosso da una parte e
nero dall'altra, si leggeva ruotandolo, gli inizi erano all'esterno,
mentre le fini convergevano al centro in due pagine bianche che
racchiudevano al loro centro un indefinibile pagina che da un
lato emanava la pura luce e dall'altro l'oscurità più profonda,
leggemmo tutto il libro, mentre lui continuava a volgersi al
nostro interiore sentivamo le su parole toccarci dentro, di tanto
in tanto si soffermava dinnanzi ad ognuno di noi ad'occhi
chiusi, nessuno di noi riusci mai a proferir parola, eravamo nel
nostro silenzio, ascoltatori di quel divino essere, all'interno di
quel testo antichissimo vi erano dettagli,

sulle forze interagenti nel mondo, del potere negativo e le forze
manifestatrici dell'Amore. Le due pagine bianche
rappresentavano l'uomo e la scelta nel libero arbitrio di decidere
a quale forza volgersi e del suo destino ancor tutto da scrivere,
alla fine di tutta la lettura ponemmo le mani unite tenendo
quella pagina di luce e oscurità, al loro interno sentendo un
flusso vorticante attraversarci in tutta la nostra coscienza.
Erano le stesse energie che circolano liberamente nell'uomo,
in quel tempo tutto quel sapere scivolò in noi eternamente !
***L'esistenza è una corda di fili intrecciati di un grande ordito,
ognuno va ad' una persona amata, che scorre nelle trame del
tempo, nasce da un antico passato, giungendo in questo
presente, gettandosi nel futuro, il presente è il frutto del
passato che crea semi che nasceranno nel tuo futuro***
Mio caro figlio/a del mondo, io sono il mio Maestro, tu sei il
tuo Maestro, lo saremo nel tempo a noi concesso, mentre in
questo preciso istante siamo sulla difficile via per realizzarlo,
ma la saggezza che incontreremo in questo cammino quando
guarderemo gli occhi di chi incontriamo, ci farà comprendere
che anche egli è un grande Maestro sulla via della propria
realizzazione, soltanto attraverso l'umiltà di riconoscersi parte
di un grande insieme chiamato umanità, ci darà la possibilità di
riconoscerci nella nostra pienezza, e comprenderemo che colui
che erra sta seguendo i dettami dell'errore, perché da essi
imparerà in futuro a riconoscerlo ed evitarlo, attraverso una
giusta scelta, anche lui nel suo tempo prossimo raggiungerà la
perfezione, per insegnamento dall'esperienza dei propri errori.
Il povero, il ricco, l'ignorante, il sapiente, hanno lo stesso
potenziale e opportunità di giungere alla stessa meta,
se ora sei qui ringrazia ogni evento che hai incontrato,

poiché ti ha reso ciò che sei, attraverso di essi sei giunto alla tua porta interiore, ed'aprendola hai compreso che in te vi dimorava il puro amore, abbiamo tutti desiderato per eoni conoscere la vera forma dell'amore, quella vibrazione che da senso, e mette in essere la vita in ogni sua forma interiore, questo amore che hai incontrato o incontrerai nel tuo prossimo futuro, lo dovrai teneramente accogliere! per cosi tanto tempo ne siamo stati privi, da conoscere gli aspetti più bui dell'esistenza, hai percorso innumerevoli vite nella speranza di conoscere questa sconosciuta ambrosia, senza mai trovarla, ma questo è il tuo presente in qui puoi realizzarla, dovrai prima creare quella sacra coppa che possa contenerla. In questo tempo presente quell'energia sta fluendo dalla fonte a piccole dosi da poter essere gradualmente integrata senza che ti destabilizzi.
Identificati in questa stessa vita, come massimo potenziale per il raggiungimento della consapevolezza che, il vero Maestro, è la vita stessa con tutte le sue vicissitudini!
Ogni evento che ha dettato la tua vita nel bene o nel male, è stato necessario a formare la tua coscienza ! che non è nient'altro che la coppa contenente la tua anima, che di vita in vita si fa preziosa al conoscere, delle nuove cose del manifesto vivere terreno! creando nel tempo tutto ciò che ora sei, hai desiderio continuo di diventare grande,

io l'Ho fatto donandoti tutto ciò che Hai affrontato, e ora stai comprendendo il Dono!

Maria, Giuseppe
e l'essere androgino che li emana

Nel 2006. Quando mi trovo in un momento di quiete sono tranquillamente sulla mia poltrona, sento all'improvviso una presenza sopra di me, alzo il capo e vedo una nube di luce bianco azzurra, al centro del soffitto. Da questa nube informe cominciano a delinearsi due volti uno maschile e l'altro chiaramente femminile, finché nella loro luce abbagliante divengono ben chiari nella loro visione. Essi mi parlarono telepaticamente, non sentii voci ma le percepivo dentro di me. Mi comunicarono che presto avrei incontrato loro figlio, come poi accadde accompagnandomi nel mio cammino come grande maestro in questo piano terreno. Dopo che se ne andarono rimase il soffitto impressionato come in un negativo, che riporto qui in un immagine, al centro appare anche l'essere androgino che li emana, essendo loro parti di uno stesso Uno Sorgente!

Va osservata da molto distante per poter essere messa a fuoco !
Anche 2-3 metri

La scienza dello spirito

E' Il 27 febbraio del 2015, viaggiai verso un mondo dove non esisteva credo o religione! tutto veniva elargito da un concilio di monaci delle scienze superiori! Essi con sapere puramente scientifico nel loro tempo passato, cercarono di dimostrare a tutti i popoli del loro pianeta, l'esistenza di quell'energia che noi qui sulla Terra definiamo Dio, essi riuscirono con le loro avanzatissime tecnologie, associate al loro potere spirituale, a dimostrare nel minimo dettaglio tutti i legami energetici elettrodinamici e magnetici, che dal subatomico arrivano al manifestare della materia, riuscendo a spiegare perfettamente come il tutto era un complessissimo processo creato da una mente superiore, e non era frutto del caso creazionale o evoluzionistico, di una natura creatrice di Vita,
ma come tutto fosse opera perfetta di un sommo sapere che trascendeva ogni legge fisica, nella natura della luce loro erano ben coscienti che ella, era l'assoluto delle cose create poiché tutto prendeva forma condensando la luce,
e fermandola nel tempo di quel mondo che la ospitava,
per loro la luce e lo Spirito erano la stessa cosa il Sole lo chiamavano il Grande Spirito del Creatore, nei suoi raggi si muovono correnti e forze apparentemente invisibili, ma in grado di manifestare tutto, Anima cara se vuoi risorgere nella luce, fai si che il tuo sole ti illumini nel tuo interiore, poniti dinnanzi a lui e permettigli coscientemente che i suoi 13 raggi, tocchino interamente la tua essenza, lo spettro che egli ti dona rianima l'anima nel corpo, quando ti poni nel suo calore ti porti nel ricordo del ventre di tua madre,
e in quella condizione rinasci nel nome di un nuovo sole

interiore, la loro scienza tecnologica trovò nella eterna scintilla primordiale, che alberga in ogni essere la presenza degli stessi raggi che il sole esala, da li ne derivò la cultura dell'uomo solare che un tempo prese forma anche sul nostro mondo, ma che poi il potere negativo riusci a metter fine fondamentalmente era basata sulla luce, essi non erano religiosi o mistici, ma scienziati estremamente logici ed'eruditi, nella loro perfetta sintonia con lo Spirito, riuscirono a realizzare macchine in grado di connettersi con questa energia creatrice e ad'usare i processi di consapevolezza universali! E tramite essi queste macchine erano in grado di creare tutto ciò che volevano attraverso una connessione totalitaria, loro erano Uno con la Fonte stessa, non soltanto attraverso l'accoglimento dello Spirito nel corpo ma anche attraverso quelle tecnologie in grado di udirlo e comprenderlo potremmo definirli computer che funzionavano direttamente con il pensiero di Dio, i loro veicoli viaggiavano per mezzo dell'amore che scaturisce dall'universo. Immagina di viaggiare in un mezzo che non funziona con carburante, ma con la forza dell'amore e mentre viaggi sei cullato da quella forza, e mentre ti sposti e come se ti nutrissi di quell'amore stesso, compresero tutte le regole di definizione e comprensione dei corpi sottili, astrali eterici, dell'Anima e dello Spirito. Ai nascituri veniva dato il tempo di arrivare all'età della comprensione, e poi senza inculcare in loro alcun credo, spiegavano le leggi scientifiche che li avrebbero condotti nel tempo a scoprire per conto loro che al di la di questa grande verità cosmica, ci doveva essere un grande ordinatore che dal caos generava perfezione, il vero insegnamento era farli arrivare attraverso profondi

studi alla comprensione assoluta, che vi era per forza una
forza cosmica che tutto preordinava,
ogni cosa nel loro mondo era perfettamente spiegata in modo
scientifico e razionale, portando l'essere a conoscere le verità
che regnano dentro se stesso, e di ogni singolarità
dell'universo conosciuto, essendo anche grandi navigatori
degli oceani cosmici, ognuno conosceva perfettamente la
propria struttura di creazione, e di tutte le leggi universali che
seguono l'evoluzione di un essere che vive la sua fase
evolutiva! Accompagnandoli passo per passo a realizzare,
lo scisma energetico di un essere consapevole di se stesso!
riuscirono a dimostrare che ogni entità individuale è
esattamente un Dio unico ed'inripetibile una sfaccettatura
ineguagliabile di Dio stesso, erano perfettamente riusciti
persino a spiegare la meccanica celeste dell'amore, come la
più straordinaria ingegneria energetica della creazione dove
le energie più nobili prendevano il loro soave connubio, alla
realizzazione di quell'energia divina che porta a far prendere
vita ad'ogni tua cellula della stessa vitalità del creatore,
nel piano della materia, come la più straordinaria sequenza
di operazioni alchemiche corporee e animico spirituali,
che rendono l'essere vivente felice di essere,

pura-mente Amore

La conoscenza prende forza nell'essere che la percepisce
nella sua essenza razionale, nell'universo ad'oggi c'è una
spiegazione scientifica, ad'ogni cosa manifesta
ed'immanifesta, pertanto mio caro poni la tua ricerca
anche attraverso, a ciò che l'uomo è già riuscito a
spiegare per mezzo del proprio talento scientifico

Gli esseri del creato in visita sulla terra

***

Vi sono un infinità di Esseri Cosmici, e Maestri che da piani elevati e sottili che silenti guidano l' ascesa di coscienza dell'umanità, e tra di voi camminano invisibili, osservando attentamente cosa scaturisce dal vostro più recondito intimo, manifestarsi nel mondo. Sappiate che ogni vostro gesto e pensiero è attentamente misurato per comprendere ciò che porterà nella vostra vita, e nell'interconnessione che avrà con altre anime terrene con cui condividete la vita!

Essi sono qui fondamentalmente per guidarvi a riscoprire la vostra via interiore, la vostra via Spirituale, quel frammento sopito di luce nel vostro Io profondo! non sono qui per fare il vostro lavoro, esso tocca pienamente a voi, essi sono i consiglieri della vostra guida, e a volte la guida stessa, ma mai compiranno per voi quello che solo a voi spetta, non ponete mai il vostro potere divino al di fuori di voi stessi.

Molti di loro vivono all'interno della dualità stessa, e per quanto profondi siano, e per quanto meravigliosi siano i loro insegnamenti, tutto il loro lavoro è mirato a risvegliare la vostra coscienza, attraverso ciò che di divino possedete, lo Spirito! e attraverso la vostra ascesa spirituale ascenderanno anche loro.

Sono stati mandati Maestri fisici attraverso le ere del tempo terreno, e vi hanno lasciato grandi insegnamenti, perché l'insegnamento fosse donato da Uomo a Uomo, nel piano della materia, attraverso la sua parola fattasi carne e ossa come Voi. Un vero Maestro si porrà al suo discepolo come un fratello, senza mai entrare in contrasto ma portandolo a comprendere, ciò che dal suo punto di consapevolezza ancora

non è in lui chiaro facendo luce sul concetto in ombra.
Vi sono strati di navi di luce, che circondano tutta la Terra,
e la custodiscono come una preziosissima Perla Cosmica !
E coloro che in esse abitano, aspettano e vi guidano
ad' afferrare lo stesso principio.
Voi siete i custodi del vostro meraviglioso mondo, vi è stato
donato per realizzare Voi stessi, nella vostra magnificenza!
poi ve ne sono altri che vengono per studiare puramente
l'umana creatura, non interessandosi ai piani evolutivi
dell'uomo, ma senza comunque comprometterne lo
svolgimento prefissato dalla Fonte.
Loro hanno una grande conoscenza della materia, e della
struttura atomica e subatomica, hanno conoscenza della parte
più sottile, sanno arrivare oltre l'antimateria e oltre il
subatomico, è per questo che ritengono il nostro piano oggetto
di studio, la struttura organica e psichica dell'uomo,
la struttura molecolare chimica di alcuni nostri processi,
per loro è oggetto di grande interesse, evitiamo di
demonizzare la materia, è da qui che possiamo arrivare allo
stato superiore per gradi fino ad arrivare allo spirito, essenza
stessa della materia! abbiamo la possibilità di studiare il
nostro sistema vitale in tutta la sua completezza, noi non ne
conosciamo ancora le meraviglie, loro si! siamo incappati in
una spiritualita senza una vera consapevolezza, dei processi di
manifestazione nei piani della nostra stessa biologia,
osserviamoci profondamente in tutto ciò che siamo, potremmo
un giorno arrivare a capire, attraverso il tuo filtro alchemico,
che siamo una vera opera d'arte Cosmica
La purezza del vero sentiero spirituale, e dei messaggi giunti
dai piani superiori, si manifestano nella loro verità dal

risultato che donano a colui che in se integra tali aspetti.
Nel mare della confusione che regna in questo tempo,
seguirai soltanto ciò che ti porta a realizzare un essere
migliore di quel che eri ieri! le energie di contrazione
lavorano subdolamente per nascondersi nella luce, per far si
che regni ovunque il caos, il tuo discernimento è l'unica arma
che hai per difenderti dall'inganno dei tempi moderni.
Dove una percentuale della falsa new age, raccoglie pellegrini
ormai stanchi del vecchio mondo spirituale! ed'il gioco
d'antica data continua a farsi beffa dell'ignaro, starai attento
a guru santoni e falsi profeti a cercatori di fedeli,
e ipnotizzatori di menti peregrine, carcerieri della tua libertà
interiore. Nessuno di noi, è qui per esser tale!
ma semplicemente per essere un tuo fratello, un compagno
con qui interagire e scambiare conoscenza, faccia a faccia!
nessuno in ginocchio, nessuno sull'altarino al di sopra di te!
ma mani nelle mani ! da anima ad'anima! nella verità!
Voglio dedicare il mio Amore alla mistica energia, che vive
dentro ad'ognuno di voi, figli di un padre che è anche il mio,
e di una madre che è di tutti, cosicché davvero diverremo
fratelli e figli della stessa, Sacra Famiglia
Ho dedicato la mia Vita al raggiungimento delle più alte vette
dell'amore, solo attraverso questo sentiero potei arrivare alla
vera comprensione, di ciò che sarei venuto a fare su questo
pianeta, ecco perché desidero che tutti rammentino ciò che
era l'intenzione originale, raggiungere e realizzare la vostra

Divinità
Tutto vi è offerto, nulla vi verrà imposto!

I Piani Universali

***

Esiste un confine oltre il quale i Regni Della Vita, manifestano tutta la loro bellezza, questi piani della luce si presentano con una tale magnificenza che l'uomo dovrà arrendersi ad'un nuovo principio, e mantenere la propria razionalità coerente con se stesso, ma questi luoghi non sono accessibili al piano della mente in quanto sorgono oltre il regno delle dimensioni di dualità. Li nell'unicità della purta luce prendono forma le pure coscenze di origine Divina, creatori della forma luminosa, esseri puramente celestiali che prendono sembianze, e forme soavi appropriate al momento del loro manifestarsi, al palesarsi dei viaggiatori cosmici, che si ergono fino al loro cospetto. Entità magiche che si realizzano nella forma di luce più armoniosa, dalle frequenze cosi elevate da far si che il tuo spirito ne venga toccato, permenentemente a vita, la loro radianza di luce non è paragonabile ad'arcangeli o esseri preposti all'ordinamento angelico, dei piani della dualità dove sono preordinati alle interazioni spirituali di tutte le forme viventi, biologiche astrali ed'eteriche. Queste entita vivono la pienezza dell'amore in regni celesti, dove le vibrazioni inferiori non esistono! cosicché l'armonia che ne scaturisce rimane inafferrabile all'umano pensiero, se non fosse che! chi viene accolto in quelle sommità, vi ci arriva con il corpo spirituale divinamente realizzato, soggiornare in quelle vastità anche pochi momenti di realtà, dona sensazioni al tuo spirito indimenticabili, regneranno in te per l'eternità, l'anima non può accedervi in quanto, è un estensione preordinata alla coscenza dei regni inferiori dei piani dimensionali! Pertanto! soltanto quella porzione della tua Identità Divina vi avrà accesso, priva di ogni concetto della sfera mentale, ma di quella forma di espressione che prende vita dallo Spirito, unica essenza preordinata all'ammirazione di tali regni, l'indescrivibilità resterà l'unica limitazione dello Spirito, nel rendere dettaglio di tali bellezze e armoniose rappresentazioni, del più puro amore oltre al piano dei creatori dell'Uno, della luce risonante onnipervadente! Poichè l'essere umano è una somma di limitazioni, nel piano in qui soggiorna, mi limiterò a porti l'unico termine che rappresenta quelle sfere, lascio a te l'immaginazione della più Sublime Contemplazione che tu possa mai realizzare nel tuo pensiero coscente, nell'indescrivibile bellezza dell'assolutarietà nel verbo

Io Fonte, Ti Amo!

Diretto al tuo cuore e alla tua anima!

*****

Ad' ogni civiltà che viene esalata dalla Sorgente dell' Uno,
viene concesso un tempo perché essa possa raggiungere,
i principi d'amore e di convivenza ed' eventuali ceppi deviati
della medesima! Nello stesso principio che viene concesso al
singolo individuo! Quando nelle ere della sua evoluzione
questa mette a rischio l'equilibrio che regge la Vita stessa,
e non si ravvede del disordine planetario che genera,
solitamente soccombe o distrugge se stessa alterando le
naturali dinamiche vitali dell'insieme (pianeta , uomo)
o addirittura il pianeta stesso! Che cos'è il tempo?
È il mezzo necessario a comprendere gli eventi nel susseguirsi
delle cose nella correzione dell'errore nello scorrere della vita.
L'ordine alla comprensione e al successo, nel trovare il
rimedio risolutorio prima della fine di ogni cosa!
Tutto ciò che ho esposto nelle mie esperienze, è ciò che ho
raggiunto grazie all'aiuto di molte altre forme di vita,
e di intelligenze spirituali! non è rivolto soltanto ad'una parte
dell'umanità, ma a tutti! all' operaio al potente all'industriale
al politico al militare al contadino, a tutti coloro che vivono
su questa Terrà perché soltanto una cosa ci accomuna tutti!
La Vita! ed'è ad' essa che mi rivolgo! nell'unità e umiltà
capiremo che la Terra è il giardino in qui viviamo tutti,
e se la danneggiamo allora annienteremo la nostra civiltà!
Ma se capiremo il senso del nostro arrivo su questa Terrà la
preserveremo, per tutti coloro che arriveranno in futuro,
e per noi stessi che ritorneremo attraverso il processo
d'incarnazione, o nella trascesa dimensionale.
È stato un bellissimo viaggio vivere su questo pianeta ,

e comunque vada ne è valsa la pena! Arrivederci umanità!
Qui o chissà dove nelle Vastità Cosmiche dell'Energia
Originale che tutto manifesta! "La Fonte"........!
Pertanto figliolo caro! predisponiti ad'affrontare con
saggezza, lasciandoti guidare dal potere dell'intuizione
in qualsiasi situazione si presenti nel tuo futuro,
come risultato di una tua intelligente riflessione,
che il Padre tuo ti dona per realizzarsi in Te!

Mentre tu dimorerai nella tua quiete interiore!
Dovrò squotere la superfice del tuo giardino, perche il
marcio affondi, e la bellezza prenda nuovamente dimora,
tutto questo è necessario figlio mio!
Sia fuori che dentro di te Mio caro spirito!
Dovrò soffiare tormente impetuose, per riossigenare e
manifestare il nuovo cielo, che ti riempirà di meraviglia !
Dovrò rimestare le acque dei mari e dei fiumi ,
per purificarle dalle sozzure e dai batteri
dell'intollerabile agire, che alcuni figli miei, hanno
manifestato lungo il corso della loro vita!
Dovrò accendere un sole nuovo per illuminare da dentro
le vostre coscienze, trasmutando e bruciando ciò che più
non servirà, nel mondo che sarà!
Dovrai osservare il mio operato dagli alti colli e dai monti
boscosi, mentre la madre terra tornerà al suo antico
splendore!

Tutto questo per donarti nuova Vita!

Avete dimenticato la saggezza e la virtù dei vostri avi!
Che rifornivano con cura la loro dispensa prima
dell'approssimarsi del lungo inverno, in attesa della
nuova primavera in qui tutto risorge nella sua luce!
nello sbocciare dei fiori più belli e profumati!
Se ascolterai la voce di Madre Terra, non potrai dimorare
nella valle della paura, ma sentirti accolto dal grembo
di colei che abiti, e che con amore si prende cura di te!
Ma per fare questo dovrai prima allinearti agli alti
principi del cuore, e di una mente che lo segue.
Soltanto cosi le tue porte interiori si apriranno ai processi
di ascensione personale, coadiuvati dal crescere
dell'energia che dalla tua kundalini, gradatamente si
innalzerà purificandoti da ciò che nella dimensione
ventura non può avere accesso, e riallineando il vorticare
dei tuoi sigilli energetici o chakra, a ritornare alle origini
della Razza Seme che fu all'inizio dei tempi prima della
caduta coscenziale, e della perdita delle stringhe
genetiche che ora sono dormienti, tutto ciò che vivrai
in questo frangente di eventi caotici, è di preparazione
all'entrata di una Nuova Terra, retta dai principi
dell'amore e della fraterna condivisione, quindi figliolo/a
caro/a non hai di che temere, se nell'amore ti stai
muovendo, esso sarà il mezzo con il quale la tua
elevazione si realizzerà in tutta serenità siine certo/a!
Se di amor intriso sarai non farai altro, che essere il
frutto del grande dono per l'Uomno Nuovo che sarai

L'onda d'Ascensione Planetaria:
preparativi al passaggio verso la
Nuova Terra

"L'organizzazione che noi dovremmo assumere in preparazione al cambiamento, e le operazioni necessarie alla sussistenza, prima e dopo le trasmutazioni sulla superficie del pianeta, e della nostra coscienza interiore che sta seguendo la crescita del flusso di Madre Terra"
L'intento è di creare gruppi di condivisione, con tutti coloro che sono sul sentiero del risveglio di guarigione interiore attraverso quello che ci arriva nelle visioni, ed'esperienze spirituali, e di contatto con altre popolazioni stellari, secondo il nostro sentire, divulgando per creare la serenità globale su di un argomento delicato e particolare come il momento in cui ci troviamo! Questo processo di trasformazione è un evento al quale siamo preparati a partire dalla nostra prima incarnazione fisica qui sulla Terra, ci sono grandi eventi che stanno avendo luogo sulla Terra e nei regni superiori che vanno oltre la nostra comprensione. Questi sono i tempi più critici, che la terra sta attraversando in tutta la sua storia! ma dipende da ognuno di noi quanto facile o difficile sarà questo viaggio, possiamo restare centrati nel Cuore e confidare nell'aiuto delle dimensioni superiori per passare attraverso le oscure notti del caos e andare verso la luce di un nuovo luminoso futuro, sappiamo che ci può essere molto disagio e paura nel passare attraverso questi processi accelerati, disordini ed agitazioni dilagano in questo pianeta, e come sapete, stanno accelerando cosicché nessun paese o razza ne è immune, ci sono quelli che saranno chiamati in mezzo al tumulto, e quelli che devono prendere decisioni difficili su quale sia la miglior linea d'azione da realizzare.
E' tempo per noi di capire dove ci inseriamo in questo grande Evento Cosmico di evoluzione, esiste un legame che accomuna

tutti noi e ora qui noi vogliamo espanderlo per dar vita a una
comunione di intenti poiché saremo testimoni e co creatori di
grandi eventi per la nuova coscienza acquisita.
Molte persone sono spaventate, per questo dobbiamo
raccogliere tutte le nostre forze ed aprire il cuore, che significa
seguire le sincronicità, i segni, e soprattutto ciò che ci
suggerisce l'istinto e non la mente, da tutto questo nasce un
gruppo di esseri che ha come intento quello di divulgare la
conoscenza ricevuta attraverso le nostre esperienze
multidimensionali, a quante più anime possibili affinché
partecipino a un momento cardinale di transizione senza paura,
e con sostegno e fratellanza. Accoglieremo tutti coloro che con
le loro consapevoli verità universali vorranno unirsi a noi,
qui in un luogo dove diversità di religione e di credo non vanno
in contrasto, in quanto l'unico vero principio che ci unisce è
l'amore e la fratellanza, e dall'agire futuro che porremo le basi
di una nuova cultura. Creeremo luoghi dove la vita si svolgerà
in modo totalmente diverso, da quella vissuta in questo attuale
presente, ed'in questo tempo poniamo in essere lo schema
d'azione per realizzare quella meta nella formazione di
Una società pienamente consapevole dei principi universali!
*Se la tua anima è soddisfatta di questo testo, consiglialo a chi
tu vorrai e ti sarai unito al nostro progetto divulgativo, grazie!*

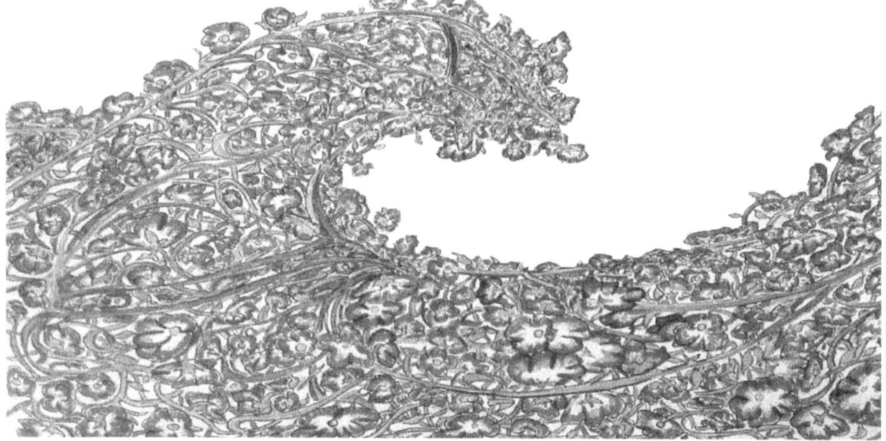

Conclusioni

*La nuova coscienza integra le esperienze con una sua nuova
consapevolezza, coglie l'essenza dell'esperienza l'uomo che sa
guardare oltre l'apparenza, egli ha la chiara visione di ciò che
è. Nella centratura di se stesso, nel proprio fulcro di luce
comprende la possibilità di rinnovare la sua veste, che
lentamente si stà modificando al nuovo corpo vibrazionale.
Nuove particelle di vita si diffondono in tutto il suo essere,
come in tutto l'universo manifesto ed'immanifesto.
Ora è il tempo, e in questo tempo che tutto sta avvenendo.
Il nuovo sentire dice all'uomo che non è solo a sostenere il
passo, esseri meravigliosi di altri mondi, dove i livelli di
coscienza sono superiori, sostengono amorevolmente
l'umanità, e in modo delicato inviano il loro aiuto, chiedono
di lasciarci fluire nel loro flusso per accompagnarci in questo
delicato passaggio, in qui tutto l'universo partecipa.
Essi ci dicono che ogni essere senziente, ha il diritto alla
libertà per sviluppare il suo potenziale di crescita,
per generare positività, ci chiedono di annichilire la
conflittualità, pur aderendo alla legge dell'equilibrio e
dell'amore Cosmico che unisce, e mai divide.
Essi ci chiedono di ritornare semplici nel nostro cuore,
di abbandonare gli attaccamenti, poichè essi sono la causa dei
nostri malesseri interiori. Solo tornando sul sentiero che
conduce al nostro essere, inizia il processo di liberazione.
L'attivazione dei codici che la fonte ha inserito dentro ad
ogniuno di noi, fanno si che l'uomo senziente si riveli come
luce, per portare puro amore su questo piano dimensionale.
La meraviglia sta nella consapevolezza di poterlo fare,*

in quanto parte nella materia di questa esistenza, la matrice
stà nell'anima dove la scintilla della Fonte risuona, la stessa
Fonte che chiama a gran voce i figli dell'amore liberi di
Amare , ed'essere Amati, per vivere il nuovo cielo, la Nuova
Terra. Sia Pace, Sia Amore, Sia Felicità! Sii Amore!

Sia Pace Ovunque, in Chiunque, per Sempre!

La dove la rosa nasce spontanea, nel giardino del tuo cuore,
la sublime fragranza pervaderà su ogni cosa, ogni anima,
ogni cuore, cosicchè diverranno tutti i petali della stessa rosa,
e dove tutte le rose saranno il grande sublime giardino del
Nuovo Creato! Vi è un luogo segreto! il bocciolo, la dove
accoglierò la mia sposa celestste, e cosi farete tutti voi nella
nuova famiglia di luce chiamata   Gaia
Ella vive nell'amore dei suoi Figli di Luce
Se diverrai Amore, soltanto esseri d'amore giungeranno a te!
Esistono leggi di risonanza e attrazione che creano in te, un
richiamo fatto del tuo stesso vibrare, determinerà quello che
tu stesso porterai a te, essere cosciente di questo polarizzerà
tutta la tua evoluzione! Sapere conoscere è essenziale per non
generare devianze che disperderanno la tua energia vitale!

Sarai tu a ricostruire il tuo Sacro Tempio, solo Tu!

scegli di quali elementi comporti!

Il tuo scetticismo terminerà appena avrai la possibilità di
osservare i mondi spirituali tramite la tua nuova visione!

Nella stesura di questo teso ho menzionato più volte quella
Forza Energetica che tutto crea perchè venisse alla tua

attenzione, una nuova considerazione di ciò che da remoti tempi definiamo Dio. Ogni atomo ogni particella che compone il tuo corpo la terra che abiti e la creazione tutta, è legato da forze elettromagnetiche che nella fisica quantistica viene definito il collate universale del tutto, in quanto ogni elemento è costrutto da queste forze. L'amalgama che tutto contiene è manifesta! nulla è al di fuori di questa forza tutto ne è inglobato, quest'energia è ciò che fin dall'inizio dei tempi è nominata Creatore, ma in quel piano della pura luce non è definibile convenzionarlo come un essere, in quanto non si tratta di alcun entità ma di un plasma onnipervadente che compenetra tutto, in tutti i piani atomici della materia e delle energie, originate dai piani sommi della creazione, quando pensi a Dio non pensare ad'un essere o a qualcosa che sta fuori di te, ma a cio che è nel tutto ma soprattutto in te stesso, in tutta la tua biologia focalizzandosi con maggiore attenzione in alcuni tuoi centri energetici e di consapevolezza! Dio non ti ha creato ! Tu hai scelto di frammentarrti da te stesso poiche Dio sei tu, lassu sui piani alti del tuo essere nello spirito non vi è separazione da tutto il resto, lassu sei Dio come lo sei qui, ma lo devi prima realizzare nella tua coscienza, in quanto tu arrivando qui realizzasti muri o veli, che ti ottenebrassero al vedere della verità superiore.Tu sei un seme che la fonte semino all'inizio del tempo, ed'ora sta per germogliare nella bellezza dei suoi fiori e dei tuoi frutti, sarai tu a decidere con quale grazia ti porrai al mondo che ti ospita in questo tempo terreno!

Lascia che questa imponente energia ti completi!

Divenendo il mezzo che ti eleverà alla tua essenza

Ringraziamenti

***

*Ringrazio tutti coloro che hanno fatto parte della mia Vita,
e della mia intera esistenza Cosmica, al di la di questo
spaziotempo, ed' in questa parentesi fisica dove ho avuto le
Lezioni migliori! Ringrazio tutti coloro che sembrarono
apparenti nemici, poiché misero in moto in me le prove più
grandi. Ringrazio colei che fu mia moglie Giuseppina, in
quanto realizzò le sfide migliori, da affrontare in questa vita
e risultato di altri 5 incontri karmici. La ringrazio perché
attraverso di lei ho conosciuto l'amore terreno, perché ora
l'amo più di prima! E per la figlia che mi ha donato!
espressione della mia esistenza, ringrazio i miei amici e quei
pochi che non mi hanno mai abbandonato, anche nelle
traversie della Vita. E coloro che realizzarono la materia del
mio corpo, i miei Genitori biologici! Ferrea prova per la mia
evoluzione. Mio Padre! E Mia Madre per avermi dato solo
amore, mia sorella Tiziana, punto di riferimento nei momenti
bui del mio esistere, Ringrazio la Terra per avermi ospitato
attraverso le sue Ere. Ringrazio quel Me stesso che dimora
la nell'altrove, per aver scelto di mandarmi qui.
Ringrazio il genere Umano perché attraverso di esso ho
imparato ad' Amare Me stesso e di conseguenza tutti.
E ringrazio la Fonte per avermi esalato, assieme a colei che
in me Dio ha realizzato. A quella scintilla radiante di puro
Amore, che era il mio destino per questo piano terreno,
e le dimensioni del Creato, la mia sposa celeste,
la mia Quinta Essenza, al di la del mondo, Monica a te,
mia cara offro il mio puro amore, a te che sarai con me
al di la del Mondo, Per sempre! Mia Sacra Fiamma e per la*

bellezza delle parole che mi hai donato, dove in esse come chiavi, vi hai riposto il tuo amore. E ringrazio in fine nuovamente la Fonte per aver reso tutto manifesto, perché potessimo realizzare tutti la nostra Divinità. Una tra le cose più meravigliose che ho vissuto, è che ho ritrovato in questo tempo, una moltitudine di persone, che hanno fatto parte del mio remoto passato, nel bene o nel male, tutti coloro che ho amato, le molte persone che dimorarono nel mio cuore, dove ognuna ha lasciato una traccia indelebile che ha varcato le porte del tempo, e dello spazio dimensionale comprendendo che in verità non ho mai perso nessuno! Ringrazio in fine! tutte le mie famiglie stellari! che sono tornate in questo tempo terreno, al mio fianco!

**Ho un grande desiderio
nel mio intimo luogo segreto!
che l'umanità tutta conosca la bellezza
dei piani spirituali
e l'immenso amore che può colmare il vostro cuore
questo vi trasmuterà in qualcosa
che non potrete mai immaginare,
ma tutto è li ad' attendervi
Ci sono delle verità che non posso svelarti!
Perché la chiave, è la comprensione stessa!
E quando questo in te accadrà!
Io sarò li accanto a te ad' abbracciarti!
Io Dio, in Te
Io Fonte in Te
La Sorgente che Ti compone**

Ed' ora chiedo a te che sei arrivato alla fine di queste pagine,
comincia ad' osservare ciò che ti circonda, a dare il vero
valore alle cose, e alle persone, che fanno parte della tua Vita.
E' forse questo il tempo per cambiare la tua esistenza?
Ed' infine anche di quelli che ti hanno accompagnato nel tuo
cammino! io ti dico che è il momento di agire. Fallo con il tuo
primo gesto, adesso alzati e dimostra il tuo amore, il tuo vero
primo atto d'amore, tu stesso saprai come, ma fallo adesso!
e la tua vita cambierà per sempre !
Le tre leggi fondamentali della creazione

Ama! Amati!
E fatti Amare.

Ed' ora tocca a te manifestare il tuo nuovo inizio!
Sarai tu a comporre le nuove note, che ti faranno
vibrare di una nuova musica! le armoniche della tua
anima, l'intera creazione ti sta aspettando! La Fonte
ha fermato il tempo ora sarai tu, la nuova creazione!

Dedicato a Colei che mi ridestò
dal sonno della materia
nel ritornare ad'essere Uno
in due Corpi distinti.
L'imponente energia che realizza
il miracolo dell'Unità nella Dualità
a Te che mi hai fatto scoprire
la magia della Vita in ogni suo respiro
in ogni Tuo respiro, a te Monica
mia Divina Essenza Celeste!

Quando Tu Uomo! scorgerai la bellezza in ogni Creatura,
che contemplerai nel Tuo cammino! noterai la vera luce che
Ho posto in ogni forma vivente, sarà il tempo in qui scoprirai
la Tua Divina Discendenza, avrai trovato la visione interiore
per scorgere la via d'uscita, dall'illusione che vela la Tua
coscienza, toccherai nell'intimo il Mio pensiero per farlo Tuo,
comprendendo che questa era sempre stata la chiave che apre

le Mille Porte
Della Mia Dimora
Auguro a tutte le coppie innamorate di questo mondo di
realizzare, l'amore che viviamo io e la mia amata fiamma
Un'amore senza più confini, ne di spazio, ne di tempo!
Imparerete ad'ascoltarvi nel silenzio dei vostri sguardi!

Fine!

*Mi chiamo **Steffen Massimiliano,** sono nato l' **11-03-1969**
nelle vallate del **Piemonte,** nell'Acquese, **Italia** in una nuova
primavera delle reincarnazioni fisiche di questa meravigliosa
Terra, vissi la mia esistenza fino ai miei 35 anni, come tutti,
coinvolto in modo diretto alla mia vita ordinaria, passando
attraverso tutte le dinamiche della vita del piano di terza
densità, finché un giorno al termine di una mia non completa
consapevolezza, vengo riaccolto nel grembo delle mie famiglie!
Intra terrena ed' extra terrene, e in un lungo percorso di
rinnovamento, portato a nuovi livelli di coscienza, che non
possono avere mai termine finché saremo in vita! In questa vita
Tutti noi non smetteremo mai di scoprire*

L'immenso Uno! La fonte
L'Amore

**La prima legge di creazione è l'amore che fluisce
nel tuo cuore! Tutto il resto è in conseguenza
di questa tua realizzazione!!**

I Tuoi pensieri

Finito di stampare nel mese di Luglio 2015
per conto di Youcanprint *Self-Publishing*